Hope

أمل

Jaliah J.

FSC
www.fsc.org
MIX
Papier aus verantwortungsvollen Quellen
Paper from responsible sources
FSC® C105338

Impressum

J., Jaliah
Hope, Amal
Berlin, November 2012
Erstauflage
Lektorat: Günter Bast
Cover: Günter Bast, Kathrin Dorn
Herstellung und Verlag:
BoD - Books on Demand, Norderstedt

ISBN: 978-3-8482-3083-9
www.jaliahj.de

Vorwort

Das Buch Hope hat für mich eine große Bedeutung, da ich mich, um das Buch schreiben zu können, neben meinem christlichen Glauben auch sehr viel mit dem Islam und dem Koran auseinander gesetzt habe, was ich als persönliche Bereicherung sehe. Ich wollte gerade in der heutigen Zeit zeigen, dass man Brücken zwischen den Religionen setzen kann, dass sie sich ähneln, dass es Unterschiede zwischen den Religionen und den Kulturen gibt. Ich selber bin der festen Überzeugung, dass die Liebe und die Liebe zu Gott jede große Kluft überbrücken kann und, wenn man sich anderen Kulturen und Religionen öffnet, es eine wichtige Bereicherung ist. Jede Ähnlichkeit mit lebenden Personen ist nicht gewollt, die Personen und Handlungen in dem Buch sind frei erfunden. Ich habe mir die größte Mühe gegeben gut zu recherchieren und mit viel Liebe in die verschiedenen Religionen einzutauchen, was trotz allem immer ein heikles Thema ist. Sollte sich irgendjemand mit etwas im Buch angegriffen fühlen oder als falsch empfinden, bitte ich dies zu entschuldigen, ich habe alles mit guter Absicht geschrieben und mit vollem Respekt für beide Weltreligionen und der Liebe zwischen zwei Menschen.

Hope

أمل

Gott spricht im Heiligen Koran,
im Vers 21 der Sure 30:

»Eines der Zeichen Gottes ist es,
dass Er euch, aus euch selber,
Gattinnen schuf, auf dass ihr Ruhe
und Frieden an ihrer Seite fändet
und Liebe und Freundschaft zwischen Euch sei.«

Aus der heiligen Bibel,

Gott hat uns nicht gegeben den Geist
der Furcht, sondern der Kraft und der
Liebe und der Besonnenheit.
(2. Timotheus 1,7)

Kapitel 1

»Hush hush, i dont want to...« Müde drückt Hope den Wecker von ihrem Handy aus. Mittlerweile findet sie es nicht mehr so lustig, jeden Morgen mit diesem Song geweckt zu werden, doch sie vergisst immer wieder es zu ändern.

Hope will gerade wieder die Augen schließen, um noch einmal in die Welt einzutauchen, in die sie so gerne flüchtet, da bewegt sich neben ihr etwas. Sie dreht sich um und sieht auf ihr kleines Ebenbild. Liam ist ihr Ein und Alles und der Grund, weshalb sie trotz der Müdigkeit immer lächeln kann. Er hält den Stoffhund, den er von seinem besten Freund zu seinem dritten Geburtstag bekommen hat, fest in seinen Armen. Liam hat zwar die dunklen Haare von seinem Vater, aber sonst sieht man sofort, dass er ihr Sohn ist.

Hope stupst ihren Sonnenschein mit dem Finger auf die Nase. »Wie kommst du in mein Bett, kleiner Löwe?« Nun strahlen sie ihre grünen Augen an und er zuckt die Schultern. »Heute Nacht waren Geister in meinem Zimmer!« Hope gibt ihm einen Kuss und trägt ihn in die Küche, wo sie Liam schnell sein Frühstück macht. »Es gibt keine Geister Schatz, das weißt du doch.« Hope schmiert ihm gleichzeitig die Brote für seine Brotbox für die Kita und kippt ihm seine Cornflakes ein.

Sie haben morgens nicht viel Zeit, trotzdem nimmt sich Hope die Minuten, um sich zu ihm zu setzen und ihm zuzuhören, wie er aufgeregt von Stella erzählt, seiner Freundin, die schon vier ist und am Wochenende einem Geist begegnet ist, mit dem sie dann in ihrer Spielküche einen Kuchen gebacken hat. Hope lächelt müde über die Sorgen der Kinder, wie sehr wünschte sie sich, ihre Welt würde sich nur um Probleme wie, welches Spielauto nehme ich heute mit zur Kita, drehen, was Liam anschließend so lange beschäftigt, dass Hope sich in der Zeit fertig machen kann.Sie hat das Wochenende wie immer vor allem dazu genutzt, sich morgens nicht wie üblich zurechtmachen zu müssen, doch jetzt bleibt ihr keine Wahl.

Sie arbeitet in einem der größten Autohäuser hier in München. Und auch wenn sie dort nur in dem Café arbeitet, muss ihr Aussehen perfekt sein. Also dreht sie ihre langen blonden Haare in große Wellen, tuscht ihre Wimpern und trägt sich Rouge und Lipgloss auf. Zum Glück ist gerade Sommer und sie haben das Wochenende am See und bei ihrer Mutter im Garten verbracht, so dass sie auf Make-up verzichten kann und ihre Haut genau die Bräune hat, die sie mag, nicht zu viel, nicht zu wenig.

Sie unterstreicht es noch mit einem weißen einfachen Top und einem knielangen Rock. Zu ausgefallen und bunt darf die Mode auf der Arbeit leider nicht sein, doch sie zieht ihre roten Lieblingspumps an und hofft, ihr Chef Herr Schnaub, der Besitzer des Autohauses, übersieht es. Vor der Haustür sehen sich Liam und Hope noch einmal an. »Du bist wunderschön, Mama!« Hope setzt ihm sein Lieblingscap auf. »Du auch, junger Mann!«

Beide sehen einem langen Tag entgegen und kaum hat sie Liam bei seiner Lieblingskindergärtnerin abgegeben, wird Hope daran erinnert. Sie stolpert fast in Paula, einer anderen berufstätigen und alleinerziehenden Mutter, hinein. »Hope, du bist meine letzte Rettung, mein Chef hat gerade anrufen, ich muss heute noch die Spätschicht übernehmen, kannst du Theo später mit zum Training nehmen?« Würden sich die Mütter nicht untereinander helfen, würde nichts mehr klappen, also sagt Hope schnell zu, während sie an ihr Handy geht, was sich gerade mit einem schrillen Klingelton bemerkbar macht.

Anne, die beste Freundin ihrer Mutter, erinnert sie an die Eröffnungsfeier ihres Restaurants am nächsten Abend. Annes ewiger Traum, der endlich in Erfüllung geht. Hope stellt erschrocken fest, dass sie vergessen hat, sich ein neues Kleid für den Anlass zu besorgen. Kaum hat sie aufgelegt, klingelt ihr Handy erneut. »Kommst du zu spät? Das kannst du mir nicht antun, hier drehen alle durch!« Nilay, ihre Arbeitskollegin und sehr gute Freundin, erinnert sie daran, dass sie nur noch 10 Minuten hat, um auf der Arbeit zu sein, aber Hope hat Glück, denn ihr Bus kommt gerade. Sie arbeitet zwar in einem

Autohaus, doch diese Luxuswagen kann sie sich nicht mal mit den großzügigsten Prozenten leisten.

Hope setzt sich und sieht zu einem Mann, der ihr freundlich zuzwinkert. Sie hört die laute Unruhe bei Nilay im Hintergrund. »Bin gleich da, wieso, was ist los? Hat Herr Schnaub mal wieder eine Arbeitsplatzinspektion angekündigt?« Hope muss lachen bei dem Gedanken an das Chaos beim letzten Mal. Auch Nilay lacht. »Nein schlimmer, es hat sich spontan hoher Besuch angekündigt.« Hope verdreht die Augen, nicht schon wieder so ein Promi. Sie sind die schlimmsten Kunden, sie führen sich auf, als gehöre ihnen die Welt. Doch da es in ihrem Autohaus zwei Marken von Autos gibt, die es sonst fast nirgendwo zu kaufen gibt, sind diese Besuche leider häufig.

»Wer ist es dieses Mal? Wieder einer der gerade 18-jährigen Soap-Stars, die 20 Cent Trinkgeld geben?« Nilay lacht laut los und der Bus hält vor dem riesigen Gelände des Autohauses. »Nein noch schlimmer, wir schließen sogar den ganzen Vormittag, du wirst es nicht glauben, aber es kommen Könige. Sie sind hier bei einem Kongress oder so etwas und haben beschlossen, nicht ohne ein paar neue Autos zurückzukehren.«

Hope betritt das Gelände und zieht die Augenbrauen hoch. Könige? »Ich bin da, bis gleich.« Sie wird es ja alles gleich genau erfahren, sie lässt sich nie von der Panik anstecken oder beeindrucken. Deswegen geht sie noch schnell in die Lackierwerkstatt, um sich bei ihren zwei Lieblingslackierern einen Donut zu klauen.

Als sie danach in das Hauptgebäude eintritt, stehen Stevie und Italiano schon an der Tür und polieren gerade die eh schon glänzenden Autos noch einmal. »Morgen Sonnenschein, schon gehört, wer kommt?« Hope nickt und zeigt zu dem Tresen mitten in der großen Halle, wo sich wieder viele Mitarbeiter zu ihrem Morgenkaffee eingefunden haben. »Nilay war schneller!« Stevie hebt die Arme »sie ist unschlagbar!“ Hope wird von allen Seiten mit Sonnenschein begrüßt, jeder hier nennt sie so. Vielleicht, weil sie versucht, allen Menschen freundlich entgegentritt. Stevie sagt, dass wenn sie hereinkommt, die Sonne zu strahlen beginnt.

Ihre Arbeit ist anstrengend und nervenaufreibend, aber sie liebt es hier. Sobald sie hinter dem Tresen ist, bindet sie sich die Schürze um und blickt in den Besprechungsraum, in dem Herr Schnaub mit den Verkäufern zusammensitzt und sich berät. Seine Sekretärin steht bei Nilay, Hope begrüßt beide beim Anmelden an der Kasse. Sie reden über den erwarteten Besuch.

»Sie sollen soviel Geld besitzen, dass man es nicht mal annähernd schätzen kann. Ich habe mal in einem Bericht ein paar ihrer Häuser gesehen, es ist traumhaft, unvorstellbar!« Nilay legt die Hand auf die Schulter der gut gebauten Sekretärin. »Na vielleicht ist ja auch einer für dich dabei!« Die Sekretärin lacht. »Ja, ich habe gehört, sie dürfen sogar vier Frauen haben.« Nun wendet sich Hope ganz um. »Von wem redet ihr eigentlich, welche Könige?«

Mustafa, einer der besten Autoverkäufer aus dem Haus, gesellt sich zu ihnen, was bedeutet, dass die Besprechung vorbei ist. »Der König ist garantiert nicht dabei, aber es kommen Mitglieder aus der arabischen Königsfamilie. Ich werde ihnen heute das halbe Haus verkaufen, soviel ich weiß, sind die verrückt nach schnellen, teuren Autos.«

Man spürt ein Einatmen im ganzen Haus und Hope beobachtet, wie sechs abgedunkelte Geländewagen vorfahren. »Los geht's, wünscht mir Glück!« Hope sieht zu den Autos und lächelt Mustafa an. »Viel Glück, du schaffst das schon.« Dann wendet sie sich ab und füllt die Vitrine mit frischen Muffins und Gebäck. Im Gegensatz zu den anderen interessiert sie der Rummel um irgendwelche Mitglieder der königlichen Familie nicht.

Sie ist mit ihren Gedanken bei Liam und wie sie es rechtzeitig schafft, ihn und Theo zum Training zu bringen, wenn hier so viel los ist und dass sie sich auch noch ein Kleid besorgen muss. Hope sieht erst von ihrer Arbeit auf, als eine ganze Horde in schwarze Anzüge gekleideter Sicherheitsmänner an ihnen vorbeigeht. Sie sind fast wie ein Kreis geordnet, doch Hope sieht Herrn Schnaub und zwei ältere Männer im Kreis.

Die Männer tragen weiße lange Gewänder und unterhalten sich angeregt mit Herrn Schnaub, etwas weiter hinten laufen drei jüngere

Männer, die allerdings mit feiner Hose und lockerem Hemd eher zu dem Gefolge der älteren Herren zu gehören scheinen. Sie alle gehen zusammen in den Besprechungsraum und Herr Schnaub wirft ihr und Nilay einen auffordernden Blick zu.

»Wow, was für ein Auftritt, das gab es echt noch nie hier!« Nilay kriegt ihren Mund kaum zu, Hope flucht innerlich, dass sie ausgerechnet heute darauf gehofft hat, Herr Schnaub würde nicht zu sehr auf ihr Outfit achten. Sie zupft sich ihre Schürze zurecht und atmet tief ein, als sie sich auf den Weg zum Besprechungsraum macht.

Nilay zwinkert ihr aufmunternd zu und Hope lächelt die vielen Securitymänner an, als diese sie abschätzend mustern. Die denken offensichtlich nicht daran, sich auch nur einen Zentimeter zu bewegen, bis sie ihren Notizblock hochhält. Dann erst nickt einer von ihnen und begleitet sie mit in den Raum.

Hope hat nicht gesehen, dass neben Herrn Schnaub auch noch Herr Roger anwesend ist. Sein Partner, der zum Glück selten im Haus ist, wenn dann allerdings nie eine Gelegenheit auslässt, um zu versuchen mit Hope zu flirten. »Sonnenschein, du bist ja auch da!« Hope ringt sich ein Lächeln ab, bevor sie sich im Raum umsieht.

Die Herren sitzen alle um den Tisch herum, alle sind in ein Gespräch verwickelt, nur Herr Schnaub sieht auf und räuspert sich dann. Eigentlich geht Hope die Getränkeliste immer ab, aber dieses Mal übernimmt er es höchstpersönlich, in seinem gewöhnungsbedürftigen Englisch. Hope muss sich ein Grinsen verkneifen, er weiß, dass sie perfekt englisch spricht. Ihr Vater war Amerikaner, sie hat, als sie jünger war, jeden Sommer in Chicago verbracht und auch knapp zwei Jahre dort gelebt. Aber Herr Schnaub will seine Gäste beeindrucken, Hope riskiert in der Zeit einen genauen Blick auf die Männer.

Die beiden älteren Herren tragen beide die Gewänder, die Hope auch aus dem Fernsehen kennt, ganz in weiß, mit einem rot-weiß karierten Tuch um den Kopf gebunden. Sie tragen beide einen etwas längeren Bart und wirken trotz der Einfachheit ihrer Kleider sehr mächtig und elegant. Sie lauschen geduldig der Aufzählung diverser Kaffee- und Teesorten.

Hopes Blick schweift weiter zu den jüngeren Männern. Auch sie sehen sehr elegant aus. Einer, der sogar noch jünger als Hope wirkt, trägt gar keinen Bart und scherzt auf arabisch mit dem Mann neben ihm, der wilde Locken auf dem Kopf hat und einen ähnlichen Bart wie die älteren Männer. Doch man sieht ihm an, dass er vielleicht gerade mal Mitte zwanzig ist und sein plötzliches lautes Lachen bringt auch Hope zum Lächeln.

Dann sieht sie zu dem Mann, der gerade noch in einem Prospekt geblättert hat, was er jetzt auf den Tisch legt. Er hat einen feinen aber unglaublich gepflegten Dreitagebart. Er hat kurze aber volle, glänzend schwarze Haare. Hope muss zugeben, dass er sehr attraktiv aussieht. Sie alle sehen gut aus, es ist unverkennbar, dass sie alle zu einer Familie gehören. Hope sieht auf die Hände des Mannes, die so breit und groß wirken, dass die breite Armbanduhr aus Silber schon fast mickrig wirkt.

Sie mustert sein Gesicht, er hat schön geschwungene Lippen, eine feine Nase und lange Wimpern, die sich plötzlich heben und sie zwei dunkelbraune Augen ansehen. Hope sieht schnell weg, nein, sie hat nicht gerade so offensichtlich diesen Mann angestarrt?

Dieses Mal ist es ihr gar nicht unrecht, als Herr Roger sie mit seiner typischen Art anspricht. Hope spürt, dass sie rot wird. »Sonnenschein, bring mir das übliche.« Er zwinkert ihr zu und Hope schreibt sich seine Bestellung auf. Herr Roger macht sich nicht so viele Gedanken über die Gäste wie Herr Schnaub, der gerade mit seiner Liste endet. Die beiden älteren Herren bestellen Wasser und Tee bei Herrn Schnaub, sie sehen sie nicht einmal an. Die beiden jüngeren Männer bestellen auf englisch zwei Colas und Mandelkuchen. Widerwillig legt sich noch einmal Hopes Blick auf den Mann, den sie gerade so offensichtlich gemustert hat und dessen Blick sie seitdem genau auf sich gespürt hat.

Als sie ihn jetzt ansieht, treffen ihre Augen wieder auf seine und er scheint amüsiert zu sein. Er lehnt sich entspannt zurück und ein schönes leicht freches, schiefes Grinsen setzt sich auf sein Gesicht. »Habt ihr auch Flavors?« Hope nickt und zählt leicht verwirrt die Flavors auf, die sie im Haus haben. Er spricht deutsch, Hope spürt, wie sich ihre Gesichtsröte noch verstärkt, somit hat er die Sprüche von Herrn Roger auch verstanden, da der sich auch etwas verlegen räuspert, es ist wenigstens nicht nur ihr unangenehm.

Als Hope fertig ist, wird sein Grinsen nur breiter. Hope will einfach nur noch unsichtbar sein. »Ich nehme einen Latte Macchiato mit Caramel Flavor.« Hope nickt und wendet sich schnell zum Gehen um. Sie hört noch, wie Herr Schnaub den Mann auf sein gutes Deutsch anspricht und dieser erklärt, dass er in England studiert hat und dort als Fach auch die Deutsche Sprache hatte. Mehr bekommt sie nicht mit, denn sie geht schnell zurück zum Tresen, wo Nilay sie schon fragend ansieht.

Hope fasst alles schnell zusammen und Nilay kann nur leise lachen. Sie ist eine von Hopes wichtigsten Vertrauen in ihrem Leben. Sie kennt Nilay und ihren Mann Recep schon seit drei Jahren, ihr Sohn Kaan ist nur ein Jahr älter als Liam. Sie sieht Nilay schon fast als Schwester an.

»Ich weiß nicht, wieso du dich schämst? Der Mann behält dich zumindest im Auge!« Hope spürt zwar den Blick von ihm auf sich, doch guckt nicht noch einmal zurück ins Besprechungszimmer. Sie ist Nilay mehr als dankbar, dass sie die Getränke ins Besprechungszimmer bringt. Als Nilay wieder herauskommt, stellt sie sich zu Hope.

»Hope, du bist 24, der Blick dieses Mannes klebt förmlich an dir. Ich habe ihn mir richtig angesehen, er sieht zum Anbeißen aus, also los, hab deinen Spaß, flirte etwas, denk auch mal an dich!« Hope gibt ihrer Freundin einen Kuss auf die Wange. »Nilay... du solltest nicht zuviel von diesen Soaps gucken, das hier ist das reale Leben.«

Hope weicht lachend einem Handtuch aus, was Nilay ihr nachwirft und kümmert sich um die Verkäufer, die ungeduldig an ihrem Tresen darauf warten, dass alle aus dem Besprechungsraum treten und sie Geld verdienen können. Es dauert aber noch 20 Minuten, bis die Herren im Raum sich erheben. Schnell schnappen sich die Verkäufer einen der Männer.

Nur der Mann, der, seit Hope den Raum verlassen hat, immer wieder zu ihr blickt, wie Nilay ihr alle zwei Minuten versichert, kommt zum Tresen, direkt auf sie zu. Hope will sich abwenden und ihn Nilay überlassen, doch Nilay hält sie unter der Theke am Arm fest, so dass sie nicht fliehen kann. Bevor der Mann etwas sagen kann, stellt sich Mustafa zu ihm. »Können wir noch etwas Gutes für sie tun?«

Der Mann nickt. »Ich würde gerne noch so einen Kaffee haben!« Mustafa hat sein Verkäufergesicht aufgesetzt, Hope kennt das schon, es ist, als würden die Leute zwei Persönlichkeiten in sich tragen. »Kein Problem, Sonnenschein, machst du noch einen?« Hope nickt und sieht, wie der Mann die Augenbrauen zusammenzieht.

»Entschuldigen sie, aber ...heißen sie wirklich Sonnenschein?« Nun muss Hope lächeln, das scheint den Mann wirklich zu verwirren. »Nein, ich heiße Hope, es ist nur ..« Mustafa kommt ihr zuvor. »Sie ist der Sonnenschein der Firma!« Hope hat Mustafa schon immer sehr gemocht und nimmt sein augenzwinkerndes Lächeln an. Sie blickt zu dem Mann, der sie einen Moment mustert und dann wieder dieses freche Grinsen bekommt.

»Hope? Es freut mich, ich bin Farhan!«

Kapitel 2

Hope kann nicht anders reagieren, als erneut zu nicken, da hat Mustafa Farhan schon weitergelotst, er kann es offensichtlich nicht erwarten ihm die Autos zu zeigen. »Er steht auf dich!« Während Hope das Getränk zubereitet, stellt sich Nilay wieder zu ihr. Sie hat ihre Augen und Ohren überall. »Weil er sich vorgestellt hat? Schreibt die Hochzeitseinladungen! Du spinnst doch.« Nilay lächelt nur wissend und deutet mit dem Kopf in die Richtung, in die Mustafa und Farhan verschwunden sind.

Als Hope zu ihnen sieht, trifft sie wieder auf die dunklen Augen von Farhan, der sie kurz ansieht und dann wieder zu dem Auto, das Mustafa gerade für ihn öffnet. Hope schüttelt den Kopf und kümmert sich wieder um das Getränk. Sie ist richtig erleichtert, als sie den Anruf bekommt, dass sie in den hinteren Bereich der Halle kommen soll um Ware abzunehmen. Sie drückt Nilay den Kaffee in die Hand und verschwindet schnell nach hinten.

Hope lässt sich extra viel Zeit, die neugekommene Ware im Lager einzusortieren. Es wird ihr manchmal zu viel mit den Verkupplungsversuchen der anderen. Jeder sagt ihr, dass sie sich endlich wieder auf einen Mann einlassen muss. Seit Jerry hat sie niemanden mehr an sich herangelassen.

Jerry, sie dachte damals er ist der Mann ihrer Träume, wie naiv sie doch war. Hope war mit 19 einen Sommer bei ihrer Tante in Chicago, da hat sie ihn getroffen. Dunkle Haare, dunkle Augen, auf dem Weg zum Footballprofi. Er hat ihr die Sterne vom Himmel geholt und sie hätte alles für ihn getan.

Hope hat seine aggressive Art nie ernst genommen, es ging niemals gegen sie. Ihre Mutter war von Anfang an dagegen, doch Hope wusste es besser. Sie hat ihre Schule in Deutschland geschmissen, ist in Chicago geblieben und hat dort angefangen in Boutiquen zu arbeiten, während Jerry bei seinem Vater in der Baufirma gejobbt hat, bis sein großer Durchbruch im Football kommen sollte. Sie hatten ein kleines

Apartment und bei einem Wochenend-Trip nach Las Vegas gaben sie sich das Ja-Wort. Ohne Familie, ohne Freunde, wenn Hope jetzt darüber nachdenkt, war es vielleicht eher der Versuch, ihrer Mutter und allen zu beweisen, wie erwachsen sie schon ist, als Liebe.

Es lief gut, Hope war zufrieden, bis Jerry einen Unfall hatte. Betrunken mit seinen Freunden und auch einigen anderen Frauen, die er ihr niemals erklären konnte, fuhr er das Auto seines Vaters zu Schrott. Alle waren leicht verletzt, nur Jerry hatte so einen komplizierten Bruch am rechten Bein, dass die Ärzte ihm sagten, er könne danach nie wieder sein Bein zu sehr belasten.

Von einem auf den anderen Tag war nicht nur seine erhoffte Karriere vorbei, auch sein Vater war so sauer, dass er ihn aus der Firma schmiss. Das war der Anfang vom Ende.

Jerry wurde depressiv, er hockte nur noch zu Hause, nahm zu und da sie nun nicht mehr zwei Einkommen hatten, nahm Hope noch einen Job an. Sie arbeitete fast 12 Stunden lang, nur um sich dann zu Hause das Gemeckere von Jerry anzuhören. Zu dem Zeitpunkt ist er auch das erste Mal ihr gegenüber handgreiflich geworden. Es war schleichend, ein Schubser hier, ein Stoß da, bis er ihr eines Tages, nachdem sie ihm das falsche Essen nach Hause gebracht hat, eine Ohrfeige gegeben hat. Jerry hat sich entschuldigt, 1000 mal, und Hope verzieh es ihm, auch wenn es etwas in ihr zerstört hatte.

Genau in dieser ohnehin schon schwierigen Zeit wurde sie schwanger. Jerry freute sich nicht, es war ihm egal, doch für Hope war das Baby in ihrem Bauch ein Lichtblick, dass alles besser werden könnte. Die erste Zeit schien es auch so, der Vater von Jerry gab seinem Sohn noch eine Chance, nachdem er von der Schwangerschaft erfuhr und es ging etwas bergauf. Nur Jerrys Aggressionen blieben.

Ihre Wohnung glich irgendwann einem Schlachtfeld. Die Stühle waren wackelig von dem andauernden Herumschmeißen, kaum ein Spiegel mehr ganz, doch Hope hielt sich an der verrückten Hoffnung fest, die Zeit würde alles besser werden lassen. Zu fest, denn sie hätte es ahnen müssen.

Sie war im sechsten Monat schwanger, als Jerry sie nach einer Kneipennacht um drei Uhr morgens an den Haaren aus dem Bett zog und sie zwingen wollte ihm ein Sandwich zu machen. Er schubste sie und achtete nicht mal auf ihren Bauch, auf das Baby, das Glück, was sie wieder zueinanderfinden lassen sollte. Hope hatte Angst, solche Angst, dass sie ihm schweigend sein Sandwich machte.

Sie saß danach Stunden in der Küche, zitternd vor Kälte und Angst und wartete darauf, dass er im Wohnzimmer einschlief. Dann packte sie ihre Sachen und fuhr auf direktem Weg zum Flughafen und nach Deutschland in die Arme ihrer Mutter, die sie auffing. Maria baute Hope wieder auf, half ihr bei allem, was sie zu bewältigen hatte und das ohne ihr vorzuwerfen, dass sie wusste, dass diese Sache kein gutes Ende nehmen würde.

Hope und ihre Mutter hatten immer ein gutes Verhältnis, nach dem Tod des Vaters wurden sie zu einer Einheit, auch wenn die knapp zwei Jahre in Chicago einen Knacks hinterlassen hatten, wurden sie danach noch unzertrennlicher. Für Hope war es schwer, hochschwanger, ohne Job, ohne Mann, sich etwas in Deutschland aufzubauen, doch sie hat es geschafft und das nur für Liam. Alles, jeder Schmerz in ihrem Leben, alles was sie angezweifelt hatte war vergessen, als sie ihren Prinzen im Arm hielt. Da hat sie das erste Mal verstanden, was wirkliche Liebe ist.

Ihre Mutter, Anne die Freundin ihrer Mutter, sowie Selina, eine alte Schulfreundin, die sie in München wieder getroffen hat, wurden zu ihren Stützen. Hope lernte in einer Kindergruppe die verrückte Nilay kennen und bekam den Job im Autohaus. Im ersten Jahr hat sie nur im Café gearbeitet, dann hat sie mit Hilfe von Herrn Schnaub abends einen Kurs besucht und ist seitdem drei Tage im Café und zwei Tage in der Büroabteilung des Autohauses.

So ist ihr Gehalt ausreichend, so dass sie und Liam ein gutes Leben haben. Jerry hat sich erst nach Liams erstem Geburtstag wieder gemeldet. In dem Moment, wo Hope Amerika verlassen hat, war sie für die Familie von Jerry gestorben. Dass Jerry keinerlei Interesse an dem Kind gezeigt hat, hatte sie geahnt, doch seine Familie wollte nichts mehr von ihr wissen.

Sie hat Bilder und Briefe geschickt, bis Hope irgendwann den Anruf bekam, dass sie das sein lassen soll, da die Müllentsorgung der Familie Geld kostet. Vielleicht sind sie einfach nur sauer gewesen, dass sie sich nun wieder ganz um ihren Sohn kümmern müssen. Jerry selber hat sich erst Wochen nach Liams erstem Geburtstag gemeldet, er hat Hope angefleht ihn anzuhören, ihm eine Chance zu geben, doch nicht mal gefragt, ob er einen Sohn oder eine Tochter hat.

Er kam nach Deutschland und auf den ersten Blick hatte er sich wirklich geändert. Er war wieder der alte Jerry, voller Pläne und Zukunftsvorstellungen. Jerry nahm sich ein Apartment und blieb einen Monat. Sie unternahmen viel, doch Hope merkte schnell, dass es Jerry nur um sie ging. Es brach ihr Herz zu sehen, wie Liam um die Aufmerksamkeit seinen Vaters bemüht war, doch er ihn nicht eines Blickes würdigte. Es tat ihr so weh, dass sie Liam nicht das geben konnte und immer noch nicht kann, was einem Kind zusteht, eine normale Familie, einen Vater, der ihn liebt.

An einen Nachmittag, als die beiden ohne Liam in Jerrys Apartment waren, hat sie ihm das alles an den Kopf geworfen. Alles ist aus ihr herausgeplatzt und Jerry hat sie ausgelacht, dass sie eine Nutte sei und er nicht mal weiß, ob das sein Kind ist. Hope wollte gehen, mit den Worten war dieses Kapitel für sie abgeschlossen, doch Jerry hatte sich wohl doch nicht so sehr geändert.

Er wollte sie zurückhalten, jedoch hatte Jerry nicht gemerkt, dass sie sich geändert hat. Aus der jungen naiven Hope war nun eine Mutter geworden, die sich durch das Leben kämpft. Sie hat seine Hand weggeschlagen und gesagt, er solle sie nie wieder anfassen. Als er sie schlagen wollte, wich sie in die Küche aus und nahm ein großes Küchenmesser. Hope schrie ihn an, er soll zurück nach Amerika, aus ihrem Leben verschwinden und nie wieder kommen. Jerry entriss ihr das Messer so grob, dass sie sich den Unterarm aufschlitzte. Das Blut lenkte Jerry ab, so dass sie an die Haustür flüchten konnte, bis er sie einholte.

Hätten Nachbarn nicht das Geschrei gehört, geklopft und die Polizei gerufen, wer weiß, wie das ganze ausgegangen wäre. Jerry wurde festgenommen und darf nicht mehr in Deutschland einreisen, was er sicher auch nicht vorhat. Keiner von ihnen hat sich jemals wieder gemeldet und es ist besser so, auch wenn es Hope weh tut für Liam. Er sagt nichts dazu, aber sie weiß, dass er sich einen Vater wünscht.

Jerry war der erste Mann in Hopes Leben, mittlerweile sind sie auch geschieden, doch sie hat sich zwar mit anderen Männern getroffen, aber es hat noch niemand geschafft, ihr Herz zu berühren. Sie weiß, dass sie erst 24 ist und sich wieder öffnen muss, doch es wird dann passieren, wenn es passieren soll und nicht, wenn die anderen es meinen.

Hope legt den letzten Karton ins Kühlfach und vertreibt diese Erinnerungen wieder, bevor sie zurückgeht. Sie stolpert fast in die Gruppe von Männern hinein, die sich nun alle um ein Auto versammelt haben. Mustafa grinst sie zufrieden an und hält heimlich den Daumen nach oben.

»Bei uns ist das nicht anders als bei ihnen!«, lacht der eine ältere Mann in englisch mit Herrn Schnaub gerade und Hope traut sich gar nicht nach Farhan zu sehen. »Es freut mich, dass wir uns so einig geworden sind!« Auch Herr Schnaub scheint sehr zufrieden zu sein. »Wir sind noch bis Donnerstag hier in München, es sind einige gute Geschäfte hier vereinbart worden, und wir geben am Mittwochabend ein großes Fest, wo wir uns mit einem guten Essen bei unseren Geschäftspartnern bedanken wollen, das ist so üblich bei uns. Wir würden uns freuen, sie und ihre Mitarbeiter begrüßen zu dürfen. Wenn sie morgen die Papiere bekommen, sind Einladungen dabei.«

Es folgt eine höfliche Verabschiedung und Hope kehrt zu Nilay hinter dem Tresen zurück. »Bist du in die Truhe gefallen?«, scherzt diese und deutet zu den Männern. »Der junge Mann hat sich immer wieder nach dir umgesehen.« Hope sieht, wie er und der jüngste der Männer auf sie zukommen. Beide lächeln den Frauen freundlich zu und stecken einige Scheine in ihre Trinkgelddose. »Einen angenehmen Tag noch die Damen, wir sehen uns am Mittwoch.« Farhan schenkt ihnen noch einmal dieses freche Grinsen und noch ehe Hope oder Nilay etwas sagen können sind, sie mit all den anderen Männern in Richtung Ausgang unterwegs.

Hope riecht noch eine ganze Weile seinen anziehenden Geruch, aber vielleicht bildet sie sich das auch nur ein, da Nilay das Thema nicht mehr fallen lässt. »Komm schon Hope, lass uns einen Abend genießen. Wann hattest du das letzte Mal die Möglichkeit, zu einem Essen mit Königen zu gehen? Nie, und du wirst sie auch nie wieder bekommen. Bitte lass uns beide dahin gehen!« Nilay sieht ihre Freundin flehend an.

»Herr Schnaub nimmt sicher nur die höheren Mitarbeiter mit. Außerdem gehe ich sehr wohl schick aus, morgen Abend bin ich auch schon ausgebucht und für so etwas habe ich kein passendes Kleid und auch nicht das Geld mir so etwas zu besorgen!« Hope muss lachen. Nilay gibt ihr einen Kuss auf die Wange, bevor sie aus der Trinkgelddose die Scheine zieht, die die Männer vorhin hinterlassen haben. Hope sieht mit offenem Mund auf die zwei 500-Euro-Scheine, das ist fast eine komplette Monatsmiete für sie. »Wie aufregend, die Eröffnung von Annes Restaurant, das wird das Highlight deines Lebens. Ich rede mit Herrn Schnaub!«

»Ich weiß nicht, denkst du nicht, das ist etwas zu viel?« Hope sieht sich unsicher im Spiegel an. Nach dem Fußballtraining hat Recep, der Mann von Nilay, sich bereit erklärt auf die beiden Jungs aufzupassen. Nilay und Hope haben erst ein relativ unspektakuläres schwarzes Kleid für morgen Abend besorgt, bevor sie Nilay in ein türkisches Brautmoden-Geschäft geschleppt hat. Hier haben sie neben den Brautkleidern auch Abendkleider für größere Veranstaltungen. Nilay hat sich sofort ein rotes, auffälliges Kleid ausgesucht, was ihr wirklich steht, sie sieht aus wie eine Prinzessin, doch Hope war das alles zu viel und hat sich für ein zwar langes und feines aber doch nicht ganz so pompöses zartrosa Kleid entschieden mit einer strassbesetzten Taille.

»Du siehst traumhaft aus!« Auch der ältere Mann, der ihnen hilft, nickt sie zuversichtlich an. Schließlich nimmt Hope das Kleid, es hat sie eh gewundert, dass Herr Schnaub sie mitkommen lässt, doch nun ist Nilay nicht mehr umzustimmen. »Zeigen wir den Königen, was wahre Prinzessinnen sind.«

Es reicht anscheinend bei den meisten Frauen aus von Königen und Prinzen zu sprechen, um alle ins Schwärmen zu bringen. Selbst ihre Mutter und Anne sind sofort begeistert, als Hope ihnen davon bei der Neueröffnung des Restaurants erzählt. Ihre Mutter sagt sofort zu, Liam bei sich zur Übernachtung zu behalten, doch erst als sie zwei Stunden vor beginn der Feier mit Nilay bei deren Cousine im Friseursalon sitzt und die ihr bei lauter Musik und viel guter Laune ihre langen blonden Wellen in riesige Hollywoodlocken verzaubert, lässt Hope sich anstecken und wartet gespannt auf die Dinge, die der Abend bringen wird.

Sie fahren mit einem Taxi zum teuersten Hotel in München. Da warten schon Mustafa und ein anderer Verkäufer in feinen Anzügen auf die beiden, um mit ihnen zusammen in die letzte Etage des Hotels zu fahren, die als Restaurant dient und für den ganzen Abend für diese Veranstaltung gemietet ist. Man hat einen atemberaubenden Blick über München, doch Hope kommt nicht dazu diesen lange zu genießen.

Sie betreten den Saal und finden an die 300 Leute vor. Hope erkennt sogar einige Prominente darunter, auf jeden Fall sind das alles Leute, die normalerweise bei ihnen die Autos kaufen. Hope fühlt sich so, als würde 'einfache Kellnerin' bei ihr auf der Stirn stehen. Nilay hingegen kommt erst richtig in Fahrt, hakt sich bei ihr ein, nickt allen freundlich zu und kneift Hope hin und wieder fasziniert in den Arm, wenn sie etwas entdeckt hat, was ihnen den Atem raubt und davon gibt es genug zu entdecken.

Es stehen Eisskulpturen an den Wänden, die mit frischem Obst geschmückt sind. Melonen, die zu Rosen gefertigt wurden, allein der Tischschmuck muss Tausende gekostet haben. Sie suchen die drei runden Tische, an denen sie und die anderen aus dem Autohaus platziert sind. Mustafa beginnt seine Späße zu machen. Die Stimmung lockert sich, bis es ganz ruhig wird und mehrere Männer in den Raum treten.

Sie alle tragen die weißen Gewänder, die die älteren Herren schon in ihrem Autohaus getragen haben, aber dieses Mal haben alle ein weißes Tuch auf dem Kopf, was mit schwarzen Bändern befestigt wurde. »Die Könige der Wüste!«, flüstert Nilay ehrfürchtig und allen stockt einen Moment der Atem. Es wirkt so eindrucksvoll, ihre Erscheinungen wirken so stolz und mächtig, dass man ihren Status niemals in Frage stellen würde.

Die Männer nicken jedem zu und begeben sich an einen Tisch in der Mitte, während ein Sprecher ihre Namen verkündet. Sie alle sind Prinzen. Als der Sprecher Farhans Namen sagt, kann Hope es nicht verhindern, dass ihr Herz etwas schneller schlägt. Auch er ist ein Prinz. Prinz Farhan Amir Yessir bin Yasin. Unmöglich, sich das alles zu merken, aber es ist offensichtlich normal, dass sie alle so lange Namen haben.

Farhan sieht ganz anders aus in diesem weißen Gewand, als in dem Anzug aus dem Autohaus, doch er bewegt sich so frei, stolz und natürlich, als wäre er damit geboren. Als die Herren sich setzen, steht der eine jüngere Mann auf und bedankt sich bei allen für die Gastfreundschaft, die guten Geschäfte und dass die Familie hofft, in Zukunft mehr Geschäfte hier in Deutschland abzuschließen. Es wird für diese Rede sogar einigen Reportern der Eintritt erlaubt. Sie geht länger, da er sie auf englisch, deutsch und fließendem Französisch hält.

Hope fühlt sich immer kleiner, Nilay neben ihr zwickt ihr in den Arm. »Farhan hat dich entdeckt!« Hopes Blick geht zu ihm, doch er sieht den Mann, der die Rede hält, aufmerksam an. Es dauert noch einige Augenblicke, bis die Rede beendet wird und im selben Moment kommen dutzende Kellner, die die Tische mit Leckereien überhäufen. Es gibt zuerst eine köstliche Suppe, dazu werden Datteln und andere kleine Köstlichkeiten gereicht. Es schmeckt traumhaft, Hope würde am liebsten noch einen Teller nehmen, doch es wird der zweite Gang gereicht.

Lammfleisch, was so zart ist, dass es auf der Zunge zergeht. Dazu Reis und Gemüse, Hope kann sich nicht erinnern, schon einmal etwas Leckereres gegessen zu haben. Zu leisen klassischen Melodien unterhalten sich alle leise. Am Tisch der Prinzen sitzen nur Männer. Auch Herr Schnaub sitzt bei ihnen, doch Hope versucht so wenig wie möglich zu dem Tisch zu sehen. Sie bekommen Tee, Wasser, Limonade, aber als einer der Mitarbeiter nach Wein fragen will, stoppt Nilay ihn und erklärt, dass in dem Land, aus dem die Prinzen kommen, Alkohol streng verboten ist.

Hope stört so etwas gar nicht, sie muss zugeben, dass ihre Bedenken vollkommen unbegründet waren, sie genießt den Abend. Sie erlebt die Mitarbeiter mal von einer ganz anderen Seite, was amüsant und schön zugleich ist. Auch der Nachtisch ist nicht zu übertreffen an leckerem Gebäck, Hope hat nach einem Glas Tee das Gefühl, bald aus dem teuren Kleid herauszuplatzen. Mit der Zeit sind viele aufgestanden.

Sie verteilen sich im Raum oder bei den anderen Tischen, so dass mehrere Gruppen entstehen. Hope sieht, dass auch Farhan in einer Ecke steht, umringt von anderen Männern, aber auch von einigen Frauen, die etwas zu auffallend amüsiert mitlachen. Hope kann sie verstehen, er sieht atemberaubend aus in diesem Gewand, mit der dunklen Haut, dem Dreitagebart, dem schöne, Gesicht und den gefährlich dunklen Augen. Hope überredet Nilay, die genauso satt und matt ist, aufzustehen. Beide suchen erst einmal die Damentoilette auf und sehen sich danach ein aufgestelltes Modell mit einer großen Hotelkette an, die die Prinzen hier zusammen mit anderen Unternehmern entstehen lassen wollen.

»Gefällt es den Damen?« Hope schreckt leicht zusammen, als sich auf einmal Farhan dicht hinter ihnen meldet. »Ich finde es sieht gut aus«, entgegnet Nilay sofort. »Und was sagen sie .. Miss Hope?! Nilay lacht. »So alt seid ihr doch beide noch nicht, dass man sich siezen muss oder?« Hope muss lachen, Nilays große Klappe macht vor niemandem Halt.

»Ich bin 26 Jahre alt«, auch Farhan lächelt. »24 und Hope reicht. Ich finde die Hotels schön, etwas hoch, aber schön.« Farhan tritt neben sie und aus den Augenwinkeln sieht Hope, wie Nilay sich entfernt. »Hoch? Wir haben sie extra noch einmal niedriger angedacht, sie werden nur 5 Stockwerke höher als dieses Gebäude.« Er zeigt auf das höchste der vielen Hotels. Hope sieht zu den riesigen Fensterscheiben. »Die Aussichten sind atemberaubend, aber eben etwas ..hoch.« Farhan lacht und sieht sie interessiert an, von so nahem muss sie aufpassen, dass sie sich nicht in seinen dunklen Augen verliert.

»Hast du ein Problem mit Höhe?« Hope zieht die Augenbrauen zusammen, so genau weiß sie das nicht. »Ich denke nicht, es ist nur so, wenn ich unten stehe und an einem hohen Gebäude hoch sehe, wird mir schwindelig. Ich kann dann nicht nach oben sehen.« Farhan stützt sich an dem Modell ab, er findet das scheinbar sehr interessant. »Und wenn du auf dem Gebäude bist und hinunter siehst?« Hope zuckt die Schultern. »Das ist das höchste Gebäude, in dem ich je war.«

Nun zieht er die Augenbrauen zusammen. »Okay, was ist im Flugzeug?« Hope beginnt zu lachen. »Da habe ich so viel mit meiner Flugangst zu tun, dass ich keine Zeit für Höhenangst habe. Aber ich denke nicht, dass ich direkt Höhenangst habe. Guck, ich kann aus dem Fenster sehen und mir geht es gut.« Farhan sieht sie einen Moment nur an, als würde er etwas abwägen.

»Testen wir es!! Hope lächelt und will sich auf den Weg zu den großen Fensterfronten machen, doch Farhan hält sie vorsichtig am Arm zurück. »Nein, nein, ich meine richtig!« Hope folgt Farhan aus dem Saal, dabei blickt sie sich mehrmals um, aber alle sind in Gespräche vertieft und niemand beachtet sie, außer den Securityleuten, die sie sofort begleiten. Hope sieht etwas verängstigt zwischen den ganzen Bären hin und her, als sie vor dem Fahrstuhl warten. Aber bevor sie fragen kann, was Farhan vorhat, steigen sie schon ein.

Farhan gibt keine Etage sondern einen Code ein und der Fahrstuhl fährt nach oben. »Sind wir nicht schon in der letzten Etage?« Farhan lächelt »nicht ganz.« Der Fahrstuhl hält aber sofort wieder und Farhan sagt etwas auf arabisch zu den Securityleuten und Hope und er steigen alleine aus. Sie stehen, anstatt wie unten beim Restaurant, im Hotelflur, sondern mitten in einem Zimmer. Zimmer ist untertrieben, es ist eher eine riesige Suite, Hope sieht, dass noch weitere Zimmer abgehen.

»Wo sind wir hier?« Farhan deutet ihr den Weg zu einer Terrasse. »In unseren Unterkünften hier im Hotel.« Hope bekommt ein ungutes Gefühl, sie kennt diesen Mann überhaupt nicht und wäre niemals mit ihm in ein Hotelzimmer gegangen. Sie will gerade umdrehen, da öffnet er die Terrassentür. »Na los Hope, probiere es aus!« Hope beißt sich kurz unsicher auf die Lippe, doch dann tritt sie auf die riesige Terrasse an Farhan vorbei.

Der Ausblick ist gigantisch, Hope hat das Gefühl über ganz München sehen zu können. »Wow!« Farhan beginnt zu lachen. »Okay und jetzt richtig.« Er legt seine Hand an Hopes Rücken und führt sie langsam nach vorne. Solange Hope geradeaus guckt, ist alles in Ordnung. Farhan bleibt hinter ihr. »Sieh mal die Sterne.« Hope hebt den Blick und sieht in den Sternenhimmel. »Und sieh da unten.« Sobald Hope den Blick senkt, dreht sich alles. Sie kann nicht nach unten sehen, ohne sofort vom Schwindel gepackt zu werden. Aus Reflex greift sie nach Farhans Arm. »Oh nein, ich habe das Gefühl, das Haus wackelt.«

Farhan grinst siegessicher »du hast Höhenangst!« Hope sieht noch einmal nach unten und greift sofort stärker nach seinem Arm. »Vielleicht wackelt auch einfach das Haus!« Farhan lacht schallend los und bringt Hope sicher zurück in das riesige Apartment. Sofort wird Hope wieder unwohl, doch Farhan steuert gleich den Fahrstuhl an, Hope ist froh darüber, aber doch etwas verwundert.

Würde nicht sonst fast jeder Mann die Situation nutzen, um wenigstens zu testen, ob eine Chance besteht etwas Spaß zu haben? Doch Farhan fragt sie aus, wie ihr das Essen geschmeckt hat und bringt Hope sofort auf andere Gedanken. Sie schwärmt von dem Essen und besonders von den gefüllten Teigtaschen. Sichtlich zufrieden versichert er ihr, dass er dafür sorgen wird, dass sie welche von denen mit nach Hause nehmen kann. Als sie aus dem Fahrstuhl steigen und wieder zu den anderen gehen, spürt Hope, wie ihr das Blut in die Wangen fließt.

»Die denken jetzt sicherlich sonst etwas von mir!«, murmelt sie leise mehr zu sich selber, doch Farhan bleibt stehen und sieht sie ernst an. »Solange du mit mir bist, wird niemals jemand deine Ehre und deinen Stolz infrage stellen.« Farhan wird von dem anderen jüngeren Mann zu einer scheinbar wichtigen Unterhaltung gerufen und Hope sieht ihm verdutzt hinterher. Hat sie das gerade richtig verstanden? Nilay eilt zu ihr »Was habt ihr gemacht?« Hope sieht ihre Gedanken und kneift dieses Mal ihre Freundin. »Nicht das was du denkst!«

Es ist schon spät, alle müssen morgen wieder arbeiten, so verabschieden sie sich kurz danach. Farhan steht mit einigen Männern um das Modell herum und ist in Gespräche vertieft. Als Gruppe treten sie heran und bedanken sich für den netten Abend. Farhan bewegt sich zwei Schritte weg und deutet mit den Augen zur Tür, wobei er Hope eine Karte in die Hand drückt. »Lass mich bitte wissen, ob es gut und genug war!« Hope nickt und sieht zur Tür, wo schon eine Servicedame mit einem größeren Karton in einer Tüte steht. Farhan schenkt ihr noch ein Lächeln und dreht sich wieder weg.

Als Hope das Hotel mit der Tüte und ihren Mitarbeitern verlässt, fühlt sie sich wie in Trance, ist das alles wirklich passiert? Es fühlt sich zu unreal an, doch die Karte, die sie noch immer in der Hand hält, sagt etwas anderes aus.

Kapitel 3

Zu Hause geht Hope sofort schlafen, sie schafft es noch sich aus dem Kleid zu schälen, die Tüte in den Kühlschrank zu legen und einen wehmütigen Blick auf das leere Bett von Liam zu werfen. Doch viel zu schnell muss sie wieder aufstehen, sie ist zu müde um sich wie immer fertigzumachen und stellt auf der Arbeit erleichtert fest, dass es allen, die gestern bei der Feier waren, so geht. Auch Nilay ist schweigsamer als sonst und nur am Gähnen.

Sie schwärmt aber jedem, der nicht anwesend war, von dem tollen Abend vor, und als sie mittags zusammen das Autohaus verlassen, erzählt Hope ihr, was sie und Farhan gestern gemacht haben, als sie alleine weggegangen sind. Nilay ist begeistert von Farhan und fragt sich, ob sie die Herren jemals wiedersehen werden. Hope sagt ihr nichts von der Karte, die Farhan ihr gegeben hat und die nun bei ihr in der Küche auf dem Arbeitsplatz liegt. Sie weiß nicht einmal, ob sie die Nummer, die da mit Farhans Namen drauf steht, jemals verwenden wird.

Als sie dann Liam vom Kindergarten abholt, geraten beide in einen heftigen Platzregen und rennen nach Hause. Hope zieht ihm die nassen Sachen aus, doch ihr fällt ein, dass sie noch einmal raus müssen zum Einkaufen, da nichts mehr im Haus ist. Erst beim Blick in den Kühlschrank bemerkt sie den Karton wieder und sie sieht neugierig nach, was Farhan ihr hat mitgeben lassen. Schon als sie die vielen verschiedenen Dosen und Päckchen in dem Karton öffnet, schlägt ihr Magen bei dem leckeren Duft, der ihr entgegenkommt, Alarm.

Es ist wirklich alles dabei, die Suppe, das leckere Lamm, Reis und viele der guten Teigtaschen. Liam sieht begeistert zu, wie Hope alles auf dem Herd erwärmt und beide greifen danach richtig zu. Als sie auf der Couch später eingekuschelt fernsehen und Liam langsam einschläft, sieht sich Hope die Karte von Farhan richtig an. Sie sollte sich bedanken aber sie traut sich nicht einfach anzurufen. Als sie entdeckt, dass er Whatsapp hat, schreibt sie ihm eine Nachricht. Sie bedankt sich für das Essen und versichert, dass es genauso gut geschmeckt hat wie gestern. Es dauert keine 10 Minuten, da erhält sie eine Antwort. Dass es ihn freut und wie es Hope geht. Hope lächelt, als sie ihm antwortet, dass es ihr gut geht, sie etwas müde ist, da sie den ganzen Tag gearbeitet hat, aber dass sie jetzt wenigstens satt ist.

Wenn Hope daran denkt, dass sie gerade einem echten Prinzen schreibt, fühlt es sich komisch an, unreal, aber sobald sie das verdrängt, fühlt es sich schön an. Jedes Mal wenn Farhan ihr antwortet, kribbelt es in ihr. Und er antwortet ihr, er schreibt ihr, dass er heute Nacht zurückfliegt und er gestern Abend noch auf der Terrasse stand und an sie denken musste. Hope mag ihn, sie schreiben bis er los muss, doch schon am nächsten Tag meldet er sich wieder.

Die ersten Tage schreiben sie nur ein paar Mal am Tag, Hope ist sehr zurückhaltend und merkt auch, dass Farhan vorsichtig ist. Sie fragen, wie es dem anderen geht, was beide machen. Hope merkt schnell, dass ihr Leben neben seinem nicht ganz so aufregend wirkt. Sie erwähnt Liam nicht, dafür kennt sie ihn noch zu wenig. Für Hope ist Liam wie ein wichtiger Diamant, den sie immer vor allen beschützen und bewahren will. Deswegen berichtet sie ihm fast immer das Gleiche, dass sie arbeitet, einkauft, aufräumt, vielleicht mal schwimmen oder im Kino ist.

Farhan ist viel unterwegs, einmal meldet er sich aus Dubai, dann wieder aus Spanien. Seine Familie macht überall in der Welt Geschäfte, um die sie sich kümmern, aber weiter geht er nicht darauf ein, und Hope fragt auch nicht nach. Nach ein paar Tagen, als Hope gerade dabei ist ins Bett zu gehen, fragt Farhan, ob er sie anrufen darf. Hope mag diese respektvolle und auch etwas zurückhaltende Art an ihm sehr.

Er bedrängt sie niemals und man spürt, dass er ihr nicht zu nahe treten will, wenn sie das nicht möchte. Hope hat noch nicht viel von sich preisgegeben, er weiß nichts von ihrer Vergangenheit und nicht, dass sie genau diese Gewissheit, sich jederzeit zurückziehen zu können, braucht. Also erlaubt sie es, und es ist nur einen kurzen Moment ungewohnt seine Stimme zu hören, dann fühlt es sich schon beängstigend vertraut an. Sie reden zwei Stunden. Es ist das erste Mal, dass beide etwas mehr von sich erzählen.

Hope weiß nichts über die Familie von Farhan, sie hat sich noch nie mit dem Thema beschäftigt. Auf ihre Nachfrage erklärt Farhan ihr, dass sie alle von der Königsfamilie abstammen. Sie leben in dem arabischen Königreich. Es gibt einen König, der drei Frauen hat, vier Brüder und drei Schwestern, ihre Familie Yessir herrscht dort schon seit vielen hundert Jahren. Die Königsfamilie hat so viele Mitglieder, dass er sich nicht einmal selber sicher ist, ob er alle kennt.

Er selbst hat noch drei Geschwister, den einen jüngeren Mann, der ihn am dem Tag im Autohaus begleitet hat und der die Rede gehalten hat, Faruk. Er ist 18 und studiert gerade in Frankreich. Diese Termine waren seine ersten öffentlichen Auftritte, und man hört heraus, dass er stolz auf ihn ist. Von seinen Schwestern sagt er nur, dass beide im arabischen Königreich leben und verheiratet sind. Er selber ist aber nicht so häufig dort, er ist meistens in Dubai. Als ältester Sohn kümmert er sich vorwiegend um die Geschäfte. Auch wenn sie alle aus der Königsfamilie stammen, geht jede Familie auch noch ihren eigenen Geschäften nach. Hope ist beeindruckt.

Als er sie nach ihrer Familie fragt, stockt sie einen Augenblick, doch dann sagt sie, dass ihre Familie sehr viel kleiner ist. Sie erwähnt ihre Mutter und deren Schwestern und dass ihr Vater gestorben ist. Farhan scheint zu spüren, dass sie noch nicht bereit ist, ihm mehr zu erzählen und fragt, wo sie schon alles war. Immerhin kann sie da sagen, dass sie schön öfter in Amerika aber auch schon in Italien, Spanien und sogar einmal mit der Klasse in England war.

Hope genießt es mir ihm zu reden, von dem Tag an schreiben sie nicht nur noch jeden Tag sondern telefonieren öfters, immer abends, bevor Hope schlafen geht, auch wenn es für ihn dort, wo er gerade ist, nicht immer abends ist.

Nach ein paar Tagen erzählt Hope auch Nilay davon. Die ist begeistert und denkt, dass Hope diese Ablenkung gut tut. Mehr aber auch nicht und so geht es Hope auch, sie genießt den Kontakt zu ihm, doch auf was sollte das hinauslaufen? Immer wenn solche Gedanken über sie einbrechen, denkt sie an die Worte ihrer Mutter, dass sie manchmal einfach das tun muss, was sich gut anfühlt. Und das tut es, der Kontakt zu Farhan fühlt sich für Hope sehr gut an. Wenn sie sich einmal nicht sprechen, fehlt es ihr sogar richtig.

Zwei Wochen nach dem Essen im Restaurant, als sie am Abend telefonieren, sagt ihr Farhan, dass er am Wochenende in Paris ist und als er dann etwas unsicher fragt, ob er sie zu einen Essen einladen dürfte, stutzt Hope. Verwechselt er sie? Wahrscheinlich hat er zu vielen Frauen Kontakt, wenn sie daran denkt, wie die Frauen an dem Abend um seine Aufmerksamkeit gebuhlt haben, wieso sollte er nicht?

Schon leicht eingeschnappt sagt Hope knapp, dass sie in München lebt. Sie braucht ihn nicht zu sehen um zu wissen, wie er frech grinst, als er ihr sagt, dass er das wisse. Wenn sie Zeit und Lust hat, kümmert er sich um alles andere. Hope beißt sich auf die Lippen, sie ist etwas überrumpelt. Natürlich würde sie ihn gerne wiedersehen, aber das gleich in Paris?

Farhan spürt ihr Zögern und beteuert ihr, dass sie nicht muss, es ist kein Problem, er dachte nur, dass er sie vielleicht einladen könnte und sie wiedersehen würde. Das bringt Hope dazu zuzusagen. Diese zurückhaltende Art an ihm. Es ist selten, dass Männer so sind, vor allem hätte genau er keinen Grund zurückhaltend zu sein, doch er ist es und deswegen sagt sie ihm für Samstag zu. Als sie ihn fragt, wie genau das alles klappen soll, will er nichts verraten, sie soll einfach am Samstag Vormittag um 11 Uhr an einem bestimmten Schalter sein.

Die Tage bis Samstag verfliegen förmlich, Liam schläft bei Nilay und Kaan, sie wollen ins Kino und anschließend zu McDonalds, so dass auch er den Samstag nicht erwarten kann. Nilay und Hopes Mutter sind begeistert, nur ihre Freundin Selina sieht das ganze etwas kritisch. Sie sagt, Hope soll ruhig die Zeit genießen und sich auch mal etwas gönnen, aber sie soll daran denken ihr Herz nicht zu sehr einzusetzen, solange sie das beachtet, kann nichts passieren.

Hope weiß nicht was sie anziehen soll, nach stundenlanger Beratung mit Nilay entscheidet sie sich für ein schönes Sommerkleid, was man aber auch bedenkenlos zu einem feineren Essen anziehen kann. Hope kann in der Nacht davor kaum schlafen, sie merkt, dass seit Farhan in ihr Leben gekommen ist, falls man das so nennen kann, auf einmal eine Aufregung da ist, die sie so nicht kennt. Das spürt sie besonders stark, als sie am Samstag an den Schalter tritt, wo sie sich melden soll.

Hope weiß nicht, was jetzt passieren wird. Die Dame scheint schon auf sie gewartet zu haben, lächelt und bringt sie alleine zu einem Gate, für das sie weit weg von den üblichen Gates und durch viele Sicherheitszonen gehen muss. Als Hope dann einen kleinen Privatjet erblickt, wird ihr mulmig, doch die Dame steuert genau diesen an. Hope folgt ihr wortlos. Als sie den Privatjet besteigen, verschluckt sich Hope fast an dem Kaugummi, den sie nervös kaut.

Es ist ein kleiner Jet, aber es gibt mehrere breite Sitze, eher Sofas. Es hängt ein großer Bildschirm zum fernsehen, sogar ein Kühlschrank ist vorhanden. Das ist ein richtiges gemütliches Flugwohnzimmer. Die Dame vom Schalter verabschiedet sich, und eine Frau und ein Mann kommen aus dem Cockpit nach vorne. Der Mann stellt sich als Pilot vor und dass er, wenn es Hope recht ist, gerne starten würde. Die Frau ist Co-Pilotin und gleichzeitig dafür da, dass es Hope an nichts fehlt. Beim Starten muss sie sich anschnallen und fummelt nervös an ihrem Kreuzarmband herum, was sie immer trägt. Hope merkt aber, dass der Aufstieg in dem Privatjet nicht so unangenehm ist wie in einem normalen Flugzeug. Sobald sie die normale Höhe erreicht haben, gibt der Kapitän durch, dass sie sich abschnallen kann.

Die Frau kommt und präsentiert ihr eine Liste mit Filmen, die sie sich ansehen könnte, Hope sucht sich dankbar eine Liebeskomödie aus. Als die Frau ihr dann aus dem Kühlschrank einen Teller mit vielen verschiedenen Kleinigkeiten und ganz besonders den Teigtaschen, die sie so gemocht hat, reicht, ist sie von Farhans Vorausdenken beeindruckt. Hope lächelt, als sie ihr noch Getränke hinstellt und den Film anschaltet.

Nicht im Traum hätte Hope daran gedacht, dass sie jemals so reisen wird. Sie genießt das Essen und ist so auf den Film konzentriert, dass sie erst wieder auf den Flug achtet, als der Pilot durchsagt, dass sie gleich im Landeanflug sind. Schnell nimmt Hope ihre Handtasche und geht auf die Toilette, die natürlich auch viel besser ausgestattet ist als eine normale Flugzeugtoilette.

Sie macht sich frisch, zieht ihren Lipgloss nach, kämmt noch einmal ihre Haare durch und legt sich neues Parfüm auf. Hope ist nervös, sie sind sich in den letzten zwei Wochen durch das Telefon und das Schreiben viel näher gekommen. Was ist, wenn das jetzt beim Wiedersehen aber nicht mehr spürbar ist? Gleichzeitig freut sie sich auch, sie freut sich einfach ihn zu sehen.

Ständig hat sie sein Bild gedanklich vor sich, mit dem weißen Gewand, den dunklen Augen und diesem Lächeln. Hope läuft schnell aus dem Flugzeug, nachdem der Pilot ihr gesagt hat, sie solle eine Stunde vor Abflug Bescheid geben. Die Passkontrolle dauert ihr viel zu lange, auch wenn nur sie gerade angekommen ist und sie eh wieder in einem separaten Bereich des Flughafens ist, doch dann tritt sie aus einer Tür. Und da steht Farhan.

Hope kann nicht anders als ihn freudig anzulächeln, er sieht so gut aus. Heute ist er ganz lässig gekleidet, eine Jeans, ein einfaches weißes Shirt, Turnschuhe, eine Sonnenbrille. Natürlich sieht man, dass diese Kleidung trotzdem teuer ist, aber er wirkt ganz anders als die Tage in München, viel greifbarer für sie.

Auch er scheint sich aufrichtig zu freuen sie zu sehen, so dass Hope gar nicht weiter darüber nachdenkt wie sie ihn nun begrüßen soll, sondern ihn einfach umarmt. Farhan empfängt sie in seinen Armen und drückt Hope an sich. Sofort umhüllt sie wieder sein Geruch, sie liebt es. »Hallo, wie war dein Flug?« Sie lösen sich und Farhan zeigt ihr den Weg. »Sehr gut, an diese Art des Fliegens könnte ich mich gewöhnen. Aber du hättest nicht extra ein Flugzeug mieten müssen.« Sie treten in den normalen Wartebereich, und Farhan setzt sich die Sonnenbrille auf. Hope sieht sich um, ob wieder Securitypersonal zu sehen ist, doch sie entdeckt niemanden.

»Ich habe kein Flugzeug gemietet. Das gehört meiner Familie.« Hope bleibt stehen. »Euch gehört ein Flugzeug?« Farhan lacht und legt die Hand an ihren Rücken, um sie aus dem Flughafen zu bringen. »Natürlich, wir haben mehrere Flugzeuge, wir reisen so oft und meistens mit so vielen, dass es gar nicht anders geht!« Hope schüttelt leicht den Kopf, während sie ein schwarzes Luxusauto ansteuern, was sie auch in ihrem Autohaus verkaufen.

»Ich habe nicht mal ein Auto.« Hope muss lachen und auch Farhan muss lächeln, während er ihr die Autotür zum Beifahrersitz aufhält. »Dann genieß den Tag heute!« Hope bleibt stehen, bevor sie einsteigt und sieht ihm direkt in seine schönen Augen. »Verrätst du mir jetzt, was du vorhast?« Farhan sieht ihr zurück in die Augen und trennt den Blickkontakt nicht.

Hope ist aufgefallen, dass dies selten bei Menschen der Fall ist, die meisten können nicht lange einen Augenkontakt aufrechterhalten, vielleicht fühlen sie sich dadurch zu angreifbar. »Nein, aber ich hoffe, es wird dir gefallen.« Hope steigt ein und Farhan startet das Auto, sobald er selber sitzt. »Heute keine Securitymänner?« Farhan dämpft die Lautstärke der Autoanlage, aus der arabische Musik kommt. »Nein, hier in Europa und wenn ich alleine und nicht auf offiziellen Veranstaltungen bin wo ich den Thawb trage, geht es. Ich genieße diese Zeit dann umso mehr und habe mich gefreut, sie heute mit dir zu verbringen.«

Hope lächelt »und wenn nicht, hättest du Ersatz gehabt?« Sie weiß, sie hat manchmal eine etwas freche Art und kann schwer einschätzen, ob Farhan mit so etwas überhaupt umgehen kann, doch er lacht und sieht zu ihr. »Nein, um ehrlich zu sein wäre ich dann erst morgen zu meinem Termin hergekommen!« Hope sieht aus dem Fenster und betrachtet Paris, während ihr Herz schneller schlägt. Er ist extra wegen ihr früher hergekommen. Farhan hält in einer Seitenstraße.

»Wir müssen uns ein paar Sachen für ein Picknick besorgen und da ich außer Teigtaschen nicht weiß, was du magst, müssen wir das zusammen tun.« Hope sieht hier zwar nur enge Gassen, aber er weiß sicher, was er tut. »Okay!« Sie steigen beide aus und laufen durch die engen Straßen. Hope würde sich hier nie zurecht finden, doch Paris ist wirklich wunderschön. Plötzlich kommen sie auf eine Straße, die voller Leben ist. Sie hat viele kleine Läden und überall sind Stände aufgebaut. Hope liebt diesen Flair, sie sieht Farhan zwar immer unsicher an, doch er folgt ihr lächelnd überall hinein. Jedes Geschäft hier hat einen eigenen Zauber.

Das eine ist vollgestellt mit Stoffen, Teppichen, Kissenbezügen. Hope sieht so viel was ihr gefällt, doch kauft nichts, die Preise sind enorm. Farhan fragt sie in jedem Laden, ob sie etwas haben will, doch sie beteuert, dass sie nur guckt. Es kommen viele kleine Boutiquen, die sie durchstöbern, Feinkostläden, wo sie belegte Baguettes für später kaufen. Ein Süßigkeitenladen, wo sie mehrere Leckereien kaufen. Ein Schuhgeschäft allerdings bekommt Hopes ganze Aufmerksamkeit.

Noch nie hat sie so viele schöne Schuhe gesehen. Farhan tut ihr richtig leid, doch er bleibt geduldig neben ihr, als die Verkäuferin sie quasi zwingt, die schönsten Schuhe anzuprobieren.

»Sie passen wie angegossen!« Die Verkäuferin und Hope sehen fasziniert in den Spiegel, das tun sie wirklich. Hope seufzt innerlich, sie wird jetzt für immer von diesen Schuhen träumen. Bevor Hope die schwarzen Pumps ausziehen kann, tritt Farhan an sie heran. Er sieht über ihre Schulter in den Spiegel. »Lass sie doch gleich an, auch wenn ich nicht verstehe, wie ihr auf solchen Waffen laufen könnt.« Oh nein, Hope sieht schon, was er vorhat, die ganze Zeit versucht er ihr schon etwas zu kaufen.

»Nein, glaub mir, wir Frauen tun so etwas ständig. Nur gucken und anprobieren ohne zu kaufen, das ist quasi ein Hobby.« Farhan lacht und schüttelt den Kopf. »Nein, dieses Mal nicht, sie sind schon bezahlt und die Verkäuferin hat mir gesagt, der Umtausch ist ausgeschlossen. Also musst du sie nehmen, wegschmeißen oder verschenken.« Hope lächelt »das ist fies.« Farhan nickt »so bin ich nun mal. Sieh es als Andenken an den Tag heute.« Hope nickt und geht mit ihren neuen Schuhen aus dem Laden. »Okay, dann müssen wir dir aber auch noch eines besorgen.«

Sie schlendern weiter und es ist schön. Sie essen Crêpe, bleiben an den vielen kleinen Ständen stehen. Farhan beeindruckt sie mit seinem Französisch. Sie suchen nach einem Geschäft, wo sie noch etwas für Farhan finden, doch es kommt keines mehr, so dass ihn Hope zu einem kleinen Schmuckstand zieht. Sie zeigt ihm einiges, doch er schüttelt immer den Kopf, dann greift sie zu einem Schlüsselanhänger. Es ist einfach nur eine silberne Platte, doch Hope hat ein Gravierwerkzeug gesehen, mit dem man die Schmuckstücke verzieren kann.

Hope bittet Farhan den Verkäufer zu fragen, ob sie etwas eingravieren darf. Sie hat so etwas schon einmal auf einer Feier, wo sie die neuen Autoschlüssel der Käufer gravieren sollten, probiert, und es hat gut geklappt. Als der Verkäufer es erlaubt, setzt sie sich zu ihm und schreibt schön geschwungen und so, dass Farhan es nicht gleich sieht.

Als Erinnerung an einen schönen Tag in Paris.
Farhan & Hope.

Der Verkäufer sieht ihr dabei zu und hebt seinen Daumen. Es sieht schön aus und ist eine gute Erinnerung. Hope sieht auf der Platte ein Preisschild von 35 Euro und gibt dem Verkäufer 50, die er lächelnd entgegennimmt. Dann kehrt sie zu Farhan zurück, der entspannt an einer Laterne lehnt und auf sie wartet. Sie nimmt seinen Autoschlüssel und befestigt die Platte, dann erst sieht Farhan sie sich an und lacht.

»Du bist etwas Besonderes, Hope! Ich werde es in Ehren halten.« Hope spürt, wie sie etwas rot wird, bei seinem Kompliment. Beide laufen weiter und Farhan greift nach ihrer Hand. Ihre Hand fühlt sich so klein an in seiner und sie liebt es. Als sie kurz vor dem Auto sind, treten plötzlich zwei Männer zu ihnen.

Farhan lässt Hopes Hand los. Die Männer sprechen auf arabisch zu Farhan und verneigen sich vor ihm. Sie fangen ein Gespräch an, was immer stärker und lauter wird, bis Farhan sie abzuwürgen scheint. Sie verneigen sich erneut respektvoll und Farhan bringt Hope schnell zum Auto. Als sie losfahren, fragt Hope nach, wer die Männer waren.

Farhan erklärt, dass es nur ein paar Männer waren, die ihn erkannt haben, sie will gerade fragen, was sie wollten, da tut sich vor ihnen der Eiffelturm auf und Hope staunt nur noch. Farhan hält wieder, und sie setzten sich auf eine Wiese direkt am Eiffelturm. Hope kann ihr Glück nicht fassen, sie sitzen da, essen die eingekauften Sachen und Farhan erzählt Hope, wo er schon überall war und was er gesehen hat. Und er war wirklich schon überall.

Hope fragt ihn immer weiter aus. Sie will immer mehr über diesen ungewöhnlichen Mann erfahren. Es ist so schön normal, wie sie sich auf der Wiese gegenübersitzen und sich austauschen. Irgendwann erzählt ihm Hope von ihrer Arbeit, was für Leute sie schon getroffen hat und wie uninteressiert sie war, als sich der Besuch von ihm und seiner Familie angekündigt hat.

Farhan lacht und gesteht ihr, dass er von Anfang an von ihren Augen fasziniert war, er wollte sie unbedingt kennenlernen. Er wird ernster und sagt, dass er aber erst heute festgestellt hat, dass ihre Augen bei Sonnenschein funkeln und wenn sie lacht noch mehr. Farhan sieht ihr in die Augen und streicht ihre Haare nach hinten, doch genau in diesem intimen Moment beginnen alle um sie herum zu klatschen.

Erschrocken sieht Hope zum Eiffelturm. Es ist bereits dunkel geworden, sie waren so in ihr Gespräch vertieft, dass sie es nicht mitbekommen haben, und gerade eben sind die Lichter am Eiffelturm angegangen. »Wie schön!« Farhan steht auf und hält Hope seine Hand hin. »Komm, unser Essen wartet!« Hope zeigt auf die Decke, auf der sie sitzen und die ganze Zeit gegessen haben. »Wir haben doch gegessen, noch mehr?“ Farhan legt die Decke zusammen und den Arm um Hope. »Ja, jetzt wird richtig gegessen. Ich wollte ursprünglich auf dem Eiffelturm etwas mieten, doch das fand ich dann zu gewöhnlich, zudem siehst du dann ja den Eiffelturm nicht, also habe ich etwas Besseres entdeckt. Ich hoffe, es gefällt dir.«

Sie laufen zu einem Haus und Hope schmiegt sich an ihn. Der Tag mit Farhan ist einfach nur schön, sie genießt es, genießt ihn. »Mir ist es nicht wichtig, wo wir hingehen.« Sie hat das wo extra deutlich betont, da es für ein 'Hauptsache, wir sind zusammen' noch zu früh ist, aber Farhan scheint verstanden zu haben. Sein Arm umfasst sie noch stärker und er greift gleichzeitig nach ihrer Hand. Er ist kein

Mann, der sie einfach mit einer schnellen Geste überrumpeln würde, dafür löst jede seiner kleinen Gesten ein doppeltes Kribbeln bei Hope aus.

Das Haus, welches sie betreten, ist sehr hoch, doch zu Hopes Glück fahren sie nur in die 8. Etage in ein Restaurant. Sie werden zur Terrasse geführt, wo sie alleine sind. Ob er das so eingerichtet hat oder es Zufall ist, weiß Hope nicht, es ist ihr auch egal, denn sie haben einen unglaublichen Ausblick auf den Eiffelturm. Als sie sich setzen, ist es fast, als säßen sie genau vor ihm.

Hope weiß nicht, wie sie diesen Tag jemals vergessen sollte. Sie bestellen nicht. Offensichtlich hat Farhan das schon vorher getan. Es wird erst eine Suppe gebracht, die Hope noch gut schafft und die auch wirklich lecker ist. Beim Essen fällt ihr wieder ein, was sie schon die ganze Zeit Fragen wollte. »Die Männer, die dich vorhin angesprochen haben, waren die wütend?« Farhan lacht laut auf.

»Nein, also etwas schon, aber das denken viele, wenn man auf arabisch etwas lebhafter redet, das liegt an der Aussprache. Sie waren sicher etwas sauer, aber nicht auf mich.« Hope wird neugierig. »Weswegen?« Farhan wischt sich seinen Mund mit einer Serviette ab und trinkt etwas. »Momentan ist es nicht so leicht hier in Frankreich für einige Muslime. Ich treffe morgen ein paar wichtige Persönlichkeiten und sie haben mich gebeten, dieses Thema anzusprechen, was ich eh vorhatte zu tun.« Hope nickt, es geht sicherlich um das Burka-Verbot, was in Frankreich ausgesprochen wurde. Sie weiß allerdings nicht, ob das ein gutes Thema ist, für ein Kennenlernen.

»Es ist gerade nicht leicht für die islamische Welt, einige Ereignisse der letzten Jahre haben vieles verändert!« Hope stimmt ihm zu. »Ja, ich finde es am schlimmsten, wenn man gewisse Vorurteile auf alle bezieht.« Hopes Herz zieht sich zusammen, sie versucht das immer so gut es geht zu verdrängen. Farhan nickt. »Ja, das ist das Schlimmste, es gibt welche, die den Islam nicht richtig kennen und für die falschen Zwecke missbrauchen und es wird so dargestellt, als würden alle so denken, dabei ist das nicht der Islam!«

Hope sieht ihm in die Augen, sie wollten nicht eine Diskussion darüber anfangen, doch es brennt ihr auf der Seele. »Es ist aber nicht nur in der Sache so, Farhan! Zum Beispiel, mein Vater war Amerikaner. Er war Soldat, doch wegen meiner Mama und mir ist er nach München gezogen und hat dann hier auf den Außenstellen und in den amerikanischen Einrichtungen gearbeitet.« Hope kneift kurz die Augen zusammen, es tut immer noch weh darüber zu reden.

»Er hätte hier bleiben sollen, aber dann kam der 11. September und die ersten Soldaten wurden nach Afghanistan geschickt. Meinem Vater ging es nie darum, warum sie unten sind oder wer recht hat, eine Einheit, die er ausgebildet hat wurde in den Einsatz geschickt, und er wollte bei ihnen sein. Wir haben ihn angefleht, er hätte nicht gehen müssen, doch es war für ihn meinen Vater wie ein Ehrenkodex, seine Männer da nicht alleine runterfliegen zu lassen.

Meine Mama hat jeden Tag geweint, ich war 13, und es waren die schlimmsten Monate für mich. Jeden Tag hatten wir Angst, wir haben selten eine Nachricht bekommen. Was an dem Tag passiert ist, haben wir nur von jemanden aus seiner Truppe gehört, als er den Sarg meines Vaters mit nach Hause gebracht hat.

Ihre Einheit hat sich ein schweres Gefecht mit einigen Taliban geliefert. Es waren nicht viele und es war mitten auf einer Dorfstraße, die Einheit hatte alles unter Kontrolle. Doch dann kam dieses Mädchen.« Hope stockt kurz, sie sieht, dass Farhan ihr aufmerksam zuhört.

»Später hat sich herausgestellt, dass sie wegen eines Minenunfalls taub und fast blind war. Alle anderen Bewohner hatten sich versteckt beim Beginn der Gefechte, doch sie hat es einfach nicht gehört und nicht richtig gesehen und stand plötzlich mitten im Kugelhagel.« Hope seufzt auf »keiner hat auf sie geachtet, es wäre zu gefährlich für die Einheit gewesen und die Taliban erst recht nicht. Mein Vater war so ein guter Mensch, seine Einheit hat erzählt, wie er immer auf die Kindern in der Umgebung geachtet hat.

Um sich die Zeit zu vertreiben, haben sie dort oft Football gespielt, die Jungs aus den umliegenden Dörfern haben das gespannt von weitem beobachtet. Mein Vater hat sie gerufen, und sie haben ihnen das

Spiel beigebracht. Ich muss immer lächeln, wenn ich daran denke, dass sich einige Jungs aus Afghanistan gerne an meinen Vater zurückerinnern.

Er hat seine Essensration oft an die Kinder weitergegeben und es war klar, dass er das niemals zulassen würde. Alle haben ihn angewiesen auf seinem Posten zu bleiben, doch er konnte nicht. Er hat sich auf das Mädchen geworfen und mit seinem Körper ihr Leben gerettet... Sie war genauso alt wie ich damals.

Sie haben die Taliban vertrieben, doch mein Vater hat es nicht überlebt. Das Mädchen hat ein Bild gemalt und der Einheit meines Vaters das Bild später übergeben, sie hat sich 1000 Mal bedankt, ihre Mutter und ihr Vater auch. Seine Einheit und seine Vorgesetzten haben es mir und meiner Mama am Sarg überreicht.« Hope kramt aus ihrem Portmonee das alte Bild, was sie seitdem immer bei sich trägt. Es tut gut zu wissen, dass mein Vater jemandem das Leben gerettet hat, doch ich hätte meinen Vater auch noch gebraucht.....«

Hopes Magen zieht sich zusammen, sie weiß, die Sache mit Jerry wäre ihr so niemals passiert, würde ihr Vater noch leben. Farhan nimmt das Bild und sieht sich die schöne Zeichnung an. Darauf ist ein Mann abgebildet, der in einem wunderschönen Himmel ist. Auf arabisch steht danke, ein Gebet und Myriam. Hope hat sich jeden Strich auf diesem Bild eingeprägt. »Es tat und tut immer noch weh, wenn ich im Fernsehen oder im Internet höre, wie die amerikanischen Soldaten schlecht gemacht werden. Sicherlich gibt es schlechte unter ihnen wie bei allen, das ist eine Tatsache, aber es ist, als würde man noch auf das Grab meines Vaters spucken und das hat er nicht verdient!«

Farhan nickt und reicht ihr das Bild zurück, während der Tisch mit mehreren Hauptspeisen zugedeckt wird. »Nein, das hat er nicht. Er war ein guter Mann, es tut mir leid für dich und deine Mutter. Ihr hattet es sicherlich nicht leicht.« Hope lächelt matt, sie sollten dieses Thema nicht ausweiten. Hope lenkt schnell ab und zeigt auf das Essen. »Wie soll ich das noch alles schaffen? Ich platze gleich!« Farhan lächelt »das schaffst du, ich helfe dir!«

Hope kann wirklich noch etwas essen, aber als Farhan sich zur Toilette entschuldigt und sie das Essen bereits genossen haben, steht sie auf und bewegt sich etwas auf der Terrasse, um nicht vor Trägheit einzuschlafen. Es ist schon spät und sie muss zum Flieger zurück. Sie geht bis zum Ende der Terrasse, achtet aber darauf, nicht zu nah am Geländer zu stehen und sieht auf den schönen Eiffelturm. Wie sollte sie nach solch einem Tag ihr Herz nicht mit ins Spiel bringen? Sie hat noch immer das Gefühl zu träumen.

Als sie zwei starke Arme von hinten umfassen, lächelt sie glücklich und legt ihre Hände auf die von Farhan. »Wozu dieser Abstand?« An Farhans Stimme erkennt sie sein Grinsen. »Nein nein, die Tests sind vorbei!« Auch Hope muss lachen. Farhan legt sein Kinn an ihre Haare, er ist bestimmt einen Kopf größer als sie und es tut gut, so von ihm gehalten zu werden. »Hast du immer noch Angst, auch wenn ich bei dir bin? Eins solltest du wissen Hope, ich würde dich nie fallen lassen. Du kannst mir vertrauen!« Sie lächelt.

Sie stehen einen Moment ruhig da und genießen den Blick auf den Eiffelturm, bis Farhans Handy sie erinnert, dass sie zum Flughafen müssen. Den ganzen Weg zurück hält Farhan Hopes Hand. Sie müssen sich jetzt trennen. Ob sie sich wiedersehen? Hope weiß es nicht und traut sich auch nicht danach zu fragen, der Tag war so schön, dass sie ihn ihnen beiden nicht kaputt machen will. »Melde dich, wenn du angekommen bist!« Hope dreht sich zu Farhan und bleibt vor ihm stehen ohne seine Hände loszulassen, als sie auf dem Teil des Flughafens ankommen, wo sie sich trennen müssen.

»Mach ich. Danke für den schönen Tag.« Farhan lächelt »ich habe dir zu danken, dass du dir die Zeit genommen hast.« Sie stehen so nah beieinander, dass Hope spürt, wie schnell sein Herz schlägt. Es war ein perfekter Tag, und als sich Farhan jetzt vorbeugt und Hope ihre Augen schließt, kann sie es nicht erwarten, ihm einen perfekten Abschluss zu geben.

Farhan gibt ihr einen Kuss auf die Stirn.

Etwas perplex öffnet Hope ihre Augen wieder. »Pass auf dich auf!« Hope nickt und versucht sich ihre Enttäuschung nicht anmerken zu lassen. Erst als sie im Jet sitzt und er abgehoben ist, versucht sie das alles zu verstehen. Hat sie sich dieses Band zwischen ihnen nur eingebildet? Hat sie etwas falsch gemacht? Der Tag war doch wunderschön.

Hope beschließt, das nicht wegen des Abschieds und der leichten Enttäuschung zu verwerfen, doch es liegt ihr im Magen, so sehr sie es verdrängen will. Farhan mag sie, dass weiß Hope, doch vielleicht sind die Gefühle die sie empfunden hat, nicht die gleichen wie seine. Sie beschließt diesen Tag in guter Erinnerung zu halten, auch wenn es vielleicht nicht so viel für ihn, wie für sie bedeutet.

Kapitel 4

Hope landet um kurz nach zwei wieder in München. Sie bedankt sich bei den Piloten und der Frau und fährt mit einem Taxi nach Hause. In der Stille ihrer Wohnung versucht sie noch einmal alles Revue passieren zu lassen, doch gibt es dann auf. Vielleicht sieht morgen schon wieder alles anders aus. Als sie im Bett liegt, schickt sie Farhan noch eine Nachricht, dass sie gut angekommen ist. Er antwortet sofort zurück, dass es ihn beruhigt und er jetzt schlafen kann. Hope lächelt. Vielleicht bewertet sie die Verabschiedung über, er ist einfach zurückhaltend. Sie beschließt alles abzuwarten und schläft etwas ruhiger ein.

Am nächsten Tag kann Hope endlich mal wieder richtig ausschlafen. Erst am Mittag steht sie auf und geht zu Nilay, ihren wertvollsten Schatz abholen. Natürlich wird sie von Nilay ausgefragt, Hope erzählt ihr alles haargenau. Sie essen noch bei ihr. Während Recep mit den Jungs Lego aufbaut, hilft Hope Nilay in der Küche und erzählt ihr schließlich von dem gedämpften Abschied.

Auch Nilay zieht die Augenbrauen etwas hoch, aber versichert ihr ebenfalls, dass sie das nicht überbewerten soll, doch Hopes Blick fällt immer wieder zum Handy, was noch nicht gepiepst hat. Normalerweise hätte Farhan sich schon lange gemeldet. Hope nimmt einen Teller und trocknet ihn ab.

»Es kommt mir so vor wie ein missglücktes Date. Er meldet sich nicht mal. Weißt du noch, wo ich mich mit dem Typen aus der Bank getroffen habe? Das Date war so langweilig, wir haben uns noch ein paar Mal geschrieben und das war es. Genauso fühlt es sich an, nur dass ich gestern dachte, es wäre alles perfekt... offensichtlich hat er nicht so empfunden.«

Nilay nimmt ihr den Teller aus der Hand, der nun schon poliert ist. »Sieh nicht immer alles so schwarz Hope. Wann hat er den Termin heute?« Hope sieht zur Uhr. »In fünf Minuten fängt dieser Kongress an.« Nilay geht ins Kinderzimmer. »Recep, empfangen wir mit dem

Satelliten auch französische Kanäle?« Keine fünf Minuten später hat Recep ihnen einen Sender eingestellt, auf dem dieser Kongress ausgestrahlt wird. Hopes Herz schlägt schneller.

Es ist ein Saal, in dem viele Journalisten, aber auch französische Politiker sitzen. Hope entdeckt Farhan, er sitzt mit zwei weiteren Männern in der ersten Reihe, er trägt einen schwarzen Anzug und sieht umwerfend aus. Hope versteht kein Wort von dem, was die Leute reden. Nilay kann etwas französisch aus der Schulzeit und sagt, dass sie sich für die Zusammenarbeit mit der Familie Al-Yessir bedanken.

Farhan wird auf die Bühne gerufen und erhält Applaus. Auch Recep sieht sich das Ganze mit an. Sicherlich hat ihm Nilay einiges erzählt. Hope sieht gebannt auf Farhans Gesicht. Es ist schwer, den Mann von gestern daraus zu erkennen. Er wirkt viel härter, lächelt leicht, aber ist nicht so offen und entspannt, wie sie ihn gestern erlebt hat. Farhan schüttelt allen die Hände, die auf der Bühne stehen, dann stellt er sich selber an das Pult und beginnt in fließenden Französisch zu reden.

Hope lehnt sich zurück, sie studiert jede Mimik von ihm, wie er bei bestimmten Betonungen seine Augenbrauen hebt, allen Leuten in die Augen sieht, er hat nichts zu verbergen und nichts zu fürchten, das strahlt er mit jeder Pore aus. Farhan bedankt sich für alles und mahnt aber auch, dass sich Frankreich in Zukunft dem Islam wieder positiver öffnet und sich nicht von den Hetzkampagnen aufstacheln lässt. Nilay schnalzt die Zunge »sein Wort in Gottes Ohr!«

Als Farhan mit seiner Rede geendet hat, fangen die Leute an Fragen zu stellen. Farhan lächelt nett und freundlich und beantwortet alles. Nilay hat aufgehört zu übersetzen. Eine junge Frau steht auf. Als sie Farhan eine Frage stellt, seufzt Hope innerlich auf. Sie sieht aus wie ein Topmodel, Farhan antwortet ihr genauso lächelnd, wie er es bei Hope getan hat. Wieso hat sie gedacht, dass ausgerechnet sie als einfache Kellnerin etwas Besonderes für jemanden wie Farhan ist? Es werden noch Bilder gezeigt, wie er am Vormittag einige Sehenswürdigkeiten besichtigt hat. Dann wird zu einem Spielfilm gewechselt und Recep stellt den Fernseher aus.

»Na ja, jetzt warte erst einmal ab!« Nilay tätschelt Hopes Knie und Recep sieht beide Frauen an. »Pass lieber auf Hope, es ist bekannt, dass die Männer der königlichen Familie sich im Ausland bei ihrem Studium die Hörner abstoßen. Wenn du dich etwas mit dem Land beschäftigst, weißt du aber, dass sie dann immer einen anderen Weg gehen.« Nilay schüttelt den Kopf.

»Ach, das ist doch auch nur Gerede und die Presse, wer von uns weiß denn wirklich, wie es bei ihnen zu Hause aussieht, also lass dich nicht verwirren und guck erst einmal, was passiert.« Hope zwingt sich, ein Lächeln aufzusetzen. »Macht euch nicht zu viele Gedanken, es war nur ein Tag, man sollte dem nicht zuviel Bedeutung schenken!« Am Abend in der Badewanne macht sie dann auch ihr Handy aus, sie hat genug davon ständig draufzusehen, ob er sich meldet, sie versucht das einfach alles aus ihrem Kopf zu streichen.

Hope hat ihr Handy sogar soweit weggelegt, dass sie es am nächsten Tag zur Arbeit vergisst, bemerkt es aber erst, als sie auf der Arbeit erscheint und sie erfährt, dass alle sie probiert haben anzurufen, da sie heute länger arbeiten muss, weil eine Autohausinspektion ansteht. Hope telefoniert vom Firmentelefon herum, aber niemand kann einspringen, also bleibt ihr nichts anderes übrig, als Liam in der Mittagspause abzuholen und bei sich auf der Arbeit zu lassen.

Es ist auch nicht so ein Problem, Liam kennt das schon. Er sitzt in einem Büro und malt, darf sich mit Mustafa in die Autos setzen oder bleibt bei ihr hinter der Theke und isst Eis. Aber es dauert lange und Hope muss ihn abends nach Hause tragen, weil er bereits eingeschlafen ist. Als sie dann zu Hause auf ihr Handy sieht, hat Farhan ihr geschrieben, wie es ihr geht und ob alles in Ordnung ist.

Fängt jetzt dieses letzte Schreiben an, bevor man den Kontakt ganz abbricht? Hope antwortet knapp, dass es ihr gut geht und ihm hoffentlich auch. Bevor sie einschläft, denkt sie an seine warmen Augen und seinen Duft, als er sie auf der Terrasse im Restaurant in seinen Armen hatte. Es ist schade, dass es für ihn vielleicht nicht so etwas Besonderes war wie für sie.

Hope behält recht, die nächsten Tage schreiben sich die beiden kaum noch. Es wird Hope zu blöd, ständig dieses 'wie geht es', 'gut und selber', 'auch gut'. Sie schreibt ihm, ob sie dieses Höflichkeitsgehabe nicht lassen sollen, es führt doch zu nichts. Farhan antwortet nicht sondern versucht sie anzurufen, doch Hope nimmt nicht ab. Sie muss mit dem Thema abschließen, auch wenn sie Farhan nicht so lange und gut kennt, reicht es jetzt schon aus, um ihr nicht mehr aus dem Kopf zu gehen.

Einen Tag später schreibt er ihr, dass, wenn sie es so möchte, er das akzeptieren wird. Hope legt ihr Handy weg, sie wird aus Farhan nicht schlau, doch als er sich dann die nächsten zwei Tage gar nicht mehr meldet, bereut sie es bereits, ihm das geschrieben zu haben. Vielleicht wollte er den Kontakt doch nicht abbrechen, ihn halt einfach nur nicht in der Weise weiter haben, wie Hope es gerne gehabt hätte. Sie sollte noch einmal mit ihm reden, denn so geht es ihr auch nicht mehr aus dem Kopf.

Nilay sagt ihr ständig, dass sie neben der Spur ist, und Hope erkennt sich selbst kaum wieder. Sie ist gereizt und traurig, dabei kennt sie Farhan noch nicht so gut, doch alleine das hat ihr gereicht, dass er ihr jetzt schon fehlt, was sie an ihrem Verstand zweifeln lässt. So etwas ist ihr noch nie passiert. Sie muss noch einmal mit ihm reden, das nimmt sie sich fest vor.

Als sie sich das gerade selber immer wieder sagt kurz vor dem Feierabend, klingelt das Telefon an der Theke. Nilay geht ran und sieht zu Hope. »Ja hat sie, okay, ich sage ihr Bescheid.« Nilay legt auf und drückt Hope ihre Handtasche in die Hand. »Farhan wartet draußen, er hat gefragt, ob du Feierabend hast.« Hopes Herz schlägt schneller. »Was tut er hier?« Nilay zuckt die Schultern. »Das weiß ich nicht, frag ihn und klärt das zwischen euch, so wirst du es nie herausfinden!« Hope sieht sich um »aber ich muss noch arbeiten und Liam...« Nilay schiebt sie vor die Theke »ich mache zu und Liam hole ich ab und wir gehen dann zu dir. Den Schlüssel habe ich ja und Kaan ist sowieso schon ganz scharf auf die neuen Autos von Liam, also los jetzt.«

Hope nickt und will gehen, doch kehrt schnell zurück um ihr einen Kuss zu geben. »Danke!« Nilay lächelt. »Ich wusste, da ist noch nicht das letzte Wort gesprochen, ich wusste es, Hope. Ich weiß nicht wieso, vielleicht war es die Art, wie er dich jedes Mal angesehen hat, aber irgendetwas in mir hat mir gesagt, dass es das noch nicht gewesen war.« Hope sieht zur Eingangstür, wo sie jetzt auch ein silbernes Auto halten sieht. »Mal sehen, ich kann nicht glauben, dass er hier ist, vielleicht hatte er nur etwas in München zu tun und wollte...« Nilay lacht laut los. »Willst du jetzt mit mir darüber rätseln oder ihn selber fragen? Na los, geh schon.«

Hope lächelt sie noch einmal an und geht zum Ausgang. Dabei fragt sie sich, warum er sie nicht auf dem Handy angerufen hat, bis sie sieht, dass es ausgeschaltet ist. Hope schaltet es ein und tritt aus dem Autohaus. Farhan steht an das Auto gelehnt. Er trägt eine schwarze Anzughose und ein weißes Hemd, was oben aber locker aufgeknüpft ist, die Sonnenbrille verhindert, dass ihn alle erkennen, sein Blick ist auf sie gerichtet. Hope hat die ganze Woche genossen, wo Herr Schnaub im Urlaub war, sie trägt heute nur eine Shorts und ein weißes, etwas weiteres Top und mit den sicherlich schon zerzausten Haaren und kaum Schminke kommt sie sich lächerlich vor, jetzt zu Farhan und seinem teuren Mietauto zu gehen.

Hope verschränkt die Arme vor der Brust, als er die Brille abnimmt und ihr in die Augen sieht. »Hast du kurz Zeit?« Farhan lächelt nicht, er redet fast genauso wie auf seinem Kongress. Hope nickt und er hält ihr die Beifahrertür auf. Es ist eine unangenehme Stille zwischen ihnen, als sie losfahren, Farhan fährt einfach, Hope weiß nicht mal, ob er ein Ziel hat. »Was machst du in München?« Farhan sieht weiter auf die Straße. »Wir sind nur für ein paar Stunden hier, wir fliegen heute Abend noch nach Zürich. Hast du Hunger? Willst du etwas essen?« Hope schüttelt den Kopf. »Nein danke.«

Farhan räuspert sich »ich will dich nicht nerven Hope aber ..« Hope unterbricht ihn »du nervst nicht, Farhan!« Hope merkt, dass er etwas sucht, wo man anhalten kann. Sie zeigt ihm den Weg zu einem Gelände, das manchmal als Freikino benutzt wird und wo sie ungestört halten und aussteigen können. Sobald sie halten, steigt Hope aus und sieht auf die große Rasenfläche, die sich vor ihnen erstreckt, es liegen vereinzelt Blätter drauf. Man spürt, dass sich langsam der Herbst ankündigt. Farhan steigt ebenfalls aus, und als sie sich gegen die Motorhaube lehnt, stellt er sich vor sie.

»Wie gesagt, Hope, ich will dich nicht nerven, aber ich verstehe nicht oder ich frage mich, wieso du den Kontakt abbrechen wolltest? Habe ich etwas falsch gemacht?« Hope weiß nicht, was das jetzt soll. »Ich den Kontakt abbrechen? Ich hatte das Gefühl, du hast dich nur noch aus Mitleid oder vielleicht, weil es sich so gehört, hin und wieder gemeldet und ich wollte uns das einfach ersparen.«

Man sieht, dass Farhan sauer wird, seine Augen verraten ihn. »Wie kommst du auf so eine Idee? Wieso aus Mitleid, habe ich mich in Paris so verhalten, als hätte ich kein Interesse?« Hope stockt und spürt, wie ihr das Blut in die Wangen steigt. Jetzt zu sagen ja, weil er sie nicht geküsst hat, wäre nicht gut. »Nein, das nicht, aber es war auch nicht so, dass wir auseinander gegangen sind mit den Plänen uns wiederzusehen oder was genau mit uns ist. Und dann hast du dich nicht mehr wie vorher gemeldet, und ich habe eins und eins zusammengezählt!«

Farhans Gesichtsausdruck verändert sich von sauer in frech, er kann sich ein Grinsen nur schwer verkneifen. »Dann hättest du das vielleicht besser nicht tun sollen!« Nun wird Hope sauer. »Wieso hast du dich dann plötzlich nicht mehr so viel gemeldet? Was sollte ich denken? Das ist nicht lustig, ich habe es nicht verstanden, du machst mich gerade wirklich sauer, Farhan!«

Er lächelt zwar nicht mehr, aber er wirkt erleichtert und tritt nah an Hope heran. Farhan öffnet ihre verschränkte Arme und nimmt ihre Hände in seine. »Ich bin ein Prinz, du kannst nicht sauer auf mich sein!« Auch Hope ist glücklich ihn wieder so nah bei sich zu haben, doch sie sieht ihm trotzdem ernst in seine Augen.

»Es ist mir egal, was du bist, ich muss wissen, woran ich bei dir bin!« Farhan nickt und umfasst ihre Hände fester. »Ich weiß, dass es dir egal ist. Wenn ich ehrlich bin, ich war mir die ersten Tage auch unsicher... vielleicht ist das falsch ausgedrückt...« Hope will ihre Hände aus seinen lösen, doch Farhan hält an ihr fest. »Warte, ich versuche es dir zu erklären, Hope. Wieviel weißt du über unsere Religion?« Hope zuckt die Schultern. »Schon einiges, was man halt so hört.« Farhan schüttelt den Kopf.

»Das ist ja das Problem, was man hört ist nicht, was es ist. Sieh mal, normalerweise gibt es so etwas wie Beziehungen bei uns nicht. Was heißt normalerweise, es sollte es nicht geben. Du sollst dich für die Ehe aufheben. Dass man, wie es hier normal ist, Monate oder Jahre mit jemandem zusammenlebt ohne zu heiraten ist eine Sünde. Es gilt für Männer und Frauen, aber zugegebenermaßen ist es bei den Männern meistens nicht mehr so. Wir studieren im Ausland und sündigen in der Jugend das ein oder andere Mal, leider. Ich selber habe schon einige Sünden begannen, die ich heute bereue.

Aber es ist etwas anderes als das, was du vielleicht kennst. Wenn ich etwas mit jemandem hatte, dann war es nur eine einmalige Sache, die ich sehr bereue, ansonsten gibt es nur die Hochzeit, doch jetzt mit dir... Ich weiß, dass du das nicht kennst, jemanden so schnell zu heiraten, und dich nur für eine Nacht, die ich irgendwann bereuen werde zu nehmen, konnte ich auch nicht. Als wir in Paris waren, habe ich gemerkt, dass es mit dir anders ist. Um ehrlich zu sein, ist es mir sehr schwer gefallen dich gehen zu lassen, deswegen war ich danach auch etwas auf Abstand, weil ich nicht weiß, wie das funktionieren soll.«

Hope nickt, sie versteht, was er meint. »Und was ist jetzt? Wenn du denkst, es ist besser das nicht zu vertiefen, wieso wolltest du mich sehen?« Farhan sieht sie an, aber sagt nichts und Hope spürt, dass sie jetzt einen Schritt machen muss. Farhan ist sicher noch nicht so auf eine Frau zugegangen, das hatte er bisher sicherlich noch nie nötig, deswegen schätzt sie es umso mehr. Sie zieht leicht an seinen Händen, damit er ganz bei ihr ist. Sofort spürt sie seinen schnellen Herzschlag wieder. »Farhan, bitte rede mit mir, damit ich es verstehen kann.« Sie liebt es, wenn er sie mit seinen dunklen Augen so intensiv ansieht.

»Ich kriege dich nicht mehr aus meinen Gedanken. Hänge dich nicht an solchen westlichen Standards fest, wie ihr Frauen es von den Männern hier gewohnt seid. Dass ich nicht das Recht habe hier in deiner Nähe zu sein und dass ich auf dem Weg nach Zürich den Piloten gezwungen habe hier zu landen und der ganze Ablaufplan durcheinander ist, sagt mehr aus, als es dieses klischeehafte 'wir gehen zusammen ins Bett und sind von da an ein Paar' könnte. Ich wollte wissen, wieso du mich auf einmal abgewiesen hast, ich dachte, dass du vielleicht jemand anderen....«

Hope ist gerührt von seinen aufrichtigen Worten und eben genau, weil sie weiß, dass es ihm so schwer fällt diese zu sagen. Sie unterbricht ihn »denk du auch nicht so klischeehaft, ich konnte dich genauso wenig aus meinem Kopf bekommen und war so schlecht gelaunt wegen all dem. Das hat nichts mit einem anderen Mann zu tun, ich bin nicht so eine Frau. Ich bin auch gläubig Farhan und wenn es sich für dich nur etwas so richtig und schön anfühlt, wenn ich bei dir bin, wie es sich für mich anfühlt, kann es nicht falsch sein!«

Farhan küsst sie. Die Wärme seines Kusses ist wie eine Flamme, die das kalte Gefühl, was seit ihren letzten Treffen in ihrer Brust war, zum schmelzen bringt. Er fährt mit seinen Fingern durch ihr Haar, hält sie fest an sich, während er den Kuss immer intensiver werden lässt. Sie öffnet sich ihn und genießt das Gefühl von ihn gehalten zu werden. Als sich Farhan von ihr löst, was ihm sichtlich schwer fällt, so oft wie er ihre Lippen noch viele kleine Male mit seinen bedeckt, sagt er etwas auf arabisch und küsst ihre Stirn.

»Was mache ich bloß mit dir, Hope?« Auch wenn er lächelt und sie leise lacht, sieht sie seine Sorgen in den Augen. »Bin ich so schlimm?« Farhan schüttelt den Kopf. »Nein, du bist etwas Besonderes!« Hope steht auf und nimmt ihn mit zur Wiese. Als er sich setzt, kuschelt sie sich in seine Mitte und an ihn. Egal was ist, was kommen mag. sie ist jetzt glücklich.

Farhan muss gleich wieder los und beide überlegen, wie sie sich das nächste Mal sehen können, nach den letzten Tagen wollen sie das sicherheitshalber nicht mehr offen im Raum lassen. Hope fällt ein, dass ihre Mutter in zwei Wochen mit Liam auf ihre jährliche Oma-Enkel-Bauernhofreise geht. Normalerweise nutzt Hope diese 10 Tage um Überstunden zu machen. Als sie Farhan sagt, dass sie zu dem Zeitpunkt wahrscheinlich frei hat und er in seinem Handy sieht, dass er zu der Zeit in Dubai einige wichtige Termine hat, scheint es auch dieses Jahr so zu bleiben.

»Komm nach Dubai!« Hope zieht die Augenbrauen hoch »du musst doch arbeiten.« Farhan beugt sich zu ihr und küsst sie erneut. Dann lächelt er. »Ja, aber ich werde mir schon etwas Zeit nehmen können. Mein Cousin ist mit mir dort, ich werde ihn bitten seine Frau zu bringen, damit du dich nicht langweilst. Außerdem gibt es dort für Frauen viele tolle Geschäfte und was ihr alles so gerne macht.« Hope weiß nicht so recht.

»Aber wenn du sagst, dass du eigentlich nicht mit mir ...wie willst du?« Farhan hält sie im Arm. »Das ist Dubai Hope, nicht das arabische Königreich. Außerdem bin ich ein Prinz, es gibt nicht viele, die sich wagen etwas zu mir zu sagen.« Hope muss lachen und sieht Farhan frech an. »Vielleicht sollte ich mich doch langsam daran gewöhnen, wer du bist.« Farhan beugt sich wieder zu ihr hinunter. »Etwas, aber bewerte es nicht über!«

Farhan fährt sie nach Hause, nun gibt auch Hope mehr von sich preis, indem sie ihm zeigt, wo sie wohnt. Er fragt auch nach ihrem Nachnamen, Hope sagt es ihm. Sie öffnet sich so, wie er es tut, auch wenn sie verschweigt, dass dort zu Hause ein kleiner Mann auf sie wartet. Es geht nicht um Liam, es geht ihr um die Geschichte, die dahinter steht und sie will nicht, dass er weiß, wie dumm und naiv sie damals war, sich so viel und lange alles von Jerry gefallen zu lassen.

Bevor sie aussteigt, rutscht sie noch einmal auf seinen Schoß. Sie braucht sich bei Farhan keine Gedanken zu machen, dass er so etwas falsch verstehen und es ausnutzen würde. Sie küsst ihn das letzte Mal für die nächste Zeit und muss ihm hoch und heilig versprechen, nicht wieder etwas falsch zu verstehen, während er ihr verspricht sich nicht abzuwenden. Sie einigen sich darauf, alles weitere in Dubai zu sehen und abzuwarten.

Hope geht nur widerwillig und auch Farhan fällt es nicht leicht sie gehen zu lassen, aber dieses Mal zeigt er ihr das auch. Er bringt sie zur Haustür und sein Handy klingelt schon, weil er los muss.

»Pass auf dich auf, ya albi.« Hope lächelt »was bedeutet ya albi?« Farhan gibt ihr einen letzten Kuss auf die Stirn, bevor er geht.

»Das erfährst du in Dubai!«

Kapitel 5

Als Hope die Wohnung betritt, kommt Nilay ihr sofort neugierig entgegen und lacht sie an. »Du lächelst, oh mein Gott, du strahlst ja förmlich!« Hope zieht sich die Schuhe aus und nickt. »Ich bin glücklich, ich mag Farhan wirklich sehr.« Nilay will sie ungeduldig ins Wohnzimmer ziehen, doch Hope begrüßt zuerst ihren wichtigsten kleinen Prinzen. Anschließend erzählt sie Nilay alles, auch von ihren Plänen für das nächste Treffen in Dubai, und ihre Freundin freut sich aufrichtig. »Jetzt hoffen wir, dass es dieses Mal auch so positiv bleibt.«

Doch Hope braucht sich keine Sorgen zu machen, denn Farhan hält sich an sein Versprechen und sie hätte gar keinen Grund, falsche Schlüsse zu ziehen. Farhan denkt an sie, das lässt er sie jeden Tag spüren. Sie telefonieren, schreiben, und alle paar Tage lässt er ihr etwas zukommen. Da er jetzt ihre Adresse hat, schickt er ihr Blumen oder Geschenke von dort, wo er gerade ist. Schokolade aus der Schweiz und aus der Türkei, zwei wunderschöne goldene Armreifen. Hope ist glücklich, selbst Liam merkt das und freut sich, wenn sie wieder ein Paket bekommen, da immer etwas Süßes beiliegt, was er dann genießen darf.

Hope erklärt ihm, dass die Geschenke von einem guten Freund von ihr sind, auch, dass er Farhan heißt. Wenn ihr Sohn fragt, ob er ihn kennenlernen wird, sagt sie ihm 'bestimmt bald'. Das liegt Hope noch im Magen, es wird Zeit, Farhan von Liam zu erzählen, doch sie will auf Dubai warten. Sie denkt, dass sich in der Woche in Dubai einiges klären wird, ob es etwas ist, was mehr wird, oder ob es bei einem kleinen Ausflug in eine andere Welt bleibt. Sie selbst will sich da nicht festlegen, allerdings spürt sie jetzt schon, dass Farhan ihr wichtig ist.

Als sie ein paar Tage vor ihrem Abflug telefonieren, berichtet ihr Farhan, dass sein Haus in Dubai gerade renoviert wird. Er bewohnt jetzt eine Etage in einem Hotel. Farhan fragt höflich nach, ob er ihr eine eigene Suite mieten soll oder sie bei ihm bleibt, wobei er mehrmals erwähnt, dass mehrere Zimmer vorhanden sind, nicht dass sie einen falschen Eindruck bekommt. Hope muss lachen, sie liebt diese Art an ihm. »Du fehlst mir..«, rutscht es ihr in ihrem vertrauten Gespräch heraus, das erste Mal. Farhan stockt einen Augenblick. »Du mir auch, ich kann es nicht erwarten dich hier zu haben.« Seine Stim-me ist leiser und weicher, wenn er so redet, und Hope weiß, dass er es dann ehrlich meint. Er ist dann nicht der Prinz oder Geschäftsmann, sondern der Farhan, der mit ihr durch kleine Pariser Gassen schlen-dert.

Die letzten Tage vor dem Abflug ist Hope nur noch aufgeregt. Sie verabschiedet Liam und ihre Mutter zu deren Urlaub und bekommt ein ungutes Gefühl. Was ist, wenn etwas passiert? Aus Dubai braucht sie zu lange, um schnell wieder zurück zu sein, doch Nilay und Selina beruhigen sie immer wieder. Gemeinsam gehen sie ihren Kleider-schrank durch.

Hope hat sich genau über Dubai informiert. In Farhans Heimat, dem arabischen Königreich, müssen sich alle Frauen bedecken. In Dubai allerdings machen das nur die einheimischen Frauen, die Tou-risten können herumlaufen wie sie wollen, doch Hope möchte sich trotzdem, zwar den Temperaturen entsprechend, aber nicht zu frei anziehen, so wird es aus Respektsgründen auch dort erwartet, es gibt aber nur moralische, keine richtigen Regeln dafür. Sie hat im Internet gelesen, dass sich nicht mehr viele daran halten, aber man in Dubai als Mann und auch als Frau an den Schultern und bis zu den Knien bedeckt sein sollte, dementsprechend sucht sie sich schöne Sachen zusammen.

T-Shirts, Röcke, Sommerhosen, Nilay und Selina helfen eifrig mit, bis Hope zu der Unterwäsche kommt. Hope besitzt schöne Unterwä-sche, aber ihre Freundinnen finden sie nicht aufregend genug. Hope winkt ab, sie sollte nicht mit der Einstellung dorthin fahren, dass sie sich so nah kommen, doch Nilay schleppt sie in einen Dessousladen, um auf Nummer sicher zu gehen. Also steht Hope am Abflugtag mit zwei Koffern voller normaler Kleidung aber sündhafter Unterwäsche am Schalter. Sie muss an ihre Verhandlungen mit Farhan denken und lächelt.

Er ist Araber, er verhandelt gerne. Jedoch war er, als Hope die Unterbringung und Hotelkosten angesprochen hat, gar nicht bereit darüber zu diskutieren. Doch als er ihr eines der Flugzeuge schicken wollte, hat Hope das abgelehnt, woraufhin er solange verhandelt hat, dass sie jetzt zwar einen normalen Flug, er sich aber um die Kosten und Reservierung gekümmert hat.

Trotz allem ist Hope mulmig zumute, als sie in der 1. Klasse sitzt und sie in Richtung Dubai abheben. Farhan hat ihr noch rechtzeitig gesagt, dass er es nicht schafft sie abzuholen. Sie haben englische Geschäftspartner, und er muss ihnen einige Sachen zeigen. Er holt sie dann zum Essen ab, an dem sie mit ihm zusammen mit den Geschäftspartnern teilnehmen soll. Hope war sofort auf Abwehr, sie würde einfach warten, er kann sie doch nicht gleich zu einem öffentlichen Termin mitnehmen. Doch Farhan hat versichert, es ist nur ein lockeres Abendessen.

Auf Hopes Einwand, sie hätte nur dieses eine ganz feine Kleid, hatte er auch dafür die Lösung und ihr gesagt, dass er einige Kleider zu ihrer Auswahl in ihre Räume hat bringen lassen. Hope ist schon vor der Ankunft etwas überfordert, doch der Drang, dass sie Farhan unbedingt sehen will, hat gesiegt.

Sie haben in der ersten Klasse kleine separate Kabinen. Sie sind mit allem ausgestattet, selbst ein Flug nach Dubai ist schon Luxus pur. Die Kabine neben ihr hat eine Frau, die sich schon seit dem Start angestrengt mit ihren beiden Freundinnen hinter sich unterhält. Hope ignoriert das lustige Dreiergespann zunächst. Sie isst etwas, sieht sich einen Film an, doch der Flug ist lang. Als sich die Frauen Geschichten aus ihren früheren Dubaiaufenthalten erzählen, hört Hope doch interessiert zu. Es dauert nicht lange und die Frau neben ihr spannt sie in das Gespräch ein. Als sie erfahren, dass Hope das erste Mal nach Dubai fliegt, nennen sie ihr viele Adressen, die sie unbedingt besuchen muss. Sie reden offen darüber, dass sie fast das ganze Jahr über hart arbeiten und sich dann ein paar Wochen Spaß in Dubai gönnen. Alle schwärmen von den Männern und wo man am besten welche trifft, die genauso auf Spaß aus sind.

Hope ist kein Mensch, der über andere urteilt, auch wenn sie es unpassend findet, dass die Frauen in ein arabisches Land fahren und man in ihren kurzen Shorts fast schon die Pobacken sieht, aber letzten Endes muss jeder selber wissen was er tut. Hope sagt, dass sie einfach nur gute Freunde besucht und fragt sich, ob Farhan das auch schön öfter getan hat. Er selbst hat ja erwähnt, dass er, auch wenn er es bereut, schon einige Male nur seinen Spaß hatte.

Da die Frauen so offen sind, fragt sie, ob es ihnen noch nie passiert ist, dass sie sich für jemanden mehr als nur zum Spaß interessiert haben, was ihr ein Lachen aller einbringt. Die Frau neben ihr hebt warnend den Zeigefinger. »Keine westliche Frau sollte glauben, dass sich solch ein Mann ernsthaft für sie interessiert. Sie haben ihren Spaß, doch sie heiraten immer eine aus ihrem Land, meistens sogar aus der eigenen Familie. Das sollte man bei allem immer bedenken.«

Hope nickt und lächelt. Auch wenn sich ein komisches Gefühl in ihr ausbreitet, versucht sie, so weit es geht das Gerede der Frauen auszublenden. Kurz danach versuchen alle ein paar Stunden zu schlafen, was Hope leider nicht wirklich gelingt, aber sie kriegt wenigstens etwas Schlaf, bis sie endlich landen. Als sie dann müde aus dem Flugzeug tritt, schlägt ihr die heiße Wüstenluft Dubais entgegen und sie atmet tief ein, bereit, ihr Herz von allen Zweifeln und Unsicherheiten zu befreien, auf dass komme, was kommen soll.

Sie fährt zusammen mit den anderen zum Flughafengebäude, was schon von außen doppelt so groß wie der Münchener Flughafen wirkt. Hope bestaunt die luxuriösen Hallen, während sich alle anderen zur Passkontrolle anstellen, bis sie merkt, dass ihr Name ausgerufen wird. Unsicher und unter den Blicken aller geht sie zu der Dame am Schalter, die sie freundlich anlächelt, kurz einen Blick in ihren Pass wirft und sie dann an zwei Männer verweist, die schon auf sie zu warten scheinen. Oh nein, wieder diese breiten Securityleute. Hope spürt, wie sie von allen anderen Fluggästen, die sich immer noch anstellen, angestarrt wird und wie sie rot wird.

Die beiden Männer begrüßen sie mit einem Lächeln und sagen ihr, dass sie sie ins Hotel bringen sollen. Hope nickt nur ebenfalls und geht mit ihnen zusammen zu den Gepäckbändern, wo die Koffer allerdings noch nicht auf dem Band sind. Keine zwei Minuten später kommt aber ein Mann aus dem Bereich, woraus eigentlich das Gepäck kommt und bringt Hopes zwei Koffer mit. Ab jetzt sollte sie nichts mehr wundern, sie ist jetzt in Farhans Welt eingetaucht. Einer der Männer nimmt Hopes Koffer und sie verlassen den Sicherheitsbereich. Es kommt nicht einmal einer auf die Idee etwas zu kontrollieren.

Als sie dann in den Flughafenbereich kommen, staunt Hope. Es ist riesig, sie war noch nie auf so einem großen Flughafen, alles ist aus Marmor. Sie betrachtet die viele arabische Schrift, die teuren Geschäfte. Auch wenn es sehr hektisch zugeht, hat sie dank der Männer, die sie in die Mitte nehmen, keine Probleme durch die Massen zu kommen. Sie würde sich gerne alles genauer ansehen, doch die Männer gehen direkt zum Ausgang. Aber als Hope neben Starbucks und einigen anderen amerikanischen Ketten einen großen Saftladen entdeckt, hält sie davor an.

Auch wenn das Essen auf dem Flug weit besser als auf allen anderen war, hält sich Hope im Flugzeug meistens zurück, und die leckeren Früchte strahlen sie förmlich an. Ihr fällt ein, dass sie noch kein Geld gewechselt hat. Einer der Securitymänner zeigt auf den Laden und fragt, was sie möchte. Hope zeigt auf die Erdbeeren und will ihm gerade sagen, dass sie aber kein Geld hat, da ruft er über die lange Menschenschlange schon etwas zum Angestellten.

Ein Blick auf die Sicherheitsleute reicht und der Mann lässt alles stehen und liegen, um Hope einen Erdbeersaft zu machen und ihr noch eine extra Schale mit Obst zu bringen. Hope bedankt sich höflich und leicht beschämt bei dem Mann und dem Sicherheitsbeamten, der dem Verkäufer einen Schein zusteckt, bevor sie weitergehen. Sie ist diese Extrabehandlung nicht gewöhnt.

Hope nippt zufrieden an ihrem Saft, als sie aus der Flughafentür gehen. Sie muss richtig blinzeln, die Sonne ist so hell und grell, und sie spürt sofort wie heiß es ist, als sie aus dem klimatisierten Gebäude kommen. Sie blickt hinaus auf Dubai und sieht: Luxus. Überall stehen riesige Gebäude, wunderschön gepflegte Straßen und viele Luxusautos. Sie bemerkt sofort, dass es kaum ein einfaches Auto gibt. Das, was sich in Deutschland nicht viele leisten können, scheint hier zum Standard zu gehören.

Die Männer bringen sie zu einem schwarzen Auto. Einer der Männer hält ihr die hintere Tür auf und Hope blickt auf einen riesigen Strauß roter Rosen, die Farhan ihr hinterlassen haben muss. Sie lächelt, als sie einsteigt und die Männer vorne Platz nehmen. Sie sind durch eine schwarze Trennscheibe getrennt. Nun weiß Hope, wie es sich anfühlt, als Prominenter zu reisen. Hope nimmt den riesigen Strauß Rosen in die Arme, sie kann ihn kaum halten, es sind mindestens 50 Stück. In dem Strauß steckt eine kleine Karte: Willkommen in Dubai

Hope holt ihr Handy heraus, um ihre Mutter anzurufen. Durch den langen Flug hat sie sich schon zu lange nicht gemeldet. Zwar geht ihr Internet noch nicht, aber sie kommt durch, wenn auch mit einer sehr schlechten Verbindung. Sie spricht kurz mit ihr und Liam, der auf dem Bauernhof jeden Tag reitet und die Natur genießt.

Als sie auflegt, sieht sie auf die Handyuhr. Es war mitten in der Nacht, als sie losgeflogen sind und jetzt zeigt ihre Uhr 10 Uhr morgens an. Hope klopft leicht an die Trennscheibe, die sofort heruntergefahren wird. Sie fragt, wie spät es hier ist und zu ihrer Verwunderung sind nur zwei Stunden Zeitunterschied, also ist es hier gerade 12 Uhr mittags. Im selben Moment klingelt ihr Handy und der Beifahrer schließt die Trennwand wieder, während Hope das Telefonat entgegen nimmt, als sie sieht, dass es Farhan ist.

Man merkt gleich, dass bei ihm viel los ist, doch er freut sich, dass sie jetzt da ist, auch wenn er noch keine Zeit hat. Er fragt, ob alles in Ordnung ist, und Hope bedankt sich für die schönen Blumen. Farhan kann nicht lange reden, sagt ihr aber, dass sie sich im Hotel wohl fühlen soll und machen kann, was sie will. Er hat dort ein paar Kleider für den Abend für sie kommen lassen. Es gibt einen Hotelpool, aber sie haben einen eigenen Pool direkt auf ihrer Terrasse. Er hat ihr alle Telefonnummern hingelegt, egal was sie essen will, sie muss nur bei den Nummern anrufen und bekommt es. Dazu sind da noch Nummern vom Schmuckladen des Hotels und dem Friseur, falls sie die für abends braucht. Er versucht sich zu beeilen und meldet sich später.

Hope kann nicht fassen, wie weit Farhan vorausdenkt. Die meisten Männer denken nur um die Ecke, doch er tut wirklich alles, damit sie sich wohl fühlt. Hope versichert ihm, dass alles in Ordnung ist und sie es nicht erwarten kann ihn zu sehen, dann müssen sie auflegen, weil er gerufen wird. Auch das Auto hält und der Sicherheitsmann hält ihr die Tür auf. Jetzt hat sie gar nicht viel von der Stadt gesehen.

Als Hope aussteigt und nach oben schaut, um sich das Hotel anzusehen, wird ihr schwindelig. Zu hoch. Sie dreht sich um und bemerkt, dass fast alle Gebäude hier sehr hoch sind, also konzentriert sie sich auf die Eingangshalle, die in edlem schwarz-weißen Marmor gehalten ist. Sogar ein Brunnen befindet sich hier, alles wirkt einfach nur teuer.

Die Sicherheitsleute bringen sie und die Koffer direkt zum Fahrstuhl. Dabei sieht eine Angestellte ihren riesigen Rosenstrauß und eilt in einen Raum, um ihnen mit einer großen Vase zu folgen. Sie fahren in den 13. Stock und betreten eine große Suite. Suite ist zu milde ausgedrückt, es sind mehrere Wohnungen in einer. Alleine das Zimmer, in das sie als erstes kommen, in dem große Couchen, edle Kommoden, ein großer Esstisch, eine riesige Leinwand von Fernseher und überall verteilt Sessel und kleine Tische stehen, ist so groß wie ihre ganze Wohnung.

Die Männer stellen den Koffer ab, die Frau stellt die Blumen in die Vase, bevor sie Hope alleine lassen und sie einatmet. Sie ist in Dubai.

Aufgeregt läuft sie von dem Zimmer auf die Terrasse, die von hier abgeht und wie zu erwarten ist auch diese riesig. Es befinden sich mehrere gemütliche Sitzeinheiten darauf, manche mit Sonnenschutz, manche ohne und ein Pool mit Liegen. Hope muss den unbedingt gleich ausprobieren. Sobald man aus den klimatisierten Räumen tritt, erschlägt einen die Hitze fast. Sie traut sich nicht hinunter zu sehen, aber als sie gerade auf Dubai blickt, erkennt sie die berühmten Palmeninseln im Meer, auf denen Häuser gebaut sind. Dubai ist wunderschön. Sie geht wieder rein, entdeckt zwei große Badezimmer und insgesamt drei Schlafzimmer.

Im größten sieht sie mehrere Sachen von Farhan auf dem Schreibtisch, ein weißes Shirt liegt auf einem Sessel. Hope nimmt es an sich, um daran zu riechen. Farhan, sie liebt seinen Duft und wünschte, er wäre schon da. Hope sieht sich alles an, dann packt sie ihre Koffer aus. Sollte sie ein anderes Schlafzimmer nehmen?

Aber sie will bei ihm sein, also sieht sie in den Schränken nach, die in dem Zimmer stehen, wo Farhan schläft. In dem einen hängen mindestens 20 dieser weißen Gewänder, die Farhan, und wie Hope schon gesehen hat, alle Männer hier tragen, ein paar normale Sachen und auch zwei Anzüge. Dazu noch viele Tücher, weiter guckt Hope nicht. Daneben ist ein leerer Schrank, dort ordnet sie ihre Sachen ein.

Hier im Hotel funktioniert ihr Internet wieder. Bilder schießend und an ihre Mutter, Nilay und Selina schickend, bewegt sie sich noch einmal durch das Hotelzimmer. Danach geht sie in das große Wohnzimmer und sieht auf dem Tisch eine Menge Restaurantkarten, wo die Nummern und Speisen drauf stehen.

Es gibt alles, asiatisches Essen, arabisches, indisches, spanisches. Hope glaubt nicht, dass all diese Restaurants hier im Hotel sind. Doch dann entscheidet sie sich für ein italienisches und bestellt Pasta. Es ist erst 14 Uhr, sie hat also noch Zeit, um sich für den Abend fertig zu machen. Es dauert nur 10 Minuten, da klopft es und der Securitymann kommt mit zwei Leuten und einem Essenswagen herein.

Sie decken den Tisch ein, Hope ist das Ganze wirklich peinlich. Das kann sie auch selbst tun, doch die Damen decken den Tisch, stellen ihr Wasser, Cola und noch eine Brause hin. Salat, Brot und die gewünschten Nudeln, bevor sie sich schnell daran machen zu gehen, das alles unter dem strengen Blick des Securitymannes, der ebenfalls wieder hinaus geht. Hope isst etwas und schreibt dabei Farhan, der sich immer wieder meldet, um sich zu vergewissern, ob alles in Ordnung ist. Anschließend zieht sich Hope ihren Bikini an und geht in den erfrischenden Pool. Sie schwimmt einige Runden und bleibt danach einfach faul auf der Liege liegen, um sich zu trocknen.

Sie döst dabei fast ein, lange hat sie nicht mehr einfach so herumgelegen. Irgendwann merkt sie, dass es zu warm wird und dreht sich um. Als sie die Augen wieder öffnet, stellt sie erschrocken fest, dass sie etwas zu lange herumgelegen hat. Zum Glück ist sie nicht rot geworden, auch wenn die heiße Sonne Dubais schnell ihre Haut hat bräunen lassen. Hope geht duschen, sieht sich aber vorher noch die Kartons an, die in der Ecke stehen, wie Farhan ihr es gesagt hat. Zwei mal Gucci, einmal Chanel. Hope schüttelt den Kopf, Farhan spinnt.

Sie öffnet die Kisten und sieht sich die langen Abendkleider an. Eines ist schlicht und schwarz. Es hat nur eine goldene Taille, was wirklich gut aussieht. Eines ist weiß und nicht ganz so lang, doch der Schnitt macht es zu etwas Besonderem. Dann ein rotes, was ihr am besten gefällt. Alle Kleider haben passende Pumps und eine Clutch, aber Hope weiß nicht, welches sie nehmen soll. Sie sind alle schön, also fragt sie Farhan, welches Tuch er heute umhat. Er sagt ihr, dass es ein rotkariertes ist, somit entscheidet sich Hope für das rote Kleid.

Nach langer Überlegung entschließt sie sich, bei dem Friseur aus dem Hotel anzurufen. Sie werden sicherlich auch Euros nehmen, sonst kann Hope noch schnell Geld wechseln. Sie vereinbart eine Uhrzeit und muss sich mit dem Duschen beeilen. Als sie das Kleid anzieht, kommt schon eine hübsche Frau mit einem riesigen Schminkkoffer und ganz vielen Sachen für die Haare. Die Frau wirkt sehr eingeschüchtert, was Hope wiederum unangenehm ist, sie ist doch ein ganz normaler Mensch.

Am liebsten würde sie ihr sagen, dass sie nur in einem Autohaus arbeitet, damit sich die Frau entspannt, doch sie weiß nicht, wie viel sie überhaupt zu anderen sagen soll. Also sehen sie sich zusammen die Sachen an und besprechen eine Frisur und das Make-up. Als die Frau dann aber anfängt sie zu schminken, lockert sich die Stimmung etwas. Hope erzählt ihr von München und sie von einigen lustigen Gästen, die sie schon bei sich im Laden hatte.

Das Make-up ist dezent und zeigt doch Wirkung. Hopes Augen wirken größer und strahlender, und die heute gewonnene Bräune passt perfekt zum Rot und zu dem leichten Make-up. Hope ist zufrieden.

Die Friseurin beginnt ihre Haare zu locken und anschließend hochzustecken. Hope ist fasziniert, sie könnte das niemals so gut.

Die Frau flechtet ihr die Seiten, so dass es zwar sehr elegant, aber doch nicht zu spießig aussieht. Hope ist sehr zufrieden. Kurz bevor sie fertig sind, ruft Farhan an und sagt, sie wären schon spät dran. Er ist in 10 Minuten da und wartet unten auf sie. Die Friseurin sieht sich im Zimmer um, während Hope sich den roten Seidenschal um die Schultern bindet, der zu jedem Kleid dabei war und das sicher nicht umsonst. Die Friseurin kommt und steckt ihr mit einer Haarnadel eine rote Blüte ins Haar. »Jetzt ist es perfekt!«

Hope lächelt und sieht in den Spiegel, ihr Herz schlägt ihr bis zum Hals. Endlich sieht sie Farhan wieder. Hope nimmt die Clutch und steckt sich die wichtigsten Sachen ein. Sie kramt in ihrem Portmonee, um die Friseurin zu bezahlen, doch die wedelt gleich mit den Händen. »Nein, wir dürfen nichts nehmen, es wurde uns extra aufgetragen, ich würde Ärger bekommen!« Hope seufzt auf. »Wieso tut er das?«, murmelt sie leise, doch die Frau beginnt zu strahlen.

»Er ist ein Prinz!« Hope nickt und sieht, wie faszinierend die Frau das findet. Sie sagt das so, als würde sie denken, Hope wüsste das nicht oder vielleicht, als würde sie nicht verstehen, was Hope hier sucht. »Ich weiß..« Es ist mehr ein Murmeln, Hope muss sich für nichts und niemanden rechtfertigen, doch es ist eigenartig, dass sie sofort das Gefühl hat, es tun zu müssen.

Kapitel 6

Hope bedankt sich bei der Frau und geht vor die Tür, wo schon der Sicherheitsmann auf sie wartet und sie zum Fahrstuhl bringt. Die Frisörin steigt im 5. Stock aus, doch Hope ist schwer damit beschäftigt, sich immer wieder ins Gedächtnis zu rufen, sich gleich zusammen zu nehmen und Farhan nicht um den Hals zu fallen, was sie am liebsten tun würde.

Sie haben schon vor Tagen besprochen, dass er sie hier nicht einfach umarmen oder küssen kann, zumindest nicht in der Öffentlichkeit. Also steigt sie aus dem Fahrstuhl und versucht sich zusammenzureißen. Sofort blickt sie auf Farhan, der am Brunnen steht, mit jemandem aus dem Hotel und mit einem der Sicherheitsmänner von heute Vormittag redet.

In dem Moment, wo er sich zu ihr dreht, wie er da steht, so edel, so stolz, so schön, und seine Augen genauso viel Freude und Sehnsucht zeigen, wie es ihr gerade geht, weiß Hope, dass sie, wie Selina es ihr geraten hat, es nicht zu tun, ihr Herz schon längst an ihn verloren hat. Farhan ignoriert die Männer um ihn herum, seine Augen haften auf ihr. Sie bekommt eine Gänsehaut, als sie zu ihm geht und er sein freches schiefes Lächeln bekommt. »Hope!« Sie lächelt ebenfalls. »Farhan!«

Er wendet sich zu dem Mann aus dem Hotel um, sagt ein paar Worte auf arabisch und sie verlassen das Hotel. Wieder geht es in das gleiche Auto, das sie auch vorhin vom Flughafen abgeholt hat. Sobald sich Farhan zu ihr setzt, die Tür geschlossen ist und die Scheibe sie von den Sicherheitsleuten trennt, zieht er sie in seine Arme. Beide sagen im ersten Augenblick nichts.

Hope kommt auf seinen Schoß, sie schlingt ihre Arme um ihn, kuschelt sich an ihn und vergräbt ihre Nase an seinen Hals. Farhan küsst ihre Wangen, dann rückt er sie etwas weg, damit er sie ansehen kann. »Du siehst wunderschön aus.« Sie denkt gar nicht daran ihn jetzt wieder loszulassen und kuschelt sich wieder an ihn heran, was ihn schmunzeln lässt. »Danke. Du hast mir gefehlt.« Farhan nimmt ihr Gesicht in seine Hände »du mir auch!« Als Farhan sie küsst, rückt Hope ganz auf seinen Schoß. Sie vergisst das teure Kleid, was sie anhat, ob ihre Frisur hält oder wo sie sind. Es zählt nur Farhan in diesem Augenblick und ihn wieder so zu spüren.

Farhans Hände gehen erst an Hopes Taille und dann ihren Rücken entlang. Er nimmt ihr den Schal ab und streichelt die Stelle, die unbedeckt ist. Nur weil sie sonst keine Luft mehr bekommen würden, trennen sie sich, aber Hope lässt ihre Stirn an seiner. Farhan sieht ihr in die Augen und will etwas sagen, doch der Wagen hält. Hope rutscht erschrocken von seinem Schoß und Farhan lacht, als er ihr den Schal wieder umlegt. Doch bevor er ihn richtig umbindet, küsst er ihre Schultern, danach verdeckt er sie, damit sie die anderen nicht sehen.

Sie steigen aus und betreten ein feines Restaurant. Hope bemerkt, dass sie schon wieder nichts von Dubai gesehen hat. Sie steuern eine Ecke an, die abgetrennt von allem anderen ist. Die Blicke der Gäste verfolgen sie. Als Hope sieht, dass neben vier englischen Männern und drei englischen Frauen auch zwei Araber, die genau wie Farhan angezogen sind, am Tisch sind, fragt sie ihn leise, ob die zu seiner Familie gehören. Er verneint und erklärt, dass es seine Geschäftspartner sind.

Farhan stellt alle vor. Sie setzen sich und Hope gewöhnt sich langsam daran, dass die Tische mit Essen überladen werden. Doch auch wenn Farhan sie nicht küsst oder sie umarmt, es bleibt kein Zweifel, dass sie zu ihm gehört. Er sitzt neben ihr und bevor er sich irgendetwas auftut, denkt er jedes Mal an sie. Während der Gespräche legt er oft seinen Arm um die Lehne ihres Stuhles, seine Aufmerksamkeit ist immer bei ihr.

Hope erfährt, dass die Leute aus England alle aus einer Textilfirma stammen. Die Reise war ein Bonus vom Chef, der ebenfalls am Tisch sitzt. Hope mag Herrn Schnaub sehr, aber so einen großzügigen Chef sieht man nicht oft, ihr letzter Bonus war ein Shirt mit dem Logo ihres Autohauses. Hier haben sie sich dann zufällig mit den Betrieben beschäftigt und sind auf Farhan gestoßen, mit dem sie jetzt zwei

Außenstellen in Dubai planen. Sie unterhalten sich auf englisch, so dass auch Hope sich einbinden kann.

Der Chef der Firma ist sehr nett und unterhält sich mit Hope über ihre Arbeit. Die drei Frauen konzentrieren sich eher auf die beiden Geschäftspartner von Farhan, und sie erinnern Hope negativ an die Frauen aus dem Flieger. Wäre sie nicht hier, würde sicherlich Farhan im Mittelpunkt ihres Interesses stehen. Es ist trotzdem ein schöner Abend und viel entspannter, als sie es sich vorgestellt hat.

Ihre Mutter schickt ihr ein Bild von Liam, der selig und erschöpft schläft. Hope ist beruhigt. Der Flug, die wenigen Stunden Schlaf, die ganze Aufregung zeigen aber irgendwann ihre Wirkung. Hope muss sich zusammenreißen, um nicht die ganze Zeit zu gähnen. Als Farhan das bemerkt, zögert er keine Sekunde und sie verlassen die Runde als erstes.

Hope muss im Auto lachen, als sie, sobald die Tür zu ist, sich wieder aneinander kuscheln. Erschöpft zieht sie die Pumps aus und macht es sich gemütlich. Sie sieht aus dem Fenster und sagt Farhan, dass sie noch nichts von Dubai gesehen hat. Farhan erklärt, er hätte morgen den ganzen Vormittag für sie Zeit hat und wird das ändern.

Als sie in ihrem Zimmer ankommen, klingelt Farhans Handy, er unterhält sich auf arabisch mit jemandem. Hope ist etwas unsicher, es ist schon etwas komisch, jetzt hier mit ihm alleine zu sein, allerdings nicht negativ, nur etwas Unsicherheit macht sich breit. Während Farhan telefoniert, legt Hope den Schal des Kleides ab. Farhan gibt ihr einen Kuss auf die Schultern, als er an ihr vorbeigeht

Hope nimmt sich eine Hotpants und ein weißes Tanktop mit ins Bad um zu duschen, sie denkt nicht ernsthaft daran, sich jetzt mit einem der neuen Negligés neben ihn zu legen. Falls er das überhaupt macht, Hope weiß nicht, ob Farhan und sie in einem Bett schlafen, aber sie würde ihn gerne bei sich haben. Hope ist müde, sie duscht schnell, öffnet ihre langen Haare und lässt sie einfach wellig und offen, als sie zurück ins Zimmer geht. Gerade geht die Dusche im anderen Bad an. Farhan scheint so lange telefoniert zu haben. Hope blickt sich erst unsicher um, doch dann legt sie sich einfach auf das Bett, in dem

Farhan schon geschlafen hat, um auf ihn zu warten. Sie schließt vor Müdigkeit nur kurz die Augen um sich etwas auszuruhen, bis Farhan fertig mit duschen ist.

Als Hope die Augen wieder öffnet kneift sie sie gleich wieder zusammen, weil ihr die Sonne ins Gesicht scheint. Sie braucht einen Augenblick, bis sie realisiert, dass sie in Dubai ist und reißt ihre Augen auf.

Die Sonne scheint ins Zimmer, sie muss gestern zu fest eingeschlafen sein, doch Farhan ist nicht bei ihr. Müde blickt sie sich um und entdeckt ihn vor sich auf einer der großen bequemen Couchen schlafend und zu ihr gewandt. Wieso hat er sie gestern nicht geweckt? Wieso ist er nicht ins Bett gekommen? Doch Hope muss lächeln, das ist eben Farhan, er würde sich nicht einfach so ohne ihre Erlaubnis zu ihr legen.

Farhan hat nur eine graue Sportshorts an, die bis zu den Knien geht. Er trägt kein Shirt und Hope sieht das erste Mal, wie durchtrainiert er ist. Seine Muskeln, seine dunkle Haut, er ist einfach nur ein schöner Mann. Hope steht auf und geht zu der Couch. Als sie näher kommt, öffnet Farhan seine Augen. »Guten Morgen!«

Es bildet sich sofort ein Lächeln um seine Mundwinkel, und Hope hat keine Lust mehr, sich der Form halber zurückzuhalten, sondern hört auf ihr Herz. Sie legt sich leicht auf ihn und gibt ihm einen Kuss auf den Mund. Dabei kitzelt sein gepflegter Dreitagebart. Dann legt sie sich neben ihn und kuschelt sich an seine warme nackte Brust.

Farhan nimmt sie in den Arm, und sie atmet seinen Duft ein. Sie könnte süchtig danach werden. »Jetzt ist der Morgen gut.« Er gibt ihr einen Kuss auf die Stirn und Hope lächelt. »Wieso liegst du hier? Warum bist du nicht ins Bett gekommen?« Farhan legt seine Hand an ihr Gesicht, seine Augen sind noch kleiner, er ist so niedlich, wenn er verschlafen ist.

»Ich wollte es nicht riskieren, dass du nachts aufwachst und dich zu Tode erschreckst. Ich wusste nicht, ob du mich so nah bei dir haben willst. Erst wollte ich ins andere Zimmer, aber du warst so süß beim

Schlafen, dass ich dich dabei ansehen musste.« Hope zieht die Augenbrauen hoch »beim Schlafen? Es ist nicht süß, wenn ich schlafe!« Farhans Daumen streicht erst über ihre Wange, dann über ihre Lippen.

»Du bist wunderschön Hope, immer! Ich war gestern sehr stolz, dich an meiner Seite zu haben. Ich könnte den ganzen Tag nichts anderes tun als dich anzusehen, aber genau jetzt, so verschlafen wie du bist, deine Augen zeigen mir dein Vertrauen, ganz frei vor mir ..ich habe noch nie etwas Schöneres gesehen.« Hope küsst seinen Daumen, seine Worte berühren sie tief, denn man sieht in seinen Augen, dass er meint, was er sagt. »Ich bin sehr glücklich, an deiner Seite zu sein!«

Hope kann das nur zurückgeben, woraufhin Farhan sie küsst. Seine andere Hand schlüpft unter ihr Top und streichelt ihren Rücken entlang. Hope liebt das Gefühl, sich näher zu kommen. Bis plötzlich das Hoteltelefon klingelt und Farhan auf die Uhr sieht. »Ich habe gesagt, wir wollen geweckt werden, ich treffe mich erst Nachmittags mit meinen Geschäftspartnern, also zeige ich dir jetzt Dubai!«

Eine Stunde später sitzen sie in einem Geländejeep und das ganz ohne Sicherheitsleute. Gestern wurde sie von denen nur gefahren, aber sie waren nicht beim Essen dabei, heute wieder nicht. Farhan erklärt, dass sie nur bei längeren Auslandsreisen oder zu größeren Veranstaltungen gebraucht werden. In Dubai oder in seiner Heimat bewegt er sich fast immer alleine, ohne Security. Sie fahren vorbei an schönen Straßen, es ist alles neu, wirkt so sauber und teuer. Die Gebäude sind riesig und die Massen an Einkaufszentren übertreffen selbst die USA. Hope sucht sehr angestrengt nach einigen Autos, die nicht in Deutschland zu den Luxusautos gehören, aber nur selten entdeckt man diese.

Sie durchqueren eine Wohngegend, wo Hope die vielen schönen Villen betrachtet. Sie genießt die Fahrt, sie liebt es einfach, Zeit mit Farhan zu verbringen und er scheint es auch zu tun. Hope trägt ein weißes Häkelkleid, es geht bis zu den Knien, eigentlich hat es gar keine Ärmel, sondern ist im Bolero-Stil geschnitten, aber Hope hat sich ein ganz dünnes, feines Jäckchen übergezogen. Dadurch, dass die Frisörin ihr gestern die Haare so durchgelockt hat, fallen sie ihr wellig bis tief in den Rücken. Auch wenn Hope sich nicht viel geschminkt hat, als sie aus dem Bad kam, hat Farhan ihr einen Kuss auf die Stirn gegeben. Jetzt auf der Fahrt greift er immer wieder nach ihrer Hand und gibt ihr einen Kuss darauf.

Allmählich wird es ländlicher, und irgendwann kommt fast gar nichts außer Wüste. Hope wird unsicher. »Sind wir jetzt aus Dubai raus?« Farhan lacht. »Das ist Dubai, Hope! Das war immer Dubai. Das hinter uns haben die Menschen geschaffen, das vor uns hat Allah erschaffen!« Hope entdeckt zwei Wagen und einen kleinen Transporter. Es stehen drei Männer an den Autos und halten ein braunes edles Pferd an den Zügeln. »Was hast du vor?«

Farhan grinst nur noch, als sie aussteigen. Hope mag es, wenn Farhan auf arabisch spricht, auch wenn sie kein Wort versteht. Er redet mit den Männern und streichelt dabei das Pferd, was ziemlich unruhig wirkt und sich erst bei Farhan etwas beruhigt. Es hat einen riesigen Sattel mit einer Decke und einer kleinen Tasche daran gebunden.

Hope mag Pferde, sie ist auch schon einige Male geritten, aber dieses Pferd stellt alles in den Schatten, was sie je gesehen hat. Es ist größer und breiter als die Pferde in Deutschland. Die Männer setzen sich vor die Autos auf Decken und beginnen Tee zu trinken, während Farhan mit dem Pferd zu Hope kommt. »Darf ich vorstellen? Rambo!« Hope zieht die Augenbrauen hoch, das passt! »Steig auf!« Hope schüttelt den Kopf »der ist sehr unruhig und riesig und du weißt, dass ich Höhe nicht so gut vertrage, und wo willst du hier hin?« Hope zeigt in die Wüste und Farhan bindet sich sein weißes Tuch ab. »Vertraust du mir, Hope?«

Das ist toll, es ist fies so etwas zu fragen. »Dir schon, aber dem Pferd und der Wüste nicht.« Farhan bindet ihr das Kopftuch lässig um den Kopf mit einem Knoten und hält ihr seine Hände hin, dass sie aufsteigen kann. »Wenn du mir vertraust, reicht das völlig.« Hope sieht Farhan in die Augen. Als sie darin die Worte 'komm schon, du Angsthase' sieht, steigt sie mit seiner Hilfe stur aufs Pferd, auch wenn sie am liebsten gleich wieder abspringen möchte, so hoch, wie es ist.

Farhan setzt sich hinter sie. In dem Moment, wo er sie umfasst und die Zügel des Pferdes in die Hände nimmt, hat sie keine Angst mehr. »Yallah!« Mit diesen Worten rennt das Pferd los. Hope versteht, warum Farhan ihr das Tuch umgebunden hat, sie sind so schnell im feinen Sand, dass alles aufgewirbelt wird, aber es ist fantastisch.

Noch nie hat Hope so etwas gefühlt wie in dem Moment, als sie ganz alleine durch die Wüste reiten. Sie fühlt sich frei, die Wüste scheint endlos zu sein, nie hat sie die Sonne so schön gesehen wie hier. Es sind Sanddünen über Sanddünen. Als sie ganz alleine im Nichts sind, sagt Farhan etwas, woraufhin sie langsamer werden, aber immer noch im Trab. »Das ist unglaublich hier!« Hope kann nicht in Worte fassen, was sie hier sieht.

»Ich liebe es, das ist mein Reich, die Wüste, im Königreich ist sie noch schöner, wir sind manchmal mit den ganzen Familien da und schlafen auch dort. Es zieht uns immer wieder in die Wüste.« Hope dreht sich leicht zu ihm um. »Danke, dass du mir das zeigst, ich werde es niemals vergessen.« Farhan küsst sie auf den Hals.

Hope wird es zu heiß, sie zieht die dünne Jacke aus. Als sie eine Weile geritten sind, bekommt Hope doch etwas Angst, sie weiß nicht mal mehr, wie sie ungefähr zurückreiten müssen. Farhan hält. Er hilft ihr vom Pferd und holt eine Decke und etwas zum Trinken aus der Tasche. »Ich glaube, wir müssen hier sterben. Weißt du nicht, dass man in der Wüste die Orientierung verliert?« Farhan lacht und zieht sie auf seinen Schoß. »Ihr verliert sie, wir nicht!«

Es ist schön, sie genießen die Zeit allein in der Wüste. Farhan erzählt ihr einige Geschichten darüber, dass noch immer Stämme hier leben. Sie finden sogar einen Skorpion. Als sie zurück reiten, wo Farhan wirklich ohne Probleme den Rückweg kennt, kommt es Hope wieder so vor, als hätten sie nur fünf Minuten zusammen verbracht, dabei zeigt ihr die Uhr im Auto, dass Farhan seinen Termin hat.

Er erinnert sie, dass sein Cousin schon da sein muss, er trifft ihn in unserem Hotel, und seine Frau kommt mit, damit Hope sich nicht langweilt. Hope denkt an den Lockenkopf, der auf der Feier und im Autohaus dabei war. Er war die ganze Zeit am Lachen und Hope sehr sympathisch, aber sie hätte die Zeit schon allein herumgekriegt, das wäre ihr angenehmer, als so gezwungen mit jemandem zu sein, den sie nicht einmal kennt. Doch ihr bleibt nicht viel Zeit zum Überlegen, sie betreten das Hotel, und Samir der Cousin und eine komplett verschleierte Frau kommen ihnen entgegen.

Die einheimischen Frauen hier sind fast alle so verschleiert. Ein schwarzes langes Gewand und ein schwarzes Kopftuch, so dass man wirklich nur noch das Gesicht sieht, man nennt es Abaya. Die Frau lächelt Hope freundlich an. Hope ist überrascht, das ist nicht das Gesicht einer arabischen Frau. Die Frau ist noch viel heller als Hope und hat strahlend blaue Augen. »Wir sind spät gekommen und haben es noch nicht in unser Haus geschafft, aber ich habe gerade einen Anruf bekommen, die warten schon.« Der Cousin umarmt Farhan.

»Hope, das sind Samir und Donja.« Der Mann nickt Hope lächelnd zu, die Frau ebenfalls. »Wir müssen gleich los.« Die Frau kommt zu Hope und hakt sich bei ihr ein, was Hope nicht erwartet hat. »Keine Sorge, ich muss mich nur umziehen und zeige Hope dann die Mall.« Samir seufzt auf »wir wollen euch schon noch später sehen.« Farhan lacht, und das erste Mal, seit sie in Dubai sind, nimmt er öffentlich Hopes Hand. »Nur noch eine Sekunde, Donja.«

Farhan nimmt Hope etwas zur Seite. »Hope... ich würde dich gerne um einen Gefallen bitten. Es ist mir wirklich wichtig, ich kann mich sonst heute nicht auf die Arbeit oder sonst etwas konzentrieren und hätte schlechte Laune und kein ruhiges Gewissen.« Hope zieht die Augenbrauen hoch, er redet so ernst, und als ihr Blick auf Donja fällt, rattert es in ihrem Kopf. Oh nein, was soll sie jetzt sagen, soll sie auch so ein Kopftuch umbinden?

»Tust du mir einen Gefallen?« Hope knabbert an ihrer Unterlippe »eigentlich schon, aber..« Farhan lacht so laut los, dass sich einige zu ihnen umdrehen. »Man sagt nicht aber, ich würde nie aber sagen, wenn du mich um einen Gefallen bittest.« Hope stemmt die Arme in die Hüfte und lacht ebenfalls leise, sie haben beiden den gleichen Humor. »Wirklich? Okay, tust du mir einen Gefallen?« Farhan nickt »alles, was du willst!« Dieses Mal ist es Hope, die ihn frech angrinst.

»Sag mir erst, was du für einen Gefallen willst, bevor ich antworten muss.« Sie zwinkert ihm zu. »Das geht so nicht, Hope, du bringst die ganzen Spielregeln durcheinander!« Hope sticht mit dem Finger auf seine Brust. »Du hast gesagt, du tust mir den Gefallen, und dabei gibt es keine Spielregeln.« Farhan sieht kurz zur Uhr, dann kramt er in seinem Portmonee und zieht eine schwarze Karte heraus. »Okay Sturkopf, du hast gewonnen. Also bitte nimm diese Karte und mach dir einen schönen Nachmittag. In der Mall gibt es tausend Geschäfte und ich will, dass du dir alles kaufen kannst, was du gerne hättest. Tue mir den Gefallen.«

Hope sieht auf das Plastik und wieder zu Farhan. »Hätte ich das gewusst, hätte ich dir die Antwort gleich geben können. Vergiss es, ich brauche das nicht, viel Spaß bei deinen Treffen und entspanne dich, mir geht es auch ohne das gut.«

Hope will sich umdrehen, doch Farhan hält sie fest. »Okay, das habe ich mir schon fast gedacht, deswegen habe ich hier im Hotel im Schmuckladen eine Kette für 4.000 Dollar gesehen. Wenn du die Karte nicht nimmst und dir einen schönen Tag machst, kaufe ich sie später und schicke sie dir heute nach Hause, und sie kann niemals umgetauscht werden!«

Hope sieht Farhan empört an. »Das ist nicht dein Ernst?« Nun grinst er wieder. »Du hältst dich nicht an die Spielregeln!« Samir tritt an sie, Hope und Farhan haben genug herumgealbert. »Bitte, es ist mir wirklich wichtig.« Hope nickt und nimmt die Karte. »Okay, mal sehen, was ich finde..« Samir hebt noch einmal die Hand zum Abschied, kein Mann hier unten hat ihr bisher die Hand gereicht. Als die beiden Männer weggehen, fühlt sich Hope sofort leerer, sie will nicht ohne ihn sein.

»Farhan!« Er stoppt und dreht sich erneut zu ihr um. Beide gehen sich entgegen. Hope geht viel zu nah an Farhan heran, das weiß sie, doch es ist ihr egal. »Diese Karte bedeutet mir nichts. Ich würde sie nur mögen, wenn sie mir noch etwas Zeit mit dir kaufen könnte. Ich wünschte, du müsstest nicht gehen, du wirst mir fehlen.«

Farhan sieht ernst aus seinen dunklen Augen auf sie herab, dann gibt er ihr einen Kuss auf die Stirn, vor allen. »Ya Albi, weißt du noch? Du wolltest wissen, was es heißt... es bedeutet 'mein Herz'. Du bist schon von Anfang an zu meinem Herzen geworden Hope, also geht es mir nicht anders. Jedes Mal, wenn ich dich gehen lasse, lasse ich mein Herz gehen. Ich beeile mich!«

Samir räuspert sich. Am liebsten würde Hope ihn küssen, doch das geht nicht, also lächelt sie nur und geht mit Donja in den Fahrstuhl. »Ihr mögt euch sehr, wie es scheint?« Hope stimmt ihr zu. Sie kommt sich so nackt vor neben ihm, auch wenn sie ja wirklich nicht auffällig angezogen ist. »Ja, ich mag ihn sehr.« Sie steigen aus und sobald die Tür des Hotelzimmers zu ist, zieht Donja den Schleier aus. Hope muss aufpassen nicht zu sehr zu starren.

»Endlich!«, murmelt die hübsche Blondine. Hope guckt noch erstaunter, als sie den Mantel ablegt. Donja ist eine bildschöne Frau, sie sieht aus wie ein Model, ihre Figur ist perfekt, ihre Haare zu einem kurzen modischen Top geschnitten, und sie trägt ein hinreißendes cremiges Kostüm. Hope kann nicht glauben, was sich unter dem Schleier und dem Mantel verborgen hat. Donja wirft die Sachen genervt auf die Couch und sieht in den Spiegel.

»Okay, das ist schön für euch, ich freue mich. Farhan ist ein guter Mann, ich hoffe nur, du weißt auch, was du hier tust!« Donja blickt zu ihrem Mantel und dem Schleier, und Hope bekommt sofort ein ungutes Gefühl im Bauch.

Kapitel 7

Donja geht nicht weiter auf ihre Äußerungen ein, doch Hope ist sich sicher, sie wird noch einiges erfahren. Sie weiß nicht, ob das gut ist. Eigentlich ist sie der Meinung, es ist immer besser, sich ein eigenes Bild zu machen, doch es wird auch nicht verkehrt sein, etwas mehr über Farhans Leben in dem arabischen Königreich zu erfahren. Hope und er lassen genau dieses Thema immer gekonnt aus. Sie kennt ihren Grund dafür, nicht zu viel über ihre Familie preiszugeben, doch was ist sein Motiv?

Die Frauen lassen sich von den Securityleuten zu einer riesigen Mall fahren. Hope fällt es sehr schwer, Leute für sich arbeiten zu lassen, sie könnte niemals jemandem hier eine richtige Anweisung geben, Donja hat allerdings keine Probleme damit. Auf der Fahrt telefoniert Hope mit Liam und ist froh, dass Donja kein Deutsch kann. Sie vermisst ihren kleinen Sonnenschein schon sehr stark und sie versprechen sich, wenn beide wieder zurück in München sind, einen Tag nur auf der Couch zu liegen, Eiscreme zu essen und zu kuscheln.

Nach dem Telefonat fragt Donja sie etwas aus, woher sie genau kommt, wie sie Farhan kennengelernt hat. Hope ist sich unsicher, wie genau sie antworten soll, sie weiß nicht, ob Donja etwas erfahren darf. Deswegen ist sie froh, als sie das Gespräch erst einmal beenden, weil sie, wie Donja ihr erklärt, vor einem der größten Einkaufszentren der Welt halten.

Das glaubt Hope auch sofort, als sie dieses betreten und ihr Donja zuerst einige Attraktionen zeigt. Es gibt dort wirklich ein Aquarium, dessen riesige Scheibe allen Besuchern viele verschiedene Fische und vor allem Haie zeigt. Es gibt auch einen Käfig, und wer neben dem Einkaufen Lust hat, kann mit Haien schwimmen. Als Donja ihr dann im Einkaufszentrum die riesige Eislaufbahn zeigt, weiß Hope, dass sie hier nichts mehr verwundern sollte, in Dubai ist nichts unmöglich.

Bevor sie allerdings in die ersten Geschäfte gehen, ertönt der Aufruf zum Gebet, den Hope jetzt schon so oft gehört hat. In Paris hatte sich Farhan schon mehrmals in eine ruhige Ecke zurückgezogen, genau wie er und seine Geschäftspartner es gestern beim Essen getan haben. Heute morgen ist Hope duschen gewesen, als Farhan gebetet hat. Jetzt geht sie schon in eines der Geschäfte vor, während Donja sich aus der Handtasche ihren Schleier holt, den sie eingesteckt hat, um sich in einen der extra für das Gebet eingerichteten Räume zurückzuziehen.

Hope ist gläubige Katholikin, sie geht regelmäßig in die Kirche, Liam besucht eine katholische Kita, sie fasten und sie kennt die Bibel, aber das so viele Menschen ihre Religion so gewissenhaft ausleben wie hier, hat sie noch nicht erlebt. Ihre Mutter liest, seit ihr Vater gestorben ist, jeden Tag die Bibel, es beruhigt sie. Liam und Hope beten beim Zubettgehen von Liam, aber die Gebete von ihnen zu Hause sind mehr gedanklich, als so, wie sie es hier tun.

Hope durchstöbert die Kleiderstangen und findet wirklich einige schöne Sachen. Das Gute hier ist, man findet Geschäfte, die sie sich nie leisten kann, aber auch die normalen wie Mango und auch neue Marken, die Hope bisher nicht kannte. Richtig startet das Shoppen erst, als Donja zurückkommt.

Es macht Spaß, Donja ist sehr nett. Auch wenn Hope probiert sich zurückzuhalten, ist das kaum möglich. Es gibt zu viel von allem, Hope bleibt allerdings bei den etwas günstigeren Sachen und schafft es auch ab und zu, ihre statt Farhans Kreditkarte hinzulegen, auch wenn Donja offensichtlich von Farhan angewiesen wurde drauf zu achten, dass er bezahlt.

Es gibt riesige Läden mit Spielzeug, Süßigkeiten und Kuscheltieren, wo sie vieles für Liam und Kaan mitnimmt. Hier in Dubai stehen sie Amerika in nichts nach, wenn es um Rücksäcke von Star Wars oder allem anderen, was Kinderaugen zum Strahlen bringt. Das Praktischste an allem: Sie bezahlen, lassen alles einpacken, geben die Adresse vom Hotel oder Donja von ihrem Haus und gehen. Donja garantiert, dass, wenn sie später ins Hotel kommen, alles da sein wird. Nachdem Hope schon kaum mehr einen Überblick hat, wie viel sie gekauft hat, kehren die beiden in ein asiatisches Restaurant ein. Donja verspricht, dass es hier das beste Sushi gibt.

Während sie das leckere Essen genießen, beginnt Donja, von sich und Samir zu erzählen. Die beiden haben sich vor 4 Jahren in England kennengelernt, wo Farhan und er zusammen studiert haben. Sie kommt aus Russland und war nur zufällig dort eine Tante besuchen, als sie ihm auf dem Universitätscampus über den Weg gelaufen ist, während sie einen Cousin besucht hat.

Beide haben sich von Anfang an gut verstanden und einige Male getroffen. Als Donja zurück in Russland war, musste sie oft an ihn denken, doch er hat sich nicht mehr gemeldet, und sie hat versucht, den Prinzen aus Arabien zu vergessen. Ihr Cousin aber, der mit ihm gut befreundet ist, hat ihr irgendwann in einem Telefonat erzählt, dass Samir regelmäßig nach ihr fragt.

Donja hat all ihren Mut und ihr letztes Geld genommen und ist wieder nach England gereist. Auf dem Campus hat sie Samir zur Rede gestellt, und er hat ihr seine Liebe gestanden, allerdings sofort eingeräumt, dass er sie heiraten will, wenn sie seinen Glauben annimmt und mit ihm in seiner Heimat leben wird. Eine richtige Beziehung, ein längeres Kennenlernen gab es also nie.

Donja war bis über beide Ohren verliebt, sie kam aus sehr armen Verhältnissen, und das war einfach nur ein Traum für sie. Sie hat sich nicht informiert, Religion hat in ihrer Familie nie eine große Rolle gespielt, sie hätte in dem Moment alles für Samir getan. Also sind sie in eine Moschee gegangen und haben geheiratet. Es war keine große Feier, Farhan und ihre Familie waren nur da, die große Feier kam erst, als sie ein Jahr später zusammen in das arabische Königreich gegangen sind.

In der Zwischenzeit hat Samir zu Ende studiert, sie haben sich eine Wohnung in England gemietet, und Donja ist zu einer Islamschule gegangen, um die Sprache und die Religion zu lernen. Donja strahlt Hope an. »Der Islam ist das Schönste, was es auf Erden gibt! Mein Leben hätte nicht besser laufen können, nur wusste ich nicht, dass es eine Sache war den Islam kennenzulernen und ganz danach zu leben.

Ich habe von alleine angefangen zu beten, habe das erste Mal mit gefastet, Samir hat mich alles ohne Druck entdecken lassen. Das Jahr ging so schnell um.

Ich kannte seine Familie und alles nur von Internetgesprächen und Bildern, aber als wir dann unten ankamen, war es ein kleiner Schock für mich. Hier in Dubai ist die Familie von Farhan und Samir angesehen, sie sind generell im arabischen Raum eine der wichtigsten Familien. Sie sind unvorstellbar reich, die Anwesen kannst du mit denen hier gar nicht vergleichen, aber du kannst Dubai nicht mal annähernd mit dem arabischen Königreich vergleichen.

Dort herrscht die Scharia, das heißt, es herrscht das Gesetz des Korans. Da ich den Islam kenne, weiß ich aber, dass es nicht alles richtig ist, wie es dort gehandhabt wird, vieles geht einfach von den Männern aus. Es ist nicht schlecht das Leben, aber es ist anders. Ich habe mich schwer getan, mich an das alles zu gewöhnen.

Frauen dürfen kein Auto fahren, sie dürfen nur mit der Abaya aus dem Haus gehen, so wie ich ihn getragen habe. Als ich runtergezogen bin, war das noch sehr schlimm, mittlerweile ändert sich einiges, es gibt Frauenuniversitäten, es wird freier, aber das dauert alles seine Zeit. Besonders in unserer Familie müssen wir uns natürlich vorbildlich verhalten.

Ich denke nicht, dass die Familie von Samir es so gut fand, dass er mich geheiratet hat, doch er hat es einfach getan. Samir ist aber nicht so eng mit dem König verwandt wie es z. B. Farhan ist, deswegen war es nicht so schlimm.« Hope seufzt leise auf, natürlich wusste sie das meiste, doch hat es verdrängt, sie hat noch nicht darüber nachgedacht, ob sie sich eine Zukunft mit Farhan vorstellen kann, für sie ist es nicht normal, nach ein paar Wochen über so etwas nachzudenken.

»Das hört sich sehr schlimm an!« Donja lächelt. »Nein, es ist gewöhnungsbedürftig für Frauen wie uns, die aus der westlichen Welt kommen, aber nicht schlimm. Die Abaya tragen wir nur auf der Straße, zuhause kleiden sich alle ganz normal. Die Frauen im arabischen Königreich achten sogar sehr auf ihr Äußeres, die meisten sind umwerfend schön.

Die jüngere Generation wird auch immer offener, eigentlich darf mich nur mein Mann und der Vater von Samir ohne Schleier sehen, also alle Männer, die ich nicht heiraten kann, doch wenn Farhan oder jemand anderes, den wir so gut kennen, zu Besuch ist, trage ich ihn auch nicht. Sie kennen mich ja alle von den Auslandsaufenthalten ohne Schleier. Farhan und Samir sind wie Brüder, die Chaoten der Familie. Ich muss zugeben, es hat auch alles seine Vorteile, ich liebe Samir wie am ersten Tag, wir haben eine gute Ehe und er ist ein guter Mann, aber ich genieße diese Reisen auch sehr mit ihm.«

Donja ist ein lieber Mensch, Hopes anfänglich ungutes Bauchgefühl weicht immer mehr. Sie gehen weiter einkaufen, nun hakt sich Hope bei ihr ein und sie haben eine Menge Spaß, bis ihre beiden Prinzen auftauchen und mit ihnen zum Hafen fahren. Sie schlendern umher und machen dann eine spontane Spritztour mit einem Luxusschnellboot. Es ist herrlich, sie verstehen sich alle gut und lachen viel, auch wenn Hope es stört, dass sie Farhan nicht einfach einen Kuss geben oder seine Hand halten kann, wie es Donja und Samir machen.

Es geht nicht nur darum, dass man es in der Öffentlichkeit nicht tun sollte, Donja und Samir haben damit als Ehepaar hier in Dubai keine Probleme, sondern darum, dass Farhan in der Öffentlichkeit nicht zeigen will, dass sie ein Paar sind. Wenn sie das sind, Hope weiß nicht wirklich, wie sie jetzt zueinander stehen und merkt, dass wahrscheinlich doch mal einige Sachen zur Sprache kommen sollten.

Aber erst genießen sie den schönen Abend und kommen müde und erst spät ins Hotel zurück. Hope stolpert fast über die vielen Tüten und Kartons, die auf den Boden des Hotelzimmers gestapelt sind und wirft die Hände in die Höhe, so viel hat sie doch niemals gekauft. Es ist doch nicht so positiv, nicht die Tüten in der Hand zu halten, doch Farhan lacht nur und umarmt sie endlich richtig.

»Danke, dass du mir den Gefallen getan hast.« Hope küsst ihn, sie hat sich den ganzen Tag danach gesehnt, sie spürt in jeder Sekunde wie anziehend er ist, wie verrückt sie schon nach ihm ist. Hope legt die Arme um seinen Hals und Farhan drückt sie an die Tür, als er spürt, wie intensiv sie ihre Gefühle in dem Kuss zum Ausdruck bringt.

Es ist ihr egal. Es ist ihr egal, ob sie eine Zukunft haben, was alles dafür und dagegen spricht, es zählt das Hier und Jetzt. Farhan hält sie und küsst sie so liebevoll, dass sie das Gefühl hat, sie muss sich keine Sorgen machen, wie er es ihr damals auf der Terrasse in Paris gesagt hat, er lässt sie nicht los. Seine Lippen lösen sich, er sieht ihr in die Augen. »Du machst mich verrückt, Hope«, flüstert er leise, bevor er sie wieder küsst, aber nur kurz, dann wandern zum ersten Mal seine Lippen weiter. Er küsst ihren Hals entlang, zieht ihre Strickjacke aus und schmeckt ihre Schultern. Hope wird heiß, wenn sie ihn verrückt macht, findet sie keine Worte für das, was er mit ihr tut. Sie zieht ihm sein Tuch vom Kopf und fasst in seine Haare, entfernt das, was sie sonst trennt und will ihn einfach ganz spüren.

Erst das Klopfen an der Tür lässt beide aufschrecken. Hope muss lachen, sie haben vergessen, dass Farhan eine neue Vase für die Blumen, die er ihr vorhin am Hafen gekauft hat, hochbestellt hat.

Bevor der Mann die Vase ins Zimmer bringt, verschwindet Hope schnell ins Bad, wo sie sich wirklich abkühlt. Als sie dann zurück ins Zimmer kommt, wieder in kurzen Hotpants und Top, steht Farhan bereits nur in seinen Shorts an der Terrassentür. Die Lichter der Stadt fallen auf seinen braunen Körper, er stützt sich mit seinem Arm ab und sieht nachdenklich hinaus.

Er bemerkt sie nicht, er scheint mit seinen Gedanken zu weit weg zu sein. Hope tritt hinter ihn und küsst seinen Rücken, was ihn wieder in die Gegenwart holt. Doch als er sich zu ihr umdreht, egal wie süß er sie anlächelt, dieses Verlangen und das Gefühl, dass es richtig ist, egal was dagegen spricht, ist aus seinen Augen verschwunden.

Hope seufzt innerlich auf. Sie müssen darüber reden, Farhan nimmt ihre Hand und legt sich auf das Bett. »Hast du etwas dagegen, wenn ich bei dir bleibe?« Jetzt ist er wieder der Freche. Sie legt sich zu ihm, um sich dicht an ihn zu kuscheln. »Ich bestehe darauf!« Hope schließt die Augen, dieses Gefühl, dass es zwischen ihnen heute noch zu mehr kommt, ist vorbei, aber sie genießt es, so nah bei ihm zu sein, immer wieder seine Lippen auf ihren Haaren, ihren Wangen zu spüren. Er empfindet etwas für sie, das weiß sie, nur wie stark ist es?

Hope hört, wie Farhans Atem regelmäßig wird und sieht auf den schlafenden Mann, der sie hält und nicht loslassen zu wollen scheint. Sie wird es bald wissen, das spürt sie. Hope schläft eigentlich gut in Farhans Armen, irgendwann wird sie aber unruhig, vielleicht wegen der vielen Informationen, die sie am Tag bekommen hat. Als sie sich erschrocken aufsetzt, greift Farhan automatisch nach ihr. Sie sieht zu ihm herunter, seine Augen öffnen sich leicht.

»Alles ok?« Hope fährt sich durch die Haare und legt sich wieder hin. »Ja, ich habe geträumt, dass ich dich verliere, es war so..«, murmelt Hope leise ohne darüber nachzudenken.

Farhan öffnet seine Augen und sieht sie ernst an. »Komm her Engel, du verlierst mich nicht. Ich bin hier!« Farhan zieht Hope an sich, und ihr fallen die Augen an seinem warmen Körper wieder beruhigt zu.

Am nächsten Morgen ist Hope ihre nächtliche Aktion unangenehm, doch Farhan erwähnt es nicht, vielleicht war er noch so im Schlaf, dass er es vergessen hat. Nachdem sie gekuschelt und schön auf der Terrasse gefrühstückt haben, kommen Samir und Donja. Hope zieht sich nur einen langen Morgenmantel über, weil nur Donja zu ihr auf die Terrasse kommt, während Samir und Farhan gleich zu einem Termin gehen.

Sie wollen den Engländern die Dubai-Welt, die mitten im Meer erbauten Inseln, zeigen, die man sich kaufen kann. Da Donja heute ein Kleid mit einem ziemlichen Ausschnitt anhat, wählt sich Hope ein trägerloses, türkisfarbenes Sommerkleid mit wunderschönen Blüten drauf, was ihr aber bis zu den Knien geht.

Donja fragt sie, ob sie Lust hat, sich mit ihr ein Haus anzusehen und danach zum Strand zu fahren. Es gibt an bestimmten Tagen an gewissen Abschnitten Frauentage, wo sie ungestört sind. Also zieht Hope einen Bikini unter und sie fahren los. Heute ganz ohne Security, dafür aber in einem riesigen Geländejeep, den Donja gekonnt durch die Straßen lenkt. Es ist voll, und wenn die Männer die beiden hellen

Frauen im Auto entdecken, meckern sie laut auf arabisch los über Donjas drängelnden Fahrstil, bis die irgendwann das Fenster herunterlässt und sauer so laut auf arabisch zurück schreit, dass der Mann den Kopf einzieht und weiterfährt.

Hopes Bauch tut irgendwann weh vom Lachen, und das geht bei der Hausbesichtigung weiter. Sie mag Donja, die hübsche blonde Frau treibt jedoch den Makler in die Verzweiflung. Die Zimmer sind ihr zu klein, der Pool zu groß, der Garten zu wild, die Außenfassade zu nichtssagend. Hope zieht sich zurück und telefoniert eine Weile mit Liam. Als sie Donja danach sucht, findet sie sie alleine in einem der schönsten Räume wieder.

Hope sieht, dass sie geweint hat. »Das wäre das perfekte Kinderzimmer, oder?« Hope nickt und legt die Hand auf Donjas Rücken. »Ist alles in Ordnung?« Donja nickt »ich würde ihm gerne Kinder schenken, einen Sohn, wie er es sich so sehr wünscht.« Da ahnt Hope, was los ist. »Versuchst du schwanger zu werden?«

Donja lacht kurz hart auf. »Versuchen? Ich kämpfe darum, von Anfang an und ich weiß nicht, wieso es nicht klappt. Hope, verstehst du? Ich habe alles getan, ich wurde untersucht, es ist alles in Ordnung, aber egal was ich mache, ich werde nicht schwanger. Ich habe gehört, wie Samirs Mutter gesagt hat, das ist die Strafe Allahs, weil Samir keine aus ihrem Land, ihrer Familie geheiratet hat. Vielleicht hat sie recht.« Hope schüttelt den Kopf. »Nein, das ist Blödsinn, Donja, rede dir so etwas nicht ein. Hat er sich untersuchen lassen?« Donja zieht die Augenbrauen hoch.

»Das würde er nie tun, entweder es liegt an der Frau oder es ist Allahs Wille. Dass es am Mann liegen könnte, ist für ihn und seine Familie ausgeschlossen.« Hope seufzt auf und nimmt Donja in den Arm. »Aber du weißt, dass es nicht so ist. Mach dir keinen Stress, manchmal klappt das dann, wenn man nicht mehr so viel darüber nachdenkt.« Donja lächelt, und sie gehen langsam zum Auto zurück. »Du bist ein guter Mensch, Hope, du hast ein gutes Herz. Aber ich habe Stress, ich weiß, dass die Mutter sich schon nach einer neuen Frau für Samir umsieht.«

Hope sieht sie fassungslos an. »Aber das kann sie doch nicht einfach tun? Samir wird das nicht machen, ich habe doch gestern gesehen, wie er dich liebt. Er himmelt dich an, er wird sich nie scheiden lassen!« Sie steigen ins Auto. »Scheiden? Nein, das würde er nie machen. Er nimmt sich eine zweite Frau, Hope, er hat das Recht dazu, er kann das machen. Und weil ich ihm keine Kinder schenken kann, kann ich nicht einmal etwas dagegen sagen.« Hope sieht sie entsetzt an.

»Samir hat es mir damals versprochen. Ich habe ihm gesagt, dass ich alles ertragen kann, aber das nicht. Keine andere Frau an meiner Seite. Egal, ob es dafür Regeln gibt, dass er beide gleich behandeln muss. Ich kann es nicht ertragen ihn zu teilen, ich liebe diesen Mann über alles. Er hat es versprochen, doch sein Wunsch nach Kindern ist so groß, dass er das sicher nicht lange halten kann.« Hope findet das alles einfach nur schrecklich, doch sie versucht Donja Mut zu machen.

»Rede mit ihm, am besten hier, nicht bei euch zu Hause. Sag ihm, dass es andere Wege gibt, ihr solltet zusammen zu einem Arzt gehen und euch beraten lassen. Wenn er dich liebt und du ihm wichtig bist, ist er es dir schuldig, erst nach anderen Lösungen zu suchen.« Donja hält am Strand. »Du hast recht, wir fliegen danach nach St. Tropez, dort gibt es eine Klinik, die darauf spezialisiert ist, ich werde noch einmal mit ihm reden.« Hope nickt »ich mag deine Schwiegermutter nicht.« Endlich lacht Donja und gibt ihr einen Kuss auf die Wange. »Du bist ein Engel, lass uns den Tag genießen!«

Sie genießen ein paar Stunden an dem traumhaften Strand, wo wirklich weit und breit kein Mann zu sehen ist. Leider bedeutet das auch, dass die Strandbar leer ist und sie nur etwas mitgenommenes Wasser haben, so dass sie sehr hungrig werden. Trotzdem entspannen sie sich. Hope wird immer brauner, der Sandstrand ist so fein und das Wasser kristallklar. Sie betrachtet auch fasziniert, wie neben den normalen Touristinnen einheimische Frauen in ihren Abayas kommen, sie ablegen und ihre langen dunklen Locken und perfekten Körper präsentieren.

Hope bemerkt, wie Donja immer wieder zu ihnen hinübersieht und traurig wird. Sie selber kann sich nicht vorstellen, jemals einen Mann zu teilen, egal was für Regeln das Ganze hat. Also bleiben sie nicht lange, Hope duscht sich dort in einer Stranddusche ab, öffnet ihre Haare, trägt etwas Lipgloss und Wimperntusche auf und ist sehr zufrieden. Die Bräune steht ihr, das Kleid hebt alles noch hervor. Zufrieden geht sie mit Donja zum Auto zurück.

Farhan hat sich ab und zu gemeldet, gefragt, ob alles okay ist, aber jetzt schon seit einer Weile nicht mehr. Sie probiert ihn zu erreichen, doch sein Handy ist aus, er hatte gesagt, dass er jetzt langsam Zeit hätte. Auch Donja versucht es bei Samir, doch auch sein Handy ist aus. Sie startet den Motor. »Es gibt nur einen Ort in Dubai, wo man keinen Empfang hat.«

15 Minuten später halten sie vor einem unscheinbaren Haus. Donja führt Hope nicht die Treppen hinauf, sondern geht mit ihr in den Keller, wo sich vor ihnen ein abgedunkeltes Restaurant befindet. Hope ist fasziniert, das muss so etwas wie ein Geheimtipp sein, es ist nicht voll und das, obwohl dort statt normaler Wände riesige Glasscheiben sind, hinter denen sich Tausende von bunten tropischen Fischen, Quallen, ganze Riffe befinden.

Es gibt verschiedene Nischen, wo die Tische verteilt stehen, es wirkt so, als würde man mitten im Meer essen, kein Wunder, dass man hier keinen Empfang hat. Hope gefällt es sehr. Sie sieht sich nach Farhan um, doch schnell ist ihre Faszination wieder vorbei. Sie entdecken sie mit der englischen Gruppe, sicherlich wollten sie nach dem Ausflug noch etwas zusammen essen, aber warum hat er ihnen nicht Bescheid gegeben?

Als sie jetzt entdeckt, wo Farhan sitzt, kann sie sich schon ihren Teil denken. Neben ihm auf der hinteren bequemen Sitzband sitzen zwei der drei Frauen und beide reden auf ihn ein, während er mit ihnen lacht. Eine der Frauen streichelt über seinen Arm. Auch Samir sitzt daneben und unterhält sich mit der dritten Frau und einem der männlichen Mitarbeiter.

Hope wusste, dass, wenn sie nicht dabei ist, die Frauen sich auf Farhan stürzen, sie wusste nur nicht, dass er es so genießen wird. Sie wird sauer, alles was sie heute und gestern von Donja erfahren hat, dass er sie doch irgendwie immer noch nicht ganz an sich heranlässt und plötzlich wieder diese Distanz da ist und nun dieses Bild, dass er diese Distanz zu anderen Frauen aber nicht braucht.

»Ach, diese nervigen Groupies!«, tut Donja das Bild gelangweilt ab, sie scheint es schon zu kennen. Sie steuern direkt auf sie zu. Noch immer bemerken sie die beiden nicht, die eine Frau beschäftigt Farhan zu sehr. Erst als die zwei arabischen Geschäftspartner, die auch dabei sind, sie sehen und respektvoll aufstehen, da mit Donja ja auch ein Mitglied der königlichen Familie hereinkommt, bemerken alle sie.

Hope ignoriert den Rest der Gruppe, ihr Blick bleibt auf Farhans Gesicht haften, sie bemerkt genau, dass er ihr Kleid ansieht, was etwas freizügiger ist. Doch ansonsten scheint es ihm nicht unangenehm zu sein, dass sie ihn so vorgefunden haben. Samir begrüßt sie freundlich, und alle wollen Platz machen. Farhan deutet Hope an, zu ihm zu kommen, doch sie winkt gelassen ab.

»Mach dir keine Mühe, dir gefällt es da so gut, ich finde hier schon meinen Platz!« Hope kann sich nicht erinnern, wann sie das letzte mal so sauer war, sie setzt sich provokant in die Mitte von zweien der englischen Mitarbeiter und lächelt sie an. Die beiden freut das sehr, denn sie verwickeln sie gleich in ein Gespräch, auf das Hope lachend eingeht und Farhans wütenden Blick auf sich ignoriert.

Kapitel 8

Hope kocht innerlich, sie kennt sich so gar nicht, doch das alles macht sie wütend. Alles was sie gehört hat, dass sie weiß, dass Farhan etwas für sie empfindet, aber doch immer diese Barriere zwischen ihnen baut. Jetzt sieht sie ihn hier mit den anderen Frauen.

Die nächsten Stunden beachtet sie ihn nicht weiter. Donja hat sich zu Samir gesetzt und wirft ihr immer wieder einen fragenden Blick zu, doch Hope ist zu sauer, um darauf zu reagieren. Farhan schweigt seitdem sie dazu gekommen sind, sein Blick liegt ständig auf ihr. Hope ignoriert ihn jedoch. Die Frauen lassen sich allerdings nicht abhalten, weiter auf ihn einzureden, was Hope nur noch mehr dazu bringt, sich den anderen Leuten zu widmen.

Als ihnen das Essen gebracht wird, ist der große Hunger vom Strand vorbei. Hope stochert lustlos im Essen herum, nimmt ein paar Bissen und schiebt den Teller dann weg. Die Zeit vergeht nur langsam, bis sich alle erheben. Hope will einfach nur noch weg hier und läuft neben Donja aus dem Restaurant.

Als sie die Geschäftsmänner mit Farhan zu seinem Auto gehen sieht, fragt sie Donja, ob sie bei ihnen mitfahren kann. Farhan sieht ihr nur wütend hinterher, als sie mit Samir und Donja davonfährt, trotz allem nimmt er sich noch die Zeit, sich von den englischen Geschäftspartnern zu verabschieden.

Auf dem Rückweg zum Hotel sieht Hope aus dem Fenster, während Donja Samir erzählt, wie ihr das Haus gefallen hat. Sie lassen Hope am Hotel raus, Donja gibt Hope ihre Handynummer, damit sie sie erreichen kann, wenn etwas ist. Samir lächelt Hope an »lass meinen Cousin bitte noch am Leben!«

Hope ist froh, dass sie vor Farhan da ist, doch es dauert keine fünf Minuten, da tritt er ins Hotelzimmer und knallt die Tür zu. Er muss gerast sein.

»Was sollte das?« Er nimmt sich nicht einmal die Zeit, richtig in den Raum zu kommen. »Das fragst du mich?« Hope ist zu wütend, um noch normal mit ihm zu reden, sie schreit ihn an. »Was fällt dir ein, mich so vor allen bloßzustellen?« Farhan ist nicht viel leiser. Nun lacht Hope gehässig »ich dich bloßstellen? Du stellst dich selber bloß, indem du einen Tag mit mir bist und dich an dem nächsten Tag auf diese billigen Frauen einlässt!«

Farhan wirkt eiskalt und abgebrüht, doch Hope hat in seinen Augen gesehen, dass der Satz gesessen hat. »Mit dem Kleid heute und deinen intensiven Gesprächen wolltest du dann wohl dazugehören.« Hope zuckt zusammen. Wäre nicht dieser Abstand zwischen ihnen, hätte sie ihm eine geknallt, doch so sieht sie ihn nur an. Alle Wut weicht aus ihr und sie wird traurig. Das hat sie getroffen, das merkt Farhan auch.

Sie nickt und wendet sich ab, doch dann dreht sie sich noch einmal zu ihm um. »Weißt du Farhan, es hat mich heute wirklich verletzt, das zu sehen. Du hast mich nicht einmal angerufen um zu fragen, ob ich vielleicht auch kommen will, ob ich Hunger habe. Du wolltest mich nicht dabei haben, weil du den Nachmittag wie auch den Vormittag lieber ohne mich verbringen wolltest. Wozu bin ich hier? Um Donja zu unterhalten, während du ..«

Farhan unterbricht sie »das ist geschäftlich, Hope, es geht um viel Geld.« Das lässt Hope nur noch mehr den Kopf schütteln. »Das ist so wichtig? Du hast ihnen doch alles gezeigt, du hättest dich auch entschuldigen und zu mir kommen können, wenn du gewollt hättest, du hättest mich zumindest anrufen und dazu holen können. Wenn du gewollt hättest, du hast genug Geld, Farhan, ist es so wichtig? Wieso ist es euch so wichtig, ob ihr einen 5- oder einen 10-Meter-Pool habt, dass du deswegen andere Menschen verletzt?«

»Mich interessiert so etwas überhaupt nicht, ich bin nur hier wegen dir, wegen sonst nichts. Und mich interessiert es auch nicht, ob du ein Prinz bist oder ein Kellner und schon gar nicht, ob es sich laut der Meinung anderer gehört, dass ich hier bin oder nicht, weil es sich bis jetzt nicht falsch angefühlt hat. Aber wie es scheint, bin ich dir einfach nur nicht wichtig genug, so dass dir alles andere so viel mehr wert ist, also weiterhin viel Spaß damit. Viel Spaß mit deinen Frauen, die dich anhimmeln und bei denen es nicht so schwer ist, Nähe zuzulassen wie bei mir, oder viel Spaß bei deinen arabischen Frauen, die du dir suchen wirst, weil das nicht so verkehrt ist deiner Meinung nach, du musst wissen, was du tust.«

Hope sieht, dass Farhan immer wütender wird und ihr etwas entgegnen will, doch sie geht ins Bad und knallt die Tür zu. Für sie ist das Gespräch beendet. »Ich wusste, dass das keine gute Idee ist!«, flucht er, bevor sie zwei Minuten später die Hotelzimmertür zuknallen hört. Hope kommen die Tränen, seine Worte haben sie verletzt, natürlich weiß sie dass sie ihn auch verletzt hat.

Hope steigt in die Dusche und versucht, unter dem warmen Wasserstrahl wieder einen klaren Kopf zu bekommen, doch statt dessen kommen die Tränen. Wieso trifft sie das so? Was hat sie sich vorgestellt, er weiß noch nicht mal etwas von Liam. Sie hat doch gehört, dass es eigentlich keine Zukunft für sie gibt, so etwas kommt davon, wenn man mit dem Herzen an eine Sache herangeht und nicht mit dem Verstand.

Ihr wird trotz des warmen Wassers kalt und sie steigt aus der Dusche. In die großen Handtücher des Hotels gewickelt geht sie zurück in die Zimmer und stellt fest, dass Farhan noch nicht wieder da ist, warum sollte er auch? Er wartet jetzt sicherlich darauf, dass sie verschwindet. Hope geht an den Computer im Zimmer. Während er hochfährt, wird ihr immer kälter. Sie sucht nach dem nächsten Flug zurück, sie würde sonst noch 2 Tage bleiben.

Hope hat Glück und findet einen Flug für den nächsten Morgen. Als sie aber versucht dort anzurufen, landet sie in einer Warteschleife, die endlos geht. Also legt sie auf und beschließt einfach hinzufahren, sie müssen sie mitnehmen, sie will nur noch weg hier.

Hope zieht sich schnell an, sie schminkt sich nicht, flechtet ihre nassen Haare einfach nur zu einem Zopf und ihr wird immer kälter, je mehr Schritte sie sich von Farhan weg bewegt. Sie holt ihre Koffer hervor und flucht laut. Sie wollte sich noch zwei neue Koffer kaufen, die Tüten liegen noch immer in einer Ecke im Schlafzimmer, sie kriegt das ganze Zeug nicht mit.

Die Hälfte lässt sie eh hier, alles, was sie von Farhans Geld gekauft hat, aber die vielen Sachen für Liam, die Spielsachen und einige Sachen für Nilay, ihre Mutter und die anderen muss sie mitnehmen, sie hat Liam schon davon erzählt, er freut sich so sehr. Hope überlegt hin und her und sieht dann zur Uhr. Sie müsste eh noch zu viele Stunden auf dem Flughafen warten. Sie hat zwei Straßen weiter beim Vorbeifahren eine Mall entdeckt. Nicht so groß wie die, wo sie mit Donja war, aber dort wird sie sicher einen Koffer finden. Und da die Geschäfte hier bis mitten in der Nacht geöffnet haben, müssten sie auch jetzt noch offen sein.

Hope will einfach ihr Glück probieren. Sie hat gestern mit Donja schon etwas Geld gewechselt, es müsste für einen Koffer reichen. Hope schnappt sich ihre Tasche und geht. Ihr fällt ein, dass Farhan, als sie vorhin ins Hotel gekommen sind, den Securitymann wie immer weggeschickt hat. Wenn er da ist, schickt er ihn immer weg, also kann sie ganz ungestört mit dem Fahrstuhl nach unten fahren. Zwar sehen sie die Empfangsleute an der Rezeption etwas verwundert an, doch Hope ignoriert es und verlässt das Hotel.

Es ist noch voll auf den Straßen, einige Touristen sind unterwegs. Hope fällt nicht besonders auf, sie findet in der Mall ein Geschäft, das Koffer verkauft, allerdings nur sehr teure. Sie holt sich schließlich eine einfache große Sporttasche. Bevor sie die Mall verlässt, sieht sie noch verträumt zu, wie Familien mit ihren Kindern spazieren gehen, die Kleinen toben glücklich zwischen ihren Eltern herum, Hope fühlt sich immer schlechter.

Es scheint, als würde ihr das Glück so etwas nicht zugestehen. Solange sie Liam hat, wird alles wieder gut, er ist das Wichtigste. Im Hotel legt sie sich auf das riesige Bett, sie hat noch Zeit um die Koffer zu packen, mindestens 4 Stunden, selbst dann muss sie noch lange am Flughafen warten. Hope schreibt ihrer Mutter und bittet ein Bild von Liam zu machen, sie vermisst ihn schrecklich.

Während sie das Bild ihres schlafenden Sohnes ansieht wird sie müde, sie beschließt, ein bis zwei Stunden zu schlafen und dann zum Flughafen zu fahren. Es scheint nicht so, als würde Farhan wiederkommen, wer weiß, wo er jetzt liegt und schläft, doch sie schließt trotzdem die Tür zum Schlafzimmer ab, selbst wenn er kommt, will sie ihn nicht mehr sehen.

Als ihr Handywecker sie wach macht, brummt ihr Kopf, sie hat doch gerade erst die Augen zugemacht. Dann fällt Hope alles wieder ein und die Enttäuschung macht sich breit, sie wird im Flugzeug weiter schlafen. Hope schießt die Tür auf und will zu den Koffern, aber erschreckt sich, als sie im dunklen Zimmer Farhan auf der Couch vor dem Schlafzimmer sitzen sieht.

Er sitzt einfach nur im Dunkeln da, lediglich die Lichter von der Straße lassen ihn erkennen. Hope schaltet das Deckenlicht ein, dimmt es aber wieder runter, weil es zu grell für ihre müden Augen ist. Farhan sieht ihr in die Augen und steht auf. »Wohin willst du?« Er deutet auf die Koffer, die schon offen da liegen, er sieht auch fertig aus und hat sicher nicht geschlafen.

Hope will gar nicht über ihr Aussehen nachdenken, so viel wie sie vorhin geweint hat. »Ich fliege zurück.« Hope wendet sich zu den Koffern und will sie einpacken, doch Farhan kommt zu ihr. »Hope, warte, das alles vorhin...« Hope wirbelt zu ihm um »war was? War nicht richtig?« Farhan kommt näher, doch sie weicht zurück. Er sieht sie verletzt an, ihre abweisende Haltung tut ihm weh.

»Du wusstest doch, dass das keine gute Idee war!« Farhan schüttelt den Kopf »hör auf, du weißt genau, das war nicht so gemeint.« Hope dreht sich um und beginnt ihre Sachen in den Koffer zu schmeißen, sie hat jetzt keine Geduld, alles ordentlich reinzulegen. »Wenn man wütend ist, sagt man meistens die Wahrheit.«

Farhan kommt zu ihr, dreht sie zu sich und hält ihr Gesicht in seinen Händen. »Ich wusste, dass es mit uns beiden nicht leicht wird, ich habe dir erklärt, warum es so ist. Wie kannst du daran denken, dass mich eine von diesen Frauen interessiert? Ich habe mich heute falsch verhalten, mir hätte das alles nicht wichtiger sein sollen, aber ich bin auch ein sehr stolzer Mann, Hope. Und als du gekommen bist, mich so ignoriert und bei den anderen Männern gesessen hast, das hat mich wirklich wütend gemacht.«

Hope will nicht nachgeben oder Schwäche zeigen, aber sie kann die Tränen, die ihr in die Augen steigen und ihre Wangen herunterkullern, nicht verhindern, auch wenn Farhan sie mit dem Daumen wegwischt. »Mich auch, Farhan, als du gesagt hast, dass ich wegen dem Kleid wie sie bin. Zwischen den Frauen und mir liegen Welten, ich...«

Farhan unterbricht sie. »Ich weiß, Hope, das weiß ich doch und du hast auch recht, dass ich manchmal diese Distanz aufbaue um uns zu schützen, dabei habe ich nur nicht bedacht, dass es nichts mehr gibt, was nicht schon passiert ist. Als ich gegangen bin, habe ich mich so schlecht gefühlt, jetzt gerade zerreißt es mir das Herz, Hope, weil du mein Herz bist...«

Hope unterbricht ihn. »Tue das nicht Farhan, nicht, wenn es dir nicht absolut ernst ist.« Farhan hört nicht auf sie. »Ich kann dir nicht weh tun, ohne mich selber dabei zu verletzen ... weil ich dich liebe, Hope, ich glaube du weißt gar nicht, wie sehr ich dich bereits liebe.«

Er hat ihr das erste Mal gesagt, dass er sie liebt, und sie hat in seinen Augen gesehen, wie ehrlich er es meint. Hope küsst ihn und wieder nimmt sein warmer Atem die Kälte in ihr. Farhan hebt sie hoch und bringt sie zum Bett zurück, dabei lässt er ihre Lippen nicht los. Er setzt sich an das Bettende. Sie sitzt auf seinem Schoß, dann erst löst sie sich von ihm. »Ich liebe dich auch, und ich will dich nicht verlieren!« Sie sieht Farhan in die Augen, sie hat noch nie etwas so ernst gemeint wie das. Er trennt diesen intensiven Blickkontakt nicht.

»Das wirst du nicht, Engel.« Er küsst sie sanft und süß. Hope sieht, wie er die letzten Mauern zwischen ihnen wegnimmt. Andächtig hebt er den Saum ihres Oberteiles und zieht es ihr über den Kopf. Sanft streichelt er über ihre Haut. Hope seufzt, als er ihre Brüste streichelt und ihren BH entfernt. »Du bist so schön.«

Ihr gefällt sein genüsslicher Blick. Sie legt automatisch den Kopf in den Nacken, während er ihre Brüste liebkost. Behutsam, als wäre sie aus Glas gemacht, jeder Zentimeter kostbar und zerbrechlich, wendet er sie, so dass sie auf dem Bett liegen.

Farhan küsst sie erneut so liebevoll und gleichzeitig sehnsüchtig, dass ihr schwindelig wird und sie erst wieder zu Atem kommt, als er seine Lippen ihren Bauch hinunter wandern lässt, während seine Hände sie von ihrer Hose und dem Slip befreien. Farhan küsst die schlanken Rundungen ihres Beckens, dann wandert er tiefer und Hope stöhnt auf. Es ist zu lange her, dass sie einen Mann so gespürt hat.

Hope kann sich kaum noch beherrschen, als er wieder zu ihr hochkommt, wobei er sich selbst die Kleider von seinem Körper entfernt. Wie gut er aussieht, Hope schämt sich nicht ihn anzusehen und zu zeigen, wie sehr sie ihn will, er hat auch keine Scham vor ihr. Farhan legt sich auf sie, bedacht darauf, dass sein Gewicht ihr nicht schadet. Sobald sie ihn wieder bei sich hat, finden sich ihre Lippen ganz von allein. Hope streichelt seinen Rücken entlang über seinen festen Po, sie liebt es, ihn jetzt so spüren zu können. Farhan hält ein und sieht sie an. »Bist du dir sicher, dass du mich ganz willst?«

Seine Stimme ist so schwer voller Verlangen, doch trotz allem nimmt er noch Rücksicht auf sie. »Ich wollte noch nie etwas mehr!« Mit einem vorsichtigen Stoß ist die letzte Distanz zwischen ihnen zerbrochen und beide keuchen auf, als Farhan sich in ihr bewegt. Zwar ist es schon lange her, dass sie einem Mann so nah war, aber sie ist sich sicher, es hat sich noch nie so gut angefühlt. Sie liebt ihn, und bei jeder Bewegung und jedem weiteren Kuss spürt sie, dass er es auch tut.

»Ich liebe dich.« Farhan lacht leise, als Hope, noch etwas außer Atem, aber überglücklich, fest an ihn gekuschelt Kreise auf seine Brust malt. Sie will ihm gerade sagen, dass sie ihn auch liebt, doch Farhan nimmt ihren Arm in die Hand. Normalerweise sieht man ihre Narbe von dem letzten Aufeinandertreffen mit Jerry nicht sehr, da sie hell ist, durch ihre neu gewonnene Bräune sieht man sie jetzt aber sehr deutlich. »Was ist da passiert?«

Hope stockt, sie sieht Farhan in die Augen. Muss genau jetzt der Zeitpunkt sein, um ihm alles über ihre Vergangenheit zu erzählen? Sie blickt auf seine Brust, es ist ihr unangenehm, dass er das alles erfährt, doch er muss es erfahren, nur so kann sie ihm von Liam erzählen. »Weißt du, ich habe nicht so eine schöne Vergangenheit, ..also nicht alles, was daraus entstanden ist, ist schlecht... ich bereue es nicht, denn sonst ..« Farhan küsst ihren Arm.

»Habibte, du musst nicht jetzt darüber reden, wenn es dir so schwer fällt, ich würde es gerne erfahren, aber lass dir Zeit damit, bis du bereit bist.« Hope lächelt dankbar und küsst seinen Bauch, die Sonne geht langsam auf. »Wir sollten noch etwas schlafen, oder?« Hope küsst seinen Bauch weiter entlang und wirft ihm einen fragenden Blick zu, der ihre wahren Gedanken verrät.

Sie spürt, dass auch er an alles andere aber nicht ans Schlafen denkt und setzt ihre Erkundungsreise über seinen Körper weiter fort. »Schlafen wird sehr überbewertet....«, ist das Einzige, was Farhan noch zustande bringt, bevor sie sich wieder ihrer unendlichen Sehnsucht zueinander hingeben.

Sie bleiben den ganzen nächsten Tag und die folgende Nacht alleine im Hotel. Außer, dass Hope kurz mit ihrer Mutter und Liam redet, ignorieren sie alles andere. Sie kuscheln viel miteinander, lieben sich, sehen sich Filme an, schwimmen im Pool, genießen sich einfach voll und ganz und würden das sicher auch an ihrem letzten Tag machen, wenn nicht irgendwann Samir einfach bei ihnen an das Zimmer geklopft hätte, um ihnen eine arabische Klatschzeitung hinzuhalten.

Auf der Titelseite ist Farhan abgebildet, einmal mit ihr, einmal mit den englischen Frauen. Hope fragt neugierig nach dem Inhalt des Textes und Farhan erklärt ihr, dass die Medien spekulieren, ob der Prinz auf Brautschau ist, so oft wie er in den letzten Tagen mit verschiedenen Frauen gesichtet wurde. Außerdem wirft die Zeitung der Familie vor, den Männern andere Rechte einzuräumen als den Frauen. Hope ist froh, dass man sie nur von hinten sieht, auch Farhan ist zwar nicht glücklich über den Artikel, aber er sagt, dass in ein paar Tagen Gras über die Sache gewachsen ist.

Jeder weiß, dass er die Geschäfte seiner Familie im Ausland vertritt und somit auch mit Frauen zusammenarbeitet. Trotzdem passen sie beim abendlichen Essen mit Donja und Samir etwas mehr auf, auch die Sicherheitsmänner sind wieder dabei. Farhan bringt sie trotz aller Proteste auf das höchste Gebäude in Dubai. Sie essen weit über den anderen Dächern Dubais. Auch wenn die Aussicht fantastisch ist, versucht Hope nicht aus dem Fenster zu sehen, sie schiebt den Abschied weit von sich und genießt den schönen Abend.

Erst als sie am nächsten Morgen im Hotel unter der Dusche steht, bevor sie langsam zum Flughafen müssen und Farhan zu ihr in die Dusche kommt und sie mit beiden Armen umfasst, lässt sie den Abschied zu. »Was wird jetzt?« Hope dreht sich zu ihm. Farhan streicht ihr die nassen Haare aus dem Gesicht. Er fliegt auch zurück zu seiner Familie, das weiß Hope schon. »Wir sehen uns so schnell wie möglich wieder.« Hope sieht ihn ungläubig an, sie weiß nicht warum, aber sie hat nicht das Gefühl, dass es so sein wird.

»Es wird alles gut, vertrau mir! Ich liebe dich.« Hope legt ihre Arme um seinen Hals. »Ich dich auch!« Sie versucht das Gefühl zu verdrängen und ihm einfach zu vertrauen. Sie will nicht gehen, gleichzeitig freut sie sich aber auch, endlich ihren Schatz Liam zu sehen und ihm die Sachen zu zeigen, die sie nun in neuen Koffern verstaut haben.

Ihr kommen ein paar Tränen, als sie später Farhan auf dem Flughafen verabschiedet und, wie vorsichtig sie auch sein sollten, er küsst sie noch einmal voller Liebe. Hope weiß nicht was überwiegt, die Trauer über den Abschied oder die Vorfreude auf Liam, als sie in den Flieger steigt, aber all das ist innerhalb einer Sekunde vergessen, als sie die Stewardess mit frisch gedruckten Magazinen an Bord begrüßt und sie auf die neuen Titelbilder der arabischen Klatschpresse sieht.

Kapitel 9

Hope betrachtet panisch das Magazin, als sie sich in ihre kleine private Luxusabteilung des Flugzeuges zurückzieht. Es sind Bilder von ihr und Farhan von dem gestrigen Essen mit Samir und Donja. Wie können die Bilder so schnell in das Magazin gelangen und wie sind diese Bilder entstanden? Sie waren fast alleine und abgetrennt von den anderen, sie haben nichts bemerkt, aber das haben sie bei den ersten Bildern auch schon nicht.

Es sind zwei Bilder, auf dem einen lachen sie und Donja gerade über einen von Samirs Witzen, auf dem anderen gibt Farhan ihr einen Kuss auf die Wange, was Hope an dem Abend glücklich gemacht hat, dass er auch vor Donja und Samir nicht mehr so zurückhaltend war. Hope blättert ungeduldig das ganze Magazin durch, aber deswegen muss es doch nicht gleich die ganze Welt sehen. Man erkennt auf diesen Bildern Hope ganz, nicht wie auf den Ersten. Auch wenn die Aufnahmen nicht so scharf sind und man sieht, dass sie verdeckt gemacht wurden, wer Hope kennt und genauer hinsieht, erkennt sie.

Dann findet sie einen langen Artikel, und nicht nur das, es sind andere Bilder da. Farhan neben mehreren Männern. Samir und Donja einmal abgebildet in einem Haus, Donja ganz verschleiert und daneben ein Bild von ihr, als sie jünger war im kurzen Kleid und in einer heruntergekommenen russischen Gegend. Dann ist da Farhan mit zwei Frauen abgebildet, die genau wie Donja verschleiert sind und daneben das Bild von ihm und Hope.

Hope könnte losheulen, sie spürt, dass dies erst der Anfang einer Lawine ist und zu allem Unglück kann sie nicht einmal lesen, was dort steht. Als die Stewardess an ihre Kabine klopft, um nach ihrem Menü zu fragen, erschreckt sich Hope, sie hat nicht mal gemerkt, dass sie gestartet sind. Hope fragt sie, ob sie arabisch lesen kann, auch wenn sie sieht, dass sie nicht aus Dubai zu kommen scheint. Sie verneint auch, aber sagt, dass eine ihrer Kolleginnen arabisch sprechen und lesen kann und dass sie diese vorbeischicken wird.

Keine 5 Minuten später kommt dann auch eine Frau. Hope ist es zwar unangenehm, trotzdem fragt sie, ob sie ihr sagen kann, was in dem Artikel steht. Die Frau liest eine Weile, dann erklärt sie Hope, dass es darum geht, dass Farhan und Samir zwei verschiedene Leben führen und sich im Ausland nicht daran halten, was sie in ihrer Heimat vorleben und von ihrer Bevölkerung erwarten. Außerdem wird in Frage gestellt, ob es gut ist, dass sich die Prinzen ihre Frauen jetzt im Ausland suchen, statt wie es früher üblich war, jemanden aus der königlichen Familie zu heiraten.

Es wird Samir als Beispiel genannt und spekuliert, wer die Frau ist, mit der Farhan nun öfter gesichtet wurde. Die Stewardess sieht Hope an und wieder zur Zeitung. »Das sind sie, oder?« Hope schüttelt den Kopf »ähmm nein, mich hat der Artikel nur interessiert.« Natürlich glaubt sie ihr nicht, doch nachdem Hope sich bedankt hat, geht sie wieder ihrer Arbeit nach.

Hope ist den gesamten restlichen Flug unruhig, sie will mit Farhan darüber sprechen, hören was er sagt und denkt, vielleicht tut er es auch wie gestern einfach ab und beruhigt sie damit. Sie schläft nicht und isst kaum auf dem Flug, ihr Blick liegt auf den Bildern des Artikels. Die Stewardess hat ihr gesagt, dass es sich auf den Bildern um den König und die engsten männlichen Verwandten handelt, Farhan ist dabei, Samir nicht, was Donjas Aussage bekräftigt, dass Farhan viel enger mit dem König verwandt ist. Die beiden verschleierten Frauen auf dem Bild sind seine Schwestern, die als Vorbildlich in dem arabischen Königreich gelten.

Sobald sie gelandet ist, versucht Hope Farhan zu erreichen, doch sein Handy ist aus und ihr fällt ein, dass er selber auf dem Rückflug ist. Müde und angespannt trifft sie zu Hause ein, Liam kommt erst morgen. Hope verstaut die neuen Sachen und räumt auf, bevor Selina und Nilay vorbeikommen. Sie wissen von nichts, was Hope aufatmen lässt, wenigstens interessiert es die Presse hier nicht sonderlich, doch als sie sich die Bilder des Artikels ansehen, werden auch die beiden etwas skeptisch.

Hope schwärmt ihnen trotzdem von den Tagen vor, zeigt beiden die Bilder, die sie gemacht hat und gibt ihnen die Geschenke. Nilay verspricht beim Abschied sich umzuhören, im Internet nachzusehen, was sie noch so erfährt. Hope hat noch zwei Tage frei und will diese mit Liam genießen, sie versucht diese Artikel zu vergessen und sich wieder ihrem Leben in München zu widmen.

Farhan antwortet erst mitten in der Nacht auf ihre Nachrichten. Dass er erst einmal sehen will, was genau dort los ist, dass sich Hope keine Sorgen machen soll und dass er sie liebt. Also versucht Hope, das alles zu verdrängen, besonders als Liam kommt. Sie lässt ihren Schatz fast eine Stunde nicht los, auch wenn sie ihn nur eine Woche nicht gesehen hat, kommt es ihr immer wie Jahre vor und das sie soviel verpasst hat.

Er freut sich wahnsinnig über die mitgebrachten Sachen und ihre Mutter auch. Für sie hat Hope viele Dekorationssachen im orientalischen Stil geholt, was diese sehr mag. Vor ihr erwähnt Hope diese Zeitungsartikel nicht, nur dass sie die Tage sehr genossen hat. Sie hält ihr Versprechen und verbringt mit Liam den Rest des Tages auf der Couch, kuschelnd erzählt er ihr jede Kleinigkeit, die er in den letzten Tagen erlebt hat.

Erst am Abend redet sie mit Farhan, er wirkt etwas genervt und angespannt, sagt ihr aber, dass alles in Ordnung sei. Die Presse bedrängt sie wohl gerade sehr, zumindest die aus den anderen arabischen Ländern, die Presse aus dem arabischen Königreich darf eh nichts verbreiten, was sie nicht abgesegnet haben. Er denkt aber trotzdem, dass sie bald Ruhe geben, wenn sie nichts Neues herausfinden, und das werden sie ja erst einmal nicht.

Hope versteht natürlich, dass Farhan in der nächsten Zeit zunächst sehr vorsichtig sein wird, auch wenn das bedeutet, dass sie sich vielleicht nicht so schnell wiedersehen. Sie will aber nicht, dass er deswegen Probleme mit seiner Familie hat. Sie sagt ihm, wie sehr sie ihn liebt, seine Stimme wird weicher, als er ihr seine Liebe ebenso schwört. Was auch kommen mag, Hope ist bereit, sich dem mit Farhan zu stellen.

Am nächsten Tag gehen Hope und Liam mit Kaan auf den Spielplatz. Sie verbringen einen entspannten Tag, doch als Hope ihn nach Hause bringt, wartet Nilay schon blass um die Nase auf Hope.

»Sie haben herausgefunden, wer du bist.« Der Satz hallt lange in Hopes Ohren, bis er auch wirklich in ihrem Kopf ankommt, sie zum Computer geht und die von Nilay aufgerufenen Seiten ansieht. Recep zeigt ihr einige Artikel, er kann die arabische Schrift lesen, und da steht, dass die unbekannte Frau an Farhan Amir Yessirs Seite eine Kellnerin aus München ist.

Hope beginnt zu weinen, das darf nicht wahr sein. Nilay bringt die Kinder ins Kinderzimmer, damit Liam nicht die Angst seiner Mutter mitbekommt. Hope bittet Recep, die deutschen Zeitungen durchzusuchen, doch sie finden nichts, nur in einem kleinen Münchener Abendblatt steht ein kleiner Artikel, dass ein arabischer Prinz angeblich um die Hand einer deutschen Kellnerin angehalten haben soll. Hope schüttelt den Kopf und Recep sieht sie besorgt an.

»Hope, du musst gut aufpassen!« Sie weiß nicht mehr, was sie denken oder tun soll und ruft Farhan an. Als er hört, wie aufgebracht Hope ist, versucht er sie zu beruhigen. Solange es nicht in der deutschen Presse ist, hat sie nicht viel zu befürchten, die arabischen Medien stürzen sich gerade auf das Thema, doch das ist Farhans Problem. Er bittet sie, einen kühlen Kopf zu bewahren und ruhig zu bleiben, nur so wird das Thema durch die nächste große Schlagzeile ersetzt und gerät in Vergessenheit.

Hope versucht es, sie sagt sich gedanklich immer wieder die Worte von Farhan und schiebt diese Zeitungsartikel weit weg. Am Abend telefoniert sie noch einmal in Ruhe mit ihm, versucht herauszufinden, wie es für ihn gerade ist, wie seine Familie auf alles reagiert, doch er sagt nur, dass er alles im Griff hat und sie sich keine Sorgen machen soll.

Ob er das tut, weil er Hope einfach nur beruhigen will oder nicht will, dass sie einen zu starken Einblick in seine Familie bekommt, weiß sie nicht. Dann werden beide ruhiger und Hope muss leise lachen. »Wir hätten uns nicht trennen dürfen, da fing das ganze

Unglück an.« Sie hört Farhans müdes Lächeln. Seit er zurück ist, wirkt er müde und gereizt, auch wenn er sich Mühe gibt, das zu verbergen.

»Hope, du hast mir ja erzählt, dass du und deine Familie gläubig sind, aber wie gläubig seid ihr?« Hope spielt mit einer ihrer Haarsträhnen, worauf will er hinaus? »Gläubig eben, Farhan, wie soll man das beschreiben? Wir beten, fasten, gehen in die Kirche, ich kenne die Bibel, ich weiß nicht, wie ich das erklären soll oder eine Wertung geben sollte, wie sehr wir glauben.«

Farhan setzt sich hörbar auf. »Nein, das meine ich nicht, ich meine, glaubst du einfach an Gott, weil du es von klein auf tust und an die Bibel? Oder denkst du, dass du dich auch mit dem Islam und dem Koran beschäftigen und vielleicht danach leben könntest?« Hope schießt die Augen, darauf will er hinaus. Sie zögert, doch dann sagt sie ihm einfach die Wahrheit, wie sie darüber denkt, denn sie hat sich schon Gedanken gemacht, seit sie Donjas Geschichte gehört hat.

»Nein, Farhan, ich denke nicht. Ich bin so gläubig, dass ich fest an die Bibel glaube, und es wäre nicht richtig das zu verleugnen, weder von dir noch von mir, aber ich sehe keinen Grund, dass die Religion oder ein Glaube einer Beziehung im Weg stehen sollte.« Farhan sagt nichts dazu, er stimmt ihr zwar etwas zu, doch wechselt schnell das Thema.

Hope hat schon Angst, dass diese Aussage, auch wenn es für sie nur die Wahrheit ist, jetzt auch noch zur Belastung wird, doch am Ende des Gespräches gesteht Farhan ihr, dass er sie unglaublich vermisst. Er sagt, er würde gerade alles tun um bei ihr zu sein, und Hope bringt diese niedliche Art von ihm wieder zum Schmelzen und sie sagt ihm, wie sehr er ihr ebenfalls fehlt.

Am nächsten Tag auf der Arbeit ist sie dann aber doch erleichtert, als Nilay ihr die frohe Botschaft überbringt, dass sie nichts mehr Neues über sie und Farhan gefunden hat. Hope erzählt Nilay von dem gestrigen Gespräch und der Frage wegen der Religionen. Sie weiß, Nilay und Recep stehen eher allem modern und offen gegenüber. Nilay selbst sagt, sie kann sich nicht vorstellen ein Kopftuch zu tragen, aber sie kennt ihre Religion trotzdem gut und ist auch sehr stolz darauf.

Als Hope jetzt ihre Bedenken äußert, wünschte sie sich, dass Nilay diese zerstreut, widerlegt, wie sie es so oft tut, doch ihre Freundin ist ehrlich zu ihr. Nilay denkt, dass es nicht gut gelaufen ist, sie haben eh schon schwere Voraussetzungen, weil Farhan in einem Land lebt, wo die Scharia herrscht, dazu ist er dort noch ein Teil der Königsfamilie. Hätten sie es einfach alles länger geheim halten können, alles zwischen ihnen wirklich festigen können, hätten sie in Ruhe nach einer Lösung suchen können.

So ist es nun anders gekommen und Farhan hat recht, sie müssen abwarten, bis Gras über die Sache gewachsen ist, was dann passiert, muss man sehen. Nilay nimmt Hopes Hand. »Ich weiß, dass Farhan dir jetzt schon viel bedeutet, doch bitte tue mir einen Gefallen und mache nichts Unüberlegtes, du solltest dich und deine Identität nicht aufgeben aus Liebe. Behalte einen klaren Kopf!«

Etwas anderes hat Hope auch nicht vor. Sie schreibt sich den Vormittag über mit Farhan und ist erleichtert, dass er ganz normal zu ihr ist. Sie hofft einfach weiterhin, dass es keine Spuren zwischen ihnen hinterlässt.

Doch schon in der nächsten Nacht wird Hope eines Besseren belehrt. Während sie schläft, klingelt ihr Handy und sie geht müde ran. Sie erkennt gar nicht, wer da am Telefon ist, weil der Mann wütend auf sie einschreit, erst nach einigen Minuten und durch das Geschrei richtig wachgemacht, erkennt sie Jerry in der Leitung.

»Ich wusste schon immer, dass du eine Schlampe bist, aber wie kommst du auf die Idee, unseren Sohn in die Nähe eines Terroristen zu lassen?« Hope versucht zu verstehen, was er da von sich gibt. »Wieso rufst du an und von was redest du da?« Jerry ist außer sich. »Dachtest du, ich erkenne dich auf den Bildern nicht? Die Presse macht sich lustig über dich und wie die Frauen immer wieder auf diese arabischen reichen Terroristen hereinfallen, und genau du musst mal wieder zu den Dummen gehören, aber Hope, nicht mit meinem Sohn, hast du verstanden?«

Hope streicht sich genervt die Haare aus dem Gesicht, natürlich hat sie nicht dran gedacht, dass die amerikanische Presse bestimmt auf die Eklats der arabischen Königsfamilie achten. Jerry schreit sie weiter an, bis es Hope reicht. »Wo hast du es gesehen, und was hast du getan?« Jerry denkt nicht daran sich zu beruhigen. »Ein Arbeitskollege hat es mir gezeigt und gefragt, ob diese Frau ohne Ehre und Stolz nicht die Mutter meines Kindes ist. Es stand zu deinem Glück nur in einer kleinen Zeitung, die kaum einer liest, aber ich habe sofort dort angerufen und denen gesagt, sie sollen die Bilder entfernen, dass du die Mutter meines Sohnes bist und wir nichts mit Terroristen zu tun haben wollen!«

Oh nein, das hat er nicht, er hat der Presse Informationen gegeben? »Jerry, wie dumm bist du eigentlich? Lässt du es krampfhaft nicht zu, dass sich dein Verstand etwas erweitert, hast du ihnen meinen Namen gesagt?« Jerry wirft etwas um, wie immer, er wird sich nicht ändern. »Natürlich nicht, aber ich habe ihnen gesagt, dass sie ihren arabischen Freunden ausrichten sollen, dass sie ihre Finger von den christlichen Frauen lassen sollen, sie sollen mal schön bei ihren verschleierten Bräuten bleiben.«

Hope wird schlecht, wie konnte sie jemals mit diesem Mann mehr als zwei Worte wechseln? »Gott, was ist bloß aus dir geworden Jerry, wie frustriert musst du sein?« Jerry beginnt wieder zu schreien. »Aus mir? Du bist doch die Hure eines Terroristen geworden und bringst dadurch meinen Sohn in Gefahr!« Jetzt reicht es Hope endgültig.

»Hör mir mal zu, Jerry! Erstens ist Farhan kein Terrorist, du einfältiger amerikanischer Versager und zweitens, wage es nie wieder von Liam zu reden, als würdest du ihn kennen. Du hast dich seit Jahren nicht gemeldet, du weißt nicht mal, wann er Geburtstag hat oder wie er jetzt aussieht, also wage es dich nicht von ihm zu reden. Und ruf nie wieder an und denke, du könntest etwas zu meinem Leben sagen oder mir drohen, verstanden?« Mit diesen Worten legt Hope auf, sie kennt ihn, er ist betrunken, sobald er morgen wieder nüchtern ist, interessiert ihn all das nicht mehr.

Hope lässt sich zurück ins Bett fallen, was hat dieser Idiot getan? Sie kann nur beten, dass die Zeitungsleute es nicht ernst genommen haben. Ihr Laptop ist kaputt und sie hat kein Geld für einen neuen, also wird ihr nichts anderes übrig bleiben, als bis morgen zu warten. Farhan ist auf dem Flug nach Russland, sie kann ihn nicht erreichen. Sie versucht noch etwas zu schlafen, was ihr aber nicht gelingt.

Hope ist viel zu früh auf der Arbeit und nur die von ihr aus dem Bett geworfene Nilay trifft ebenso ein. Sie setzen sich an den Rechner, doch sie müssen nicht lange suchen. 'Die Freundin des Prinzen, eine amerikanische, bereits verheiratete Frau mit Kind und islamfeindlicher Familie'. Hope beginnt zu weinen, das darf nicht wahr sein. Seit sie Dubai verlassen hat, befindet sie sich in einem Alptraum.

Nilay versucht sie zu beruhigen, doch auch ihr fehlen die Worte. Hope kann sich auf nichts mehr konzentrieren, sie muss mit Farhan reden, sie wollte nie, dass er es so erfährt und dann auch noch so falsch. Wieso hat sie ihm nicht in Dubai alles über Liam und Jerry erzählt? Sie hatte soviel Angst vor seiner Reaktion, doch so ist es nur viel schlimmer gekommen.

Farhan geht nicht ans Handy, es klingelt und klingelt, er muss schon längst gelandet sein, aber er nimmt nicht ab. Sie probiert es den ganzen Tag, den ganzen Abend, er nimmt nicht ab.

Hope schläft wieder nicht richtig, dann mitten in der Nacht meldet sich Farhan. Sofort als sie rangeht, spürt sie diese Kälte von ihm. Er fragt nicht wie es ihr geht oder wartet ab. »Stimmt es?« Hope beginnt zu weinen. »Farhan, es tut mir so leid, ich wollte es dir sagen, ich wollte dir das alles erklären, aber es gab nie den richtigen Zeitpunkt...«

Farhan unterbricht sie »der richtige Zeitpunkt? Dass du verheiratet bist und ein Kind hast, dafür wäre das erste Treffen der richtige Zeitpunkt gewesen es zu erwähnen!« Er ist wütend, und er hat jedes Recht dazu. »Ich bin nicht verheiratet, ich war verheiratet mit dem größten Idioten der Welt. Doch ich kann es auch nicht bereuen, weil mein Sohn daraus entstanden ist, Farhan, er ist mein Baby, ich bin mit ihm von Anfang an alleine, ich bin vor dem Vater geflüchtet, bitte glaub mir, das hat keine Bedeutung mehr. Es gibt nur mich und Liam.«

Farhan ist ruhig, Hope weint bitterlich Sie spürt, dass sie ihn verliert. »Du hättest es mir sagen müssen, Hope. Ich kann nicht glauben, dass ich mich so in dir getäuscht habe, hätte ich das von Anfang an gewusst... pass auf dich auf.« Mit diesen Worten beendet er das Gespräch. Hope sieht auf das Handy, sie erkennt vor Tränen die Tastatur kaum noch, doch sie probiert ihn anzurufen, dass kann es nicht gewesen sein, aber er geht nicht mehr ran. Egal wie oft Hope es noch probiert, Farhan antwortet nicht mehr.

Auch die nächsten Tage geht er nicht an sein Handy. Hope steht neben sich, sie geht ungeschminkt zur Arbeit, schläft kaum, isst noch weniger und will einfach nur mit ihm reden, er muss sie noch einmal anhören. Nilay und Selina versuchen sie aufzubauen, doch Hope ist das alles egal, sie versucht ihn immer wieder zu erreichen. Selbst Liam merkt, dass etwas nicht stimmt. Allerdings kann Hope ihn mit der Erklärung, sie sei erkältet, beruhigen.

Am dritten Tag ruft sie Donja an. Sie weiß nicht weiter und bittet die Frau von Samir um Hilfe. Donja erklärt ihr, dass sie kaum etwas mitbekommen hat, nur dass es viel Streit in Farhans Familie gab. Farhan war sehr gereizt, doch was genau passiert ist, hat sie nicht erfahren. Das von Liam hat sie gar nicht gewusst, da Samir und Farhan ja in Russland sind. Sie verspricht Hope, zu versuchen mit Farhan zu reden, sobald er wieder da ist, mehr kann sie auch nicht tun.

Hope bedankt sich geknickt. Sie sucht nach Bildern und Nachrichten aus Russland und findet einige von dem offiziellen Besuch eines Mahnmals mit dem Präsidenten. Hope zoomt heran und ihr wird noch schlechter. Farhan sieht genauso fertig aus wie sie. Auch wenn er in die Kamera lächelt, erkennt Hope, dass es nicht echt ist. Seine Augenränder verraten, dass auch er nicht viel schläft. Hope probiert es ein letztes Mal, aber als er nicht an sein Handy rangeht, gibt sie auf. Sie kann nichts mehr tun, er will nicht.

Kapitel 10

Hope kann trotzdem an nichts anderes denken, auch einige Tage später nicht. Sie hat nichts mehr gehört, weder von ihm, noch von Donja. Nur die Presse lässt dieses Thema nicht unter den Tisch fallen, zumindest nicht die arabische Klatschpresse. Genau eine Woche nach ihrem letzten Telefonat bringt Recep mittags Kaan und Liam vom Kindergarten mit. Hope arbeitet etwas länger als Nilay, aber Liam stört es nicht, er ist schwer damit beschäftigt, mit seinen neuen Star Wars-Figuren zu spielen, die ihm Hope aus Dubai mitgebracht hat.

Als sie das Autohaus verlassen, dämmert es schon langsam, aber Hope fallen trotzdem sofort ein Mann und eine Frau mit Fotokamera auf, die vor dem Eingang stehen. Sie ist schon zu nah um zurückzugehen, ohne dass es auffällt, sie sollte keine Panik haben, es stehen öfter Leute von der Presse oder normale mit Kameras da, die die neuesten Modelle fotografieren wollen. Trotzdem senkt Hope den Blick, als sie auf die Straße tritt und hält Liam fest an der Hand. Doch sie hört sofort, wie die Frau den Mann anspricht »das ist sie, los!«

Hope geht schneller, die beiden sind allerdings gleich an ihrer Seite. »Wir sind vom Magazin Al Ghardaf. Wie stehen sie zu dem Prinzen Farhan Amir aus der Yessir Familie? Hat er ihren Sohn schon kennengelernt? Wie lang war ihre erste Ehe?« Hope bleibt stehen und sieht den Mann an, da erst bemerkt sie, dass die Frau eine Kamera auf sie gerichtet hält, die hat sie vorher nicht gesehen.

Liam beginnt zu weinen. »Mama, wer sind die Leute?« Hope wird schlecht, woher wissen sie das alles, was sucht das arabische Magazin hier und wie haben sie sie gefunden? »Seit wann kennen sie den Prinzen?« Der Mann sieht sie fordernd an, er ist eiskalt, er beachtet den weinenden Liam nicht mal, die Frau allerdings hält sein Gesicht mit der Kamera fest.

Hope kann nicht mehr. »Wieso tun sie so etwas?« Hope wartet keine Antwort ab, sondern wendet sich blitzschnell um und will mit Liam über die Straße. In dem Moment kommt ein Auto angerast und hält schlitternd vor ihnen. In ihrer Panik hat Hope nicht auf die Straße gesehen, Liam und die Reporterin schreien auf. Hope ist starr vor Schreck, das Auto kann nur ganz knapp vor ihnen bremsen.

Der Fahrer steigt aus und schreit herum, ob Hope geisteskrank ist. Vor Schock ist Hope ihr Handy, was sie aus der Tasche geholt hatte, um ihre Mutter anzurufen, aus der Hand gefallen und liegt zertrümmert auf dem Boden. Es interessiert sie nicht, auch nicht der schreiende Mann. Sie nimmt den panischen Liam auf den Arm und läuft weg, sie will einfach nur noch weg aus diesem Alptraum.

Hope drückt ihren weinenden Sohn schützend an sich und verbirgt sein Gesicht. Sie merkt, wie ihr die beiden Reporter folgen, doch sie kann nicht schneller, ihre Knie zittern viel zu sehr vor Schreck. Sie und Liam wären beide gerade fast angefahren worden. Da entdeckt sie ein Taxi und ruft es schnell zu sich. Ohne sich noch einmal umzublicken, sagt sie dem Fahrer, er soll losfahren. Erst als dieser ein Stück gefahren ist, kann sie durchatmen und beginnt ebenfalls zu weinen.

»Wer waren diese Leute, Mama, wieso sind die so böse? Hast du etwas Schlimmes getan?« Hope sieht, wie der Taxifahrer sie durch den Rückspiegel mustert und genervt fragt, wohin sie will. Hope nennt ihm einen großen Platz in ihrer Nähe, sie muss sich erst ganz sicher sein, dass sie niemand verfolgt, bevor sie nach Hause kann. Sie hält Liam einfach im Arm und versucht wieder einen klaren Kopf zu bekommen, was ihr nicht wirklich gelingt.

Woher wissen die, wer genau sie ist? Irgendjemand muss geredet haben, vielleicht hat Jerry doch ihren Namen erwähnt? Oder es hat sie jemand im Internet oder in einer der Zeitungen erkannt, vielleicht jemand aus dem Hotel, vielleicht haben sie dafür auch Geld erhalten, wer weiß das schon. Vielleicht haben sie auch die Adresse von ihrer Wohnung? Obwohl Hope einfällt, dass der Mann ihren Namen nicht wusste. Also haben sie nur den Arbeitsplatz und ihr Gesicht, es dürfte aber nicht so lange dauern, bis sie den Rest herausgefunden haben.

Als der Taxifahrer hält, bezahlt Hope schnell und blickt sich um, bevor sie aussteigen. Auch Liam schaut ängstlich in die Gegend, und das zerreißt Hope das Herz, was hat sie getan? Wie hoch ist der Preis für die Liebe zu Farhan, wenn sie und Liam so darunter leiden müssen und er nicht einmal mit ihr redet?

Langsam gehen sie zu ihrer Wohnung. Hope blickt sich immer wieder um, und erst, als sie ganz sicher ist, dass auch wirklich niemand ihnen folgt, gehen sie hoch. Oben schließt Hope erleichtert die Tür, zieht dem immer noch verstörten Liam die Jacke aus und nimmt ihn in den Arm. »Schatz, hör mir zu, diese Leute waren Reporter. Sie sind nicht böse, aber sie wollen Mama Fragen stellen, die Mama nicht beantworten wollte und weggegangen ist. Mama hat nicht aufgepasst wegen dem Auto, aber es ist alles in Ordnung, du brauchst keine Angst zu haben.«

Mit ihrer allerletzten Kraft ringt sich Hope ein Lächeln ab, doch es wirkt und Liam beruhigt sich etwas. »Was wollten sie dich fragen?« Hope runzelt die Stirn, sie will ihren Sohn nicht anlügen, aber für die ganze Wahrheit ist er zu klein. »Dinge über einen Freund, aber der Freund möchte das nicht, und deswegen hat Mama nicht geantwortet, dafür sind Freunde doch da.« Wenigstens versteht Liam das.

»Ja, das stimmt, Kaan hat auch letztens einen Turm kaputt gemacht, den Maja gebaut hat, und ich habe ihn nicht verraten.« Hope lächelt und gibt ihm einen Kuss. Erst als Liam im Zimmer spielt, setzt sie sich an den Küchentisch und beginnt zu weinen. Ihre Hände zittern, sie weiß nicht, was sie tun soll.

Als erstes ruft sie Nilay und Selina an, beide machen sich sofort auf den Weg. Hope kann das alles nicht glauben, als es kurze Zeit später klingelt, fährt sie erschrocken zusammen. Sie weiß nicht einmal, ob sie die Tür öffnen kann oder ob das vielleicht doch Reporter sind. Doch es ist Nilay, kurze Zeit später trifft auch Selina ein. Sie erzählt ihnen alles, und wie sehr sie das getroffen hat, muss sie nicht erwähnen, sie ist noch immer am Zittern. Nilay ruft Recep an, dass er sich gleich an den Computer setzen soll um zu gucken, ob es darüber schon etwas gibt, doch Selina stoppt das Ganze.

»Hope, es reicht, du brauchst eine Auszeit, nimm dir ein zwei Tage frei, bleib mit Liam zuhause und ruht euch aus. Es ist egal, was da draußen jetzt passiert. Und wenn die Welt untergeht, du brauchst

Ruhe.« Nilay nickt. »Ich nehme Liam mit zu mir!« Hope schüttelt den Kopf. »Nein, ich will ihn jetzt nicht...« Doch Nilay unterbricht sie.

»Du brauchst Schlaf, Hope, seit der Sache mit Farhan, seit er den Kontakt abgebrochen hat, schläfst du kaum, du stehst vollkommen neben der Spur. Ich bringe Liam morgen nach dem Kindergarten wieder her und melde dich erst einmal die Woche krank. Wir sehen dann weiter, was wir tun, wenn ich mir einen Überblick verschafft habe.« Hope ist ihren Freundinnen einfach nur dankbar, beiden, sie weiß nicht, was sie ohne sie tun sollte. Nachdem alle gegangen sind atmet Hope durch, sie lässt sich ein Bad ein und sieht dabei immer wieder aus dem Fenster auf die leere Straße.

Was hat sie getan, dass sie kein Glück verdient hat? Wieso musste das mit Farhan so kommen? Sie hätte ihm das mit Liam früher erzählen müssen, aber ob das wirklich etwas an den Geschehnissen geändert hätte, weiß sie nicht. Es bringt jetzt auch nichts mehr, sich darüber Gedanken zu machen, sie ist eine Kämpferin, sie hat schon öfter für ihr Glück kämpfen müssen und wird es wieder schaffen.

Farhan will nichts mehr von ihr wissen, egal wie schmerzhaft es ist, sie muss damit leben. Sie muss alles daran setzen, dass diese Reporter sie vergessen und sie und Liam ihr normales Leben weiterleben können. Für diesen kleinen Ausflug in Farhans Leben, wie sehr auch immer sie ihn genossen hat, muss sie jetzt schmerzhaft zahlen. In der Badewanne kommen ihr die Bilder wieder hoch, wie sie und Liam fast angefahren worden wären. Hope kann nicht glauben, dass es so knapp war.

Auch als sie sich danach ins Bett legt, verfolgen sie die Bilder, doch sie muss auch an Farhan denken, er fehlt ihr. Sie hat es ihm nicht gesagt mit Liam, aber ändert das etwas an der Liebe, die er angeblich für sie empfindet? Er müsste doch dann die gleiche Sehnsucht wie sie verspüren. Wenn sie nur an seine Augen und sein Lächeln denkt, kommen ihr die Tränen. Also verdrängt sie die Bilder wieder und fällt schließlich in einen tiefen Schlaf.

Sie öffnet die Augen erst am nächsten Mittag. Es ist sehr ruhig in der Wohnung. Und anstatt dass es ihr gut tut, beginnen sie die Ruhe und die Zeit zum Nachdenken zu quälen, also räumt sie die Wohnung auf und kocht, bis Nilay und die beiden Kinder kommen. Hope geht es sofort besser, sie genießt den Trubel um sich herum. Nilay berichtet ihr, dass Liam ihr zwar noch einmal erzählt hat, was passiert ist, aber ansonsten nichts weiter erwähnt hat oder sich auffällig verhalten hätte.

Auf der Arbeit allerdings war die Hölle los, die arabischen Sender haben gestern Abend noch die Bilder gezeigt, die Reporter haben alles gefilmt. Es ist unverkennbar, wie ängstlich Hope sie ansieht, wie Liam weint, dass Hope den Reporter fragt, warum er das tut, und wie sie auf die Straße läuft und das Auto in letzter Sekunde halten konnte. Nilay sagt, ihr kamen bei dem Anblick die Tränen. Selbst Recep soll sich geräuspert haben, die Bilder sind furchtbar, mitanzusehen, wie grausam Menschen sein können. Doch statt jetzt Ruhe zu geben, standen sogar noch mehr heute vor dem Autohaus.

Nilay hatte Angst, sie würden anfangen Leute auszufragen, und da sich Herr Schnaub eh gewundert hat, was die Reporter wollen, hat sie Mustafa und ihm im Besprechungszimmer die wichtigsten Sachen gesagt. Nicht, dass Hope und Farhan etwas miteinander hatten, aber dass sie sich getroffen haben und die Reporter ihr nun auf den Fersen sind.

Herr Schnaub hat sofort reagiert, den Reportern gesagt, dass die von ihnen gesuchte Person nicht mehr im Betrieb arbeitet, und als sie nicht gegangen sind, hat er die Polizei gerufen. Die Reporter sind des Platzes verwiesen worden und dürfen sich dem Autohaus auf zwei Kilometer nicht nähern. Das war genug, dass alle nacheinander gegangen sind. So hat kaum einer etwas mitbekommen, und es ist dort erst einmal Ruhe.

Hope weiß nicht, wie sie Nilay für alles danken soll. Auch Selina ruft an, und selbst ihre Mutter spürt, dass etwas nicht stimmt und meldet sich mehrmals, doch Hope wird ihr das in Ruhe und nicht einfach so am Telefon erzählen. Nilay bleibt noch etwas, sie sitzen auch nach dem Essen bei einem Tee zusammen. Hope gesteht, dass ihr trotz des Chaos' Farhan so wahnsinnig fehlt. Nilay hat, nachdem Farhan nicht mehr mit Hope geredet hat, gemeint, sie soll ihm Zeit geben. Er wird sich beruhigen und sich wieder melden.

Nun sagt sie nichts dazu, außer dass es irgendwann besser wird, vielleicht weil sie langsam selber merkt, es ist nicht so. Als Nilay und Kaan gegangen sind, räumt Hope die Küche auf und bringt dann den schon halb schlafenden Liam ins Bett. Sie legt sich zu ihm, hört auf seinen Atem, sieht ihm beim Schlafen zu, es gibt nichts, was sie mehr beruhigt. Hope schläft fast selbst ein, doch plötzlich klingelt es an der Haustür, und Hopes Herz beginnt zu rasen.

Niemand ihrer Freunde oder Verwandten würde so spät noch klingeln, es müssen die Reporter sein. Hope geht schnell zum Fenster, entdeckt jedoch doch nichts Auffälliges draußen. Dann geht das Licht im Hausflur an, einer ihrer Nachbarn geht hinaus. Hope hofft, dass es einer der Vorsichtigen ist, der nicht einfach einen Fremden ins Haus lässt, doch keine zwei Minuten später hört sie Schritte zu sich hochkommen. Machen diese Reporter vor gar nichts halt?

Hope blickt zu Liam, der nun auch durch das Klingeln und ihre Unruhe wach geworden ist. »Wer kommt jetzt? Oma?« Hope murmelt ein »ich weiß es nicht.« Wenn man denkt, es kann nicht mehr schlimmer werden, zeigt einem das Leben, dass es doch noch schlimmer geht. Hope geht schnell ins Wohnzimmer, um das Telefon zu holen und die Polizei zu alarmieren. Ihr Handy ist ja beim ersten Versuch der Reporter, an sie heranzukommen, kaputt gegangen.

Es klopft »Liam mach nicht..« Doch Hope hört schon, wie ihr kleiner Sohn neugierig die Tür öffnet. Hope ist in der nächsten Sekunde im Flur und traut ihren Augen nicht. Vor der Haustür steht Farhan, mit Jeans, Jacke und Käppi. Hopes Herz zieht sich zusammen, wie sehr sie diesen Mann liebt.

»Wer bist du?« Liam schaut in seinem Star Wars-Schlafanzug und mit seinen zerzausten Haaren zu ihm hoch. Farhan lächelt ihren Sohn an. »Ich bin Farhan, ein Freund deiner Mama.« Hope kommen die Tränen, in dem Moment sieht auch Farhan zu ihr. »Ist okay Schatz, Mama kennt ihn.« Liam tritt zur Seite und Farhan kommt herein.

»Hey!« Hope versucht sich zu sammeln, sie darf jetzt nicht neben Liam zeigen, wie sehr ihre Emotionen gerade mit ihr durchgehen.

Als sie bei den beiden ist, nimmt Farhan sie in den Arm. Er drückt sie fest an sich, und Hope würde sich am liebsten alles vom Herzen weinen. Es tut so gut ihn wieder zu spüren, zu riechen. Auch Farhans Herz schlägt schneller. »Ich bin sofort losgeflogen, als ich die Bilder gesehen habe, ich konnte dich nicht erreichen, es tut mir so leid. Du siehst sehr erschöpft aus.«

Farhan sieht ihr in die Augen. Hope wischt sich eine Träne weg. »Die letzten Tage waren.. es ist so viel passiert....« Sie sieht zu Liam, der sie neugierig beobachtet, sie kann nicht offen vor ihm reden, und Farhan scheint es zu verstehen. »Willst du erst einmal etwas trinken?« Farhan zieht seine Schuhe und die Jacke aus und folgt Hope in die Küche. Liam aber hält Hope an ihrer Jogginghose fest und will auf ihren Arm.

»Schatz, du kannst deine Augen gar nicht mehr aufhalten, komm, ich bringe dich ins Bett.« Liam schüttelt den Kopf. »Noch nicht, noch 5 Minuten«, dabei zeigt er mit seinen Fingern 4 an. Sie spürt, dass Farhan sie genau beobachtet. Er setzt sich an den Küchentisch und Hope platziert Liam neben ihn, während sie für beide Getränke eingießt.

»Ich habe sofort veranlasst, dass die beiden Reporter zur Verantwortung gezogen werden, dem Redakteur ist das Ganze sehr unangenehm. Er hat dafür gesorgt, dass diese Aufnahmen vom Markt kommen, man kann nicht mehr verhindern, was im Umlauf ist, aber dass es noch weiter in den Umlauf kommt.«

Hope nickt, doch Liam scheint zu verstehen, worum es geht. »Haben die wegen dir so viele Fragen gestellt?« Farhan nimmt Liam hoch von seinem Stuhl und setzt ihn vor sich auf den Tisch, dass er ihm in die Augen gucken kann. »Ja, das haben sie, aber ich wollte das nicht, und sie haben eine Menge Ärger bekommen. Hätte ich das gewusst, wäre ich bei euch gewesen, um euch zu beschützen, es tut mir leid, wenn du dich erschreckt hast.«

Liam sieht ihn neugierig aus seinen großen grünen Augen an und Farhan lächelt zu Hope. »Er sieht aus wie du!« Hope nickt und stellt den beiden das Getränk hin. Jedes Mal, wenn etwas mit Farhan ist, zwischen ihnen etwas nicht stimmt, durchdringt eine Kälte ihren Körper. Sobald er wieder bei ihr ist, verschwindet diese Kälte wieder.

»Warum wollen sie dir denn Fragen stellen?« Farhan lehnt sich zurück. »Weil ich ein Prinz bin.« Liam reißt den Mund auf und sieht zu seiner Mutter. »Hörst du, Mama? Er ist auch ein Prinz«, dann wendet er sich wieder an Farhan. »Meine Oma sagt immer, ich bin der hübscheste und klügste Prinz auf der ganzen Welt!« Farhan lacht, auch Hope muss schmunzeln.

Doch als Liam gähnt, bringt Hope ihn ins Bett, wo er gleich einschläft, vielleicht spürt er, dass sie nicht mehr so ängstlich und angespannt ist. Als Hope dann aus dem Zimmer kommt, findet sie Farhan im Wohnzimmer vor.

Er sieht sich Bilder von Hope, Liam und ihrer Familie und Freunden an. Vor dem Bild, was Hope am meisten liebt, bleibt er am längsten stehen. Es ist schwarzweiß, es zeigt sie nach der Geburt, glücklich Liam anlächelnd, während er gähnt. Hope liebt das Bild, weil es genau der Moment war, wo sie wusste, alles was sie bis dahin ertragen musste, hat sich für diesen Augenblick gelohnt.

Sie tritt neben ihn. »Es tut mir leid, ich hätte es dir früher sagen müssen.« Farhan sieht zu ihr, doch sie blickt auf das Bild. »Das hättest du!« Hope seufzt auf und wendet sich zu ihm. »Hätte es denn etwas geändert?« Farhan sieht ihr in die Augen, natürlich ist jetzt wieder diese Barriere zwischen ihnen und sie hasst es. Er fragt sie nicht, doch sie erzählt ihm alles, wie sie damals Jerry kennengelernt hat, wie sie sich gegen ihre Mutter gestellt hat und zu ihm gezogen ist, wie sie geheiratet haben.

Sie erzählt ihm alles, von dem Autounfall, Liams Gewalt, von ihrer Schwangerschaft, wie sie geflohen ist. Farhan sieht sie dabei einfach nur aus unergründlichen Augen an, doch er unterbricht sie nicht, also erzählt sie weiter. Von den Schwierigkeiten, die sie hier hatte und wie sie trotzdem alles geschafft hat. Wie es war, als sich Jerry wieder gemeldet hat. Sie versucht Farhan zu erklären, dass sie wegen Liam immer wieder versucht hat, dass sie eine Familie bleiben, wie leid es ihr tut, dass Liam keinen Vater hat, wie weh es ihnen beiden getan hat, dass Jerry seinen Sohn nie beachtet hat.

Von ihrem letzten Aufeinandertreffen und dass von da die Narben kommen. Jetzt verschweigt Hope gar nichts mehr, sie sagt ihm, dass sie danach mit keinem Mann etwas hatte, bis Farhan gekommen ist. Und dass Jerry sich erst jetzt wieder gemeldet hat und was er gesagt hat. Sie erzählt ihm auch, dass sie es nur so lange verschwiegen hat, weil es ihr unangenehm ist, dass sie damals so dumm war, sich soviel hat bieten zu lassen.

»Ihr habt beide etwas Besseres verdient!« Hope würde gerne an seine Worte glauben, doch wenn sie diese Distanz in seinen Augen sieht, denkt sie nicht, dass sie jemals Glück haben wird.

Sie zieht die Schultern nach oben. »Das war es, Farhan, jetzt weißt du alles. Wenn du es von Anfang an gewusst hättest, wäre ich dann ein anderer Mensch, als der, den du kennengelernt hast? Hättest du die Worte, die du mir gesagt hast, nicht gesagt? Meintest du das alles überhaupt ernst, wenn es so schnell wieder vergessen wird?« Farhan kommt näher zu ihr, ihre Worte haben ihn wütend werden lassen.

»Denkst du so? Dass ich es nicht ernst gemeint habe, als ich gesagt habe, dass ich dich liebe, wie sehr ich dich liebe? Du weißt, dass ich schon am Anfang probiert habe, wo ich gemerkt habe, es ist mehr, was ich für sich empfinde, versucht habe auf Distanz zu gehen und es nicht konnte.

Denkst du, mir macht das alles Spaß? Der ganze Stress mit der Presse, die Diskussionen mit meiner Familie? Und dann erfahre ich, dass du es nicht einmal für nötig hältst, mir das Wichtigste in deinem Leben zu erzählen. Doch denkst du etwa, ich habe in dem Moment aufgehört dich zu lieben? Denkst du, ich habe dich nicht jede Sekunde vermisst und es hat mich nicht alles gekostet zu sehen, dass du anrufst und nicht ans Telefon zu gehen?

Ich bin mitten in einem Essen von meiner Familie aufgestanden und habe ohne ihnen etwas zu erklären das Haus verlassen, in der gleichen Sekunde, wie ich die Bilder gesehen habe. Denkst du, das tue ich, weil du mir so egal bist? Wenn ich hier gesehen werde, ist die Hölle los, bis jetzt kann man es noch einigermaßen unter Kontrolle haben, aber das wäre dann vorbei. Das alles, Hope, weil meine wahren Worte nicht wahr sind?«

Hope weint. »Aber wenn du mich auch so vermisst hast, wie konntest du mich dann so von dir stoßen?« Er blickt zu dem Bild von Liam und ihr nach der Geburt. »Weil das alles ändert!«

Kapitel 11

Hope schüttelt den Kopf und geht ganz zu Farhan. Sie nimmt sein Gesicht in ihre Hände, so dass er sie angucken muss. »Nein Farhan, schau mich an, es ändert gar nichts! Schau mir in die Augen, ich bin immer noch die Gleiche. Wie kannst du sagen, dass es alles ändert?« Man sieht bei jedem ihrer Worte, wie Farhans sture Distanz bricht, er greift in ihre Haare und legt seine Stirn an ihre.

»Es hat mich fast umgebracht, diese Bilder zu sehen, Hope, du weißt nicht, wie sehr ich dich liebe!« Hope beginnt zu weinen. »Du fehlst mir so sehr Farhan, denkst du, für mich ist das leicht? Mein ganzes Leben hat sich verändert, Liam und ich wären fast angefahren worden. Ich habe die Tage so wenig geschlafen, aber ich würde nicht eine Sekunde daran denken, nicht für uns zu kämpfen.«

Er lächelt matt. »Du hast keine Vorstellungen, wie viel ich schon gekämpft habe!« Hope kann sich kaum noch zurückhalten, seine Lippen mit ihren zu bedecken. »Dann kämpfe weiter, Farhan, ich liebe dich, und wenn du es nur halb so viel tust wie ich, kämpfe!«

Farhan küsst sie, und Hope klammert sich an seinen Lippen fest. Sie hat ihn viel zu sehr vermisst, als dass sie es ihm nicht zeigen könnte. Und auch er küsst sie, als hätten ihn die letzten Tage ohne sie austrocknen lassen. Farhan presst sie gegen die Wand, Hope zieht ihm seinen Pullover aus. Mit seinem Fuß schließt er die Tür, damit sie nicht gesehen werden, falls Liam wach wird. Hope muss sich auf die Lippen beißen, als Farhan sie auszieht und ihren ganzen Körper mit seinen Lippen verwöhnt. Sie beide sind außer Atem, ausgehungert.

Das Verlangen wird erst gestillt, als Farhan ihren Po umfasst und in sie eindringt. Hope stöhnt auf, und Farhan sieht ihr dabei in die Augen. Sie hat keine Scham, sich vor ihm so zu zeigen, sie sieht in seinen Augen zu viel Liebe und Vertrauen. Farhan küsst sie erneut, doch dieses Mal nicht so fordernd, nun sind sie wieder vereint, sie spüren und lieben sich und beide genießen es zu sehr, als dass sie nicht jede Sekunde davon auskosten würden.

Als beide danach in Hopes Bett im Schlafzimmer liegen, sieht Hope Farhan beim Schlafen zu. Sie betrachtet seine dunklen langen Wimpern, die dunklen Ränder unter den Augen, die sie schon auf den Bildern in Russland gesehen hat, ihm ist das alles genauso schwer gefallen wie ihr. Sie beobachtet, wie seine Brust sich hebt und senkt, legt ihren Kopf vorsichtig darauf und hört seinem Herzschlag zu. Hope lächelt, als sich sein Griff um sie verstärkt und legt sich wieder richtig neben ihn, sofort dreht er seinen Kopf zu ihr, und seine Nase bleibt an ihren Haaren. Hope kuschelt sich noch enger an.

Wenn sie für kurze Zeit vergisst, was alles um sie herum passiert, hier mit Farhan zu liegen, Liam bei sich zu haben, auch wenn es nur dieser kurze Moment ist, ist ihr Herz überfüllt vor Glück. Das, genau das ist alles, was sie jemals wollte. Sie braucht keinen Prinzen, alles andere ist ihr egal, mit Liam und dem Mann, den sie liebt an ihrer Seite, mehr braucht sie nicht zum Glück, und doch scheint es ihr nicht gegönnt zu sein.

Am nächsten Morgen steht Hope schnell auf und schließt die Tür zum Schlafzimmer, bevor Liam wach wird, er muss nicht sehen, dass Farhan bei ihr geschlafen hat. Liam ist auch noch so müde, dass er nur etwas isst und Hope ihn anziehen muss, weil er noch den Schlafsand des Sandmannes im Auge hat und der so schwer weggeht, wie er es gähnend beschreibt.

Hope bringt ihn zur Kita und holt gleich Frühstück vom Bäcker, bevor sie zu Farhan zurückgeht, der noch immer schläft. Summend deckt sie den Tisch. Als sie danach nachsieht, ob Farhan noch schläft, findet sie ihn nachdenklich in ihrem Bett vor. Hope legt sich zu ihm ins Bett.

»Frühstück ist fertig, hast du Hunger?« Er gibt ihr einen Kuss und nickt. »Ja aber vorher müssen wir etwas besprechen. Ich habe mir überlegt, das Beste ist, wenn ich einen Sicherheitsmann einstelle, der die nächste Zeit in eurer Nähe bleibt.«

Hope steht auf. »Vergiss es, Farhan, ich fühle mich nicht wohl in deren Nähe!« Sie geht in die Küche, er folgt ihr. »Du hast doch gesehen, was passieren kann, ich will, dass ihr beide nicht noch einmal in so eine Situation kommt.«

Hope gießt ihm etwas zu trinken ein, und er setzt sich. Als sie sich auch setzen will, zieht er sie auf seinen Schoß. »Es ist doch erst einmal Ruhe, vielleicht passiert gar nichts mehr, und durch diese Aufmerksamkeit wird es nur schlimmer.« Farhan gibt ihr einen Kuss auf die Schulter. »Okay, wir machen folgendes: Wenn noch ein Reporter auftaucht, besorge ich Securitys, ohne dass du etwas dagegen sagst. Noch eine Kleinigkeit, und du hörst auf mich.«

Hope muss lachen und gibt ihm einen langen Kuss. »Versprochen!« Als Farhans Hände unter ihr Shirt wandern, greift Hope nach hinten und holt eine Brezel aus dem Brotkorb. »Hast du keinen Hunger?« Farhan lächelt mild. »Doch, aber ich bin gerade einfach nur froh dich bei mir zu haben.« Ihre Lippen versüßen seine Worte. So wie er es gesagt hat, klang es aber fast, als würde das nicht lange anhalten. »Wann musst du zurück?« Er sieht auf die Uhr in der Küche. »Heute Abend, ich hätte gar nicht weg sein dürfen, wenn es danach geht.« Hope hat Angst vor der Antwort, aber sie muss die Frage stellen. »Was wird dann aus uns?«

»Ich weiß es nicht, Hope, ich weiß es wirklich nicht!« Es ist ehrlich und es ist ihr lieber, als wenn er ihr Versprechen gibt, die er dann nicht einhalten kann. Auch wenn diese Aussage einen kalten Schmerz in ihrer Brust hinterlässt, wechseln sie das Thema. Farhan hat offensichtlich schon genug Druck von seiner Familie, wenn sie jetzt auch noch anfängt Druck aufzubauen, ist das falsch.

Seine Liebe hat ihn hierher geführt und sie vertraut darauf. Nach dem Frühstück geht sie ins Badezimmer, da bemerkt sie beim Blick auf ihre Pillenschachtel, dass sie durch den ganzen Stress der letzten zwei Tage vergessen hat diese einzunehmen. Allerdings ist es eine so starke Pille, dass sie sicher ist, der Schutz besteht trotzdem weiter.

Gemütlich verbringen sie den Vormittag bei ihr auf der Couch. Farhan scheint sich wirklich wohl zu fühlen und lässt Hope kaum aus seinen Armen. Als sie dann Liam abholen muss, kommt er trotz Hopes Bedenken mit. Seiner Meinung nach bietet sein dunkelblaues Cape ihm schon genug Schutz, und da der Kindergarten nicht sehr weit ist, klappt es auch problemlos.

Liam freut sich, als sie ihn zusammen abholen, Hope registriert traurig, dass es das erste Mal ist, dass ein Mann ihn vom Kindergarten abholt. Auf dem Rückweg müssen sie noch schnell in einen Spielzeugladen, Liam ist am nächsten Tag bei seiner Freundin Shana zum Kindergeburtstag eingeladen, da brauchen sie noch ein Geschenk. Während Hope sich der Mädchenabteilung widmet, zieht Liam Farhan in die Richtung, in die er immer verschwindet.

Seine geliebte Rennbahn. Seit Monaten betrachtet er sie, manchmal ist sie aufgebaut und er darf Probe fahren, dann kriegt Hope ihn nie hier raus. Es ist eine riesige Autobahn, auf der man mehrere Autos ferngesteuert um die Wette fahren lassen kann. Alle Kinder schwärmen davon, aber der Preis ist so hoch, dass es nicht mal an Weihnachten reicht, selbst wenn alle zusammenlegen würden.

Hope wird schnell fündig und sucht ihre beide Männer, denn in der Abteilung mit der Autobahn sind sie nicht. Dafür findet sie beide vor der Kasse wieder. Sie muss nicht auf das riesige Paket schauen, ein Blick in Liams Gesicht verrät ihr, dass Farhan sicherlich nicht eine Sekunde gezögert hat, ihm diese Bahn zu kaufen. Hope wirft ihrem großen Prinzen einen vorwurfsvollen Blick zu und küsst ihren kleinen Prinzen.

»Die Bahn ist toll, wir bauen sie gleich auf!« Farhan grinst sie frech an, sicherlich ist er froh, dass Hope dank Liam ihm nicht den Kopf abreißt, doch die Augen ihres Sohnes strahlen vor Glück, so dass sie auch ihrem großen Prinzen einen Kuss gibt. Als sie dann noch schnell in den Supermarkt gehen, entscheiden die Männer, dass es heute unbedingt Spaghetti Bolognese geben muss. Es ist schön, zu dritt unterwegs zu sein, Hope merkt, wie Liam es genießt, wenn Farhan ihm Aufmerksamkeit schenkt, und Farhan ist wirklich sehr niedlich im Umgang mit ihm.

Zuhause verschwinden beide auch gleich in sein Zimmer, während Hope anfängt zu kochen. Sie versucht sich immer wieder in Erinnerung zu rufen, dass dies nur heute so ist. Dass es zwar schön ist, aber sie nicht denken darf, es würde nun immer so sein. Farhan ist heute Nacht wieder weg, und wie er es selber gesagt hat, wissen sie nicht, wie es mit ihnen weitergeht.

Das Essen ist fertig, und die Autos rasen schon über die Strecke. Hope bleibt am Türrahmen stehen und beobachtet die beiden. Liam sitzt auf Farhans Schoß und hilft ihm beim Lenken. Wenn sie darüber nachdenkt, dass dort ein echter Prinz auf ihrem einfachen Laminatboden sitzt, muss sie lächeln. Farhan ist so unkompliziert, er isst sogar ihre einfachen Spaghetti ohne zu murren. Hope weiß, dass nicht er die Dinge so schwierig macht sondern sein Leben, was er im arabischen Königreich führt.

Nachdem Liam eingeschlafen ist, liebt Farhan Hope noch einmal, dabei steigen ihr Tränen in die Augen. Es ist anders dieses Mal, das spürt sie. Und auch wenn Farhan es nicht sagt, auch wenn er sie, bevor er geht, fest in den Armen hält und ihr seine Liebe schwört, als sie ihm aus dem Fenster hinterher sieht, spürt sie, dass das Schlimmste noch nicht vorbei ist.

»Dein Vater ruft nach dir.« Farhan setzt die Tochter seiner Schwester Amal wieder auf den Boden und wuschelt ihr über das schwarz gelockte Haar, bevor sie über den Rasen zu den anderen Kindern rennt. Amal sieht von ihrer Zeitung hoch und wirft ihrem Bruder einen vielsagenden Blick zu. »Seit du einfach gegangen bist, berät er sich ständig, alle waren schon hier.«

Farhan seufzt auf, er weiß schon, was jetzt kommt. Er ist extra in den Frauenteil des Hauses gekommen. Hier bewegen sich alle Frauen aus der Familie frei, nur sein Vater und seine Brüder betreten diesen Teil, im Rest des Hauses müssen sich die Frauen bedecken, weil ständig Besuch zu seinem Vater kommt. Als Bruder des Königs, wenn auch von einer anderen Mutter aber vom selben Vater, ist sein Vater einer der angesehensten Männer hier in dem arabischen Königreich.

»Kommst du später noch einmal vorbei? Du bist immer seltener hier seit der ...Sache.« Farhan nimmt seiner Schwester die Zeitung weg, sie beide haben sich schon immer viel gestritten, aber trotzdem ist Amal diejenige, die er am meisten von seinen Geschwistern liebt. »Lies nicht so einen Schwachsinn!« Sobald er entdeckt, dass es die Zeitung ist, die für den Beinahe-Unfall von Hope und Liam verantwortlich ist, kommt wieder diese Wut in ihm hoch. Er wird dieses Gefühl niemals vergessen, was ihn durchfuhr, als er diese Bilder gesehen hat.

»Momentan sehe ich meinen großen Bruder ja mehr da, als in echt.« Amal duckt sich lachend, als er die Zeitung nach ihr wirft, doch dann wird sie ernst und das ist das, was er an ihr schätzt. Ihr großes Herz. »Wie geht es dieser Frau jetzt? Das war sicher schrecklich für sie?« Farhan wendet sich ab, er wird mit niemandem aus seiner Familie darüber reden, das ist ausgeschlossen. »Ihr geht es gut, ich muss los.« Amal räuspert sich leise.

»Farhan...« Er wendet sich noch einmal zu seiner Schwester um, es tut ihm immer noch weh sie so zu sehen. Sie lacht nur noch selten, die glücklichen Augen, die er noch zu gut aus ihrer Kindheit in Erinnerung hat, sind trübe und müde geworden. Selten lacht sie, glücklich sieht er sie nur, wenn sie mit ihrer Tochter spielt.

»Sie ist wunderschön, Hope heißt sie, oder?« Farhan lächelt seine Schwester an, nickt und geht. Er weiß, sie ist ihm dankbar, dass er als Einziger damals gegen ihre Ehe mit Jamil, einen ihrer Cousins, war. Ihr Vater hat nur die gute Stellung des Mannes gesehen, aber Farhan kennt Jamil anders. Er weiß, was für ein herrschsüchtiger Mann sein Cousin ist.

Sein Vater hat die erste Ehe für seine Tochter und Farhans Schwester Ranja gut in die Wege geleitet. Ranja ist glücklich, sie hat einen guten Mann, und ihr zweites Kind ist gerade auf dem Weg. Seine Schwestern wurden beide gefragt, man kann sie nicht zu einer Heirat zwingen. Doch wenn ihr Vater sie fragt, ist das auch nicht nötig, sie würden ihn vor den Kopf stoßen, wenn eine von ihnen den Vorschlag des Vaters ablehnen sollte, und alle lieben ihren Vater über alles, keiner würde es wagen ihn bloßzustellen.

Nur Farhan hat offen gesagt, dass er das nicht möchte, als ältester Bruder hat er auch das Recht dazu. Allerdings war alles schon zu weit in die Wege geleitet worden und Amal schon zu sehr in die Hände dieses Betrügers geraten, als dass es noch aufzuhalten gewesen wäre. Farhan hat ihn sich damals zur Seite genommen und ihn gewarnt, dass er ein Auge auf seine Schwester haben wird und Jamil sich nicht wagen soll sie falsch zu behandeln. Amal schweigt, so wie jetzt auch Farhan schweigt, doch er sieht ihre Augen und er sieht, wie oft sie in ihr Elternhaus kommt, um aus ihrem zu entkommen.

Als er die Gänge des riesigen Hauses entlang geht und ihn die Angestellten respektvoll begrüßen, kommen in ihm die Erinnerungen an seine Kindheit hoch. Er kann sich noch genau an diesen einen Sommertag erinnern. Es war sehr heiß und er und sein zu dieser Zeit bester Freund Munir wollten unbedingt ihre neuen Fahrräder ausprobieren, doch es war ihnen, wegen der Hitze, zu anstrengend im Garten oder auf dem Innenhof, also haben sie die Fahrräder heimlich nach oben gebracht, um in den Gängen zu fahren. Farhan war damals vielleicht 10 Jahre alt. Die Angestellten haben es gesehen, aber haben in niemals verraten, die meisten von ihnen kennen ihn schon von klein auf.

Irgendwann hat Farhan die Kontrolle über sein Fahrrad auf den rutschigen Marmorböden verloren und ist genau in eine der riesigen kostbaren Vasen seiner Mutter gefahren, die überall in den Gängen verteilt stehen. Seine Mutter liebt diese Vasen, sein Vater lässt auch heute noch regelmäßig welche für sie anfertigen. Sein Vater liebt seine Mutter. Sie sind immer sein großes Vorbild für ihn gewesen. Als Farhan klein war, hat ihm seine Mutter erzählt, dass sein Vater damals in ihr Haus gekommen ist. Seine Mutter hatte zu der Zeit Babykatzen. Eine ist ihr entwischt, und ohne sich zu bedecken, ist sie hinterher, genau in die Arme seines Vater gerannt, der gerade einen ihrer Brüder besuchen wollte.

Farhans Vater sagt, er hat sie vom ersten Augenblick an geliebt, seine Mutter aber hatte nur Angst, dass er es einem ihrer Brüder sagen würde und hat ihn angefleht nicht zu verraten, dass sie nicht bedeckt war.

Er hat nichts verraten, sondern sofort um ihre Hand angehalten, allerdings waren damals erst noch ihre zwei älteren Schwestern dran zu heiraten, und ihr Vater wollte, dass sein Vater eine von denen zur Frau nimmt. Seine Mutter sagt, er musste lange um sie kämpfen und hat nicht daran gedacht, eine andere Frau zu nehmen. Dieser eiserne Wille hat sie dazu gebracht ja zu sagen.

Sein Vater ist einer der wenigen Männer, die nur eine Frau haben. Wenn die Männer so vermögend sind wie sie, haben sie meistens mehrere Frauen, doch sein Vater liebt seine Mutter viel zu sehr, um auf solche Gedanken zu kommen. So ist sein Vater, er ist zwar immer streng zu ihnen gewesen, aber hat dabei seine Liebe auch nie zu wenig verteilt. Als er Farhan damals dabei erwischt hat, wie er die teure Vase seiner Mutter zerstört und im Haus Fahrrad gefahren ist, hat er ihn vor allen angeschrien. Farhan hatte Angst vor seinem Vater, als er ihn alleine mit ins Büro genommen hat. Dort hat er ihn auf seinen Schreibtisch gesetzt, sein Knie mit einem Pflaster versorgt und ihn noch einmal sauer ermahnt, nicht im Haus Fahrrad zu fahren. Doch dann hat er ihm die Tränen weggewischt und ihn auf die Stirn geküsst.

»Farhan, du bist mein ältester Sohn, du wirst eines Tagen das Familienoberhaupt sein, ich weiß, dass du mich sehr stolz machen wirst ...solange bleib mit dem Fahrrad aus dem Haus.« Nun steht alles anders zwischen ihnen, und Farhan tut dieser Umstand leid. Er liebt seinen Vater sehr. Seit einer Woche ist er wieder aus München hier und seinem Elternhaus ferngeblieben. Sein Vater hat ihn gestern angerufen und gesagt, er soll heute vorbeikommen. Er weiß, worum es geht, wie die ganzen letzten Wochen wird ihn sein Vater vorwurfsvoll ansehen. Er hat nichts gesagt, als Farhan Hope kennengelernt hat. Er hat Farhan schon immer alle Freiheiten gelassen, doch als es mit der Presse anfing, hat er ihn aufgefordert, das Ganze zu beenden.

Er fragt nicht, wer Hope ist, ob Farhan wirklich etwas für sie empfindet oder was er denkt. Es war kein Vorschlag, es war kein gut gemeinter Rat, es war eine ganz klare Forderung. Beende es! Farhan weiß, dass er mit Hope keine Zukunft hat, nicht in seiner Familie, nicht unter diesen Umständen. Und dass sie einen Sohn hat, bereits verheiratet war, hat auch die letzte Hoffnung dazu zerstört. Sie würde nicht einmal ihren Glauben ändern, und es liegt auch nicht in Farhans Natur, so etwas zu verlangen. Jeder Mensch muss selbst entscheiden, welcher Weg für ihn der Richtige ist, doch all das entzweit sie beide immer mehr.

Trotzdem muss Farhan sie jeden Tag hören, egal wie sehr sein Verstand weiß, dass es nicht geht, nicht gut ist und jeder Tag mehr es nur schlimmer macht. Er kann nicht auf sie verzichten, zu wissen, wie es ihr geht, sie zu hören, ist für ihn zu einer der wichtigsten Sachen geworden. Er liebt sie wirklich, auch wenn es sein Untergang zu sein scheint.

Als er das Büro seines Vaters betritt, weiß er, dass es wirklich sein Untergang sein wird. Neben seinem Vater warten sein Onkel Ahmad und der Imam und Gelehrte Mahmut. Farhan spürt, dies hat nichts Gutes zu bedeuten, doch er lässt sich nichts anmerken und begrüßt alle respektvoll. Als sie sich um einen Tisch herum platzieren, auf dem Gebäck und Tee bereitstehen, würde er am liebsten den Raum wieder verlassen, doch er stellt sich dem, was kommt. Anstatt dass sein Vater anfängt, übernimmt der Imam das Reden. Er ist in ihrem Land einer der angesehensten Männer, und es gibt niemanden, der seinen Worten nicht lauscht. Genau das hat sein Vater für sich genutzt.

»Weißt du Farhan, ich kenne dich seit dem Tage deiner Geburt. Eure Väter wollten nicht auf mich hören, als ich ihnen sagte, dass es kein gutes Ende nehmen wird, wenn sie euch auf die Schulen in anderen Ländern schicken werden.« Farhans Vater nimmt einen Schluck Tee. »Wir können die Jungs nicht hier einsperren, sie müssen auch wegen der Geschäfte viel reisen.« Sein Onkel Ahmad nickt und Farhan seufzt innerlich auf, seine Söhne haben jede Woche neue Freundinnen auf ihren Colleges. »Es ist in Ordnung, lass sie leben und Erfahrungen sammeln, aber irgendwo ist Schluss!«

Nun meldet sich Farhan das erste Mal zu Wort. »Ihr tut gerade so, als hätte ich jemanden ermordet.« Der Imam schüttelt den Kopf.

»Nein Farhan, im Gegensatz zu allen anderen warst du immer vorbildlich. Du betest, du liebst deine Religion und deine Familie, du bist ein mächtiger Mann geworden, und dein Vater ist sehr stolz auf dich. Doch diese Geschichte mit dieser Frau und ihrem Sohn ist nicht gut, und ich kenne dich, das weißt du auch. Irgendwann ist es an der Zeit, sich auch anderen Verantwortungen zu stellen und an die Zukunft zu denken. Solche Sachen lenken dich zu sehr von deinem Weg ab.«

Farhan nickt, er weiß ja, dass er recht hat. Nun mischt sich sein Vater ein. »Du solltest zur Vernunft kommen, die Leute fangen schon an zu reden, die Presse zieht unsere Familie und all ihre Werte in den Schmutz. Du kannst nicht nur an dich denken, Farhan, so habe ich dich nicht erzogen!« Farhan sieht seinem Vater in die Augen als er mit im spricht. »Heirate, nimm dir eine gute gläubige Frau, und diese verrückten Ideen haben ein Ende.« Farhan räuspert sich. »Bei allem Respekt, denkt ihr, dass ich das nicht selber weiß? Dass ich es nicht schon oft versucht habe? Aber Hope ist etwas anderes. Ich liebe sie.«

Es herrscht eine eisige Stille. »Sie ist eine Christin, sie hat einen Sohn mit einem rassistischen Amerikaner. Selbst wenn sie den Islam annehmen würde, jemand aus der Königsfamilie kann so jemanden nicht heiraten, das ist ausgeschlossen. Wie stellst du dir das vor? Nimmst du ihren Sohn als deinen Sohn, soll er das königliche Blut weitergeben? Deine Kinder werden unseren Weg weitergehen, unsere Familie erhalten, solltest du mit ihr Kinder haben, wird das nicht möglich sein. Du kannst in dieser Sache nicht nach deinem Willen gehen!«

Sobald sein Vater endet, schließt sich der Imam an. »Weißt du, was die schönste Ehe ist, Farhan? Wenn man zusammen den Weg des Islams geht, seine Kinder zu guten gläubigen Leuten erzieht. Nur mit einer gläubigen Frau an deiner Seite wirst du im Paradies wiedervereint werden.« Farhan nickt. Er weiß, dass sie recht haben, aber wie soll er das seinem Herzen erklären.

»Farhan, erinnerst du dich an die Tochter von meinem alten Freund Omar?« Natürlich erinnert sich Farhan an die Familie, sie sind früher ständig hier gewesen, bis Omar zwei Städte außerhalb der Hauptstadt gezogen ist, weil er dort einen wichtigen Regierungsposten angenommen hat, den sein Vater ihm vermittelt hat. Seitdem hat er in nur noch selten gesehen.

»Er kommt am Wochenende mit seiner Tochter Nadja, sie ist zwei Jahre jünger als du. Sie studiert hier auf der Frauenuniversität und will bald an einer Mädchengrundschule unterrichten. Sie ist eine sehr gläubige und angesehene Frau, ihre Familie ist schon seit Generationen mit der Königsfamilie befreundet.« Farhan fährt sich mit seiner Hand durch das Gesicht, er weiß, was das zu bedeuten hat. »Ich möchte, dass du am Wochenende hier bist!«

Kapitel 12

Nach dem Gespräch mit seinem Vater macht sich Farhan auf die Suche nach seiner Mutter und findet sie in der extra für sie gebauten Hollywoodschaukel in einem der kleinen Gärten des Anwesens. Er gibt ihr einen Kuss, sie klopft neben sich auf die weichen Polster, dass er sich setzen soll. Farhan legt seinen Kopf nach hinten und atmet tief aus. Es belastet ihn alles sehr, er hat gerade das Gefühl, nicht atmen zu können. Seine Mutter streichelt über seinen Kopf, wie sehr wünschte sich Farhan, er wäre wieder jung und mit etwas Liebe der Mutter alle Probleme gelöst.

»Dein Vater und du, ihr seid beide nur noch in Sorge. Noch nie habe ich dich derart müde und verzweifelt gesehen, mein Sohn.« Farhan verschränkt die Arme vor der Brust. »Wie geht es meinem Vater wirklich? Du bist die Einzige, die das weiß.« Seine Mutter lächelt mild.

»Du erinnerst mich sehr an ihn, Farhan, du bist wie sein jüngeres Ebenbild. Dein Vater liebt dich über alles, er zeigt es nur nicht so deutlich, aber ich weiß es. Seit die Presse über dich schreibt, schläft er kaum noch, einmal habe ich ihn nachts mit einem Bild von dir als kleinem Jungen gefunden. Es ist nicht leicht für ihn, die Ehre und das Ansehen der Familie hochzuhalten und es liegt an dir, es ihm zu vereinfachen. Es euch beiden einfacher zu machen. Ich kann mir denken, dass dir diese deutsche Frau etwas bedeutet, du würdest nicht all das auf dich nehmen, wäre es nicht so, aber das vergeht, Farhan. Du weißt, dass es nicht geht, keine Zukunft hat, doch trotzdem klammerst du dich an etwas, was nicht gut ist. Beende es, auch wenn es am Anfang wehtut. Es wird besser werden und vergehen, doch die wichtigen Dinge, deine Zukunft, deine Kinder, die Werte deiner Familie werden ewig bleiben.« Farhan lächelt seine Mutter an. »Du bist die Einzige, die bei allem einen ruhigen Kopf behält.«

»Weil ich dich kenne, mein Sohn und auf deinen Verstand vertraue. Du liebst deine Familie, und Allah wird dir schon den richtigen Weg zeigen. Ich vertraue auf ihn.« In diesem Moment wird in der ganzen

Stadt zum Gebet gerufen und beide erheben sich. Seine Mutter gibt ihm einen Kuss. »Geh, mein Sohn, bete mit deinem Vater, das wird ihn freuen und euch wieder ein Stück näher bringen.«

Farhan hört auf seine Mutter und geht in den Gebetsraum, in dem sein Vater immer betet. Hier im Haus haben sie mehrere extra Räume zum Beten. In diesen Räumen gibt es nichts außer einem wertvollen edlen Gebetsteppich, der den gesamten Boden komplett ausfüllt. Man soll an nichts anderes denken, die Gedanken ganz allein bei Allah und seinem Gebet lassen. Farhan zieht seine Schuhe vor dem Raum aus, sein Vater betet bereits, er ist alleine.

Er geht in das Bad daneben und macht die rituelle Waschung, für Farhan immer der Einklang des Gebetes. Als sein Sohn kniet er sich hinter seinen Vater und beginnt sein Gebet. Farhan vergisst in diesen Minuten alles um sich herum. Auch als sein Gebet beendet ist, verharrt Farhan noch eine Weile kniend.

Er legt den Kopf in den Nacken und hofft auf eine Antwort, einen Rat was er tun soll, wie er sein Herz und seinen Verstand vereinen kann und das, obwohl er die Antwort eigentlich selber schon kennt. Er muss den Kontakt zu Hope abbrechen, das ist die einzige Möglichkeit. Er muss das alles vergessen und in die Zukunft sehen. Hope und er werden keine Zukunft haben. Als er aus dem Zimmer kommt, wartet sein Vater auf ihn.

»Ich wollte dich vorhin nicht überfallen, ich wollte nur versuchen, dir die Augen zu öffnen.« Farhan nickt und sie gehen ein Stück zusammen. Farhan muss los, er hat ein wichtiges Meeting. »Ich weiß Vater, doch meine Augen sind offen.... es fällt mir nur nicht so leicht, diesen Schritt zu tun.«

Bevor sein Vater in sein Büro zurückkehrt, legt er seinem Sohn die Hand auf die Schulter. »Das glaube ich dir, ich habe dich so noch nie erlebt, doch es ist auch gut, dass du wieder zur Vernunft kommst.« Sein Vater will gehen, doch Farhan hält ihn noch zurück. »Tue mir bitte einen Gefallen, auch wenn du dir Sorgen um mich machst, denk nicht schlecht von ihr, Hope ist ein ganz besonderer Mensch.«

Sein Vater nickt. »Es tut mir leid, Farhan, ich wünschte, ich könnte meinen Kindern jeden Wunsch erfüllen, doch gewisse Dinge kann man nicht ändern.« Farhan weiß, was er zu tun hat. Er blickt auf sein Handy und liest die Nachricht, die er von Hope bekommen hat. Sie ist auf der Arbeit. Farhan hat das Gefühl, sich sein Herz aus der Brust zu reißen und weit weg zu werfen, als er ihr zurückschreibt.

Hope mustert den Kunden, der gerade mit Herrn Schnaub durch das Autohaus stolziert. Es ist ein bekannter deutscher Rapper, und vor dem Autohaus haben sich einige kreischende Fans versammelt. Herr Schnaub versucht, den Wünschen des gerade mal 20-jährigen gerecht zu werden, doch offensichtlich hat der junge Mann an allem etwas auszusetzen.

»Stell dir vor, eines Tages werden unsere Söhne auch so schreckliche Musik hören. Mustafa hat mir vorhin ein Lied von ihm vorgespielt, und ich habe es nicht eine halbe Minute geschafft zuzuhören. In jedem zweiten Satz beleidigt er jemanden, wie kann man nur so unzufrieden sein und damit noch sein Geld verdienen.«

Hope lacht. »Die beiden Süßen sollen mal noch eine Weile bei ihren Benjamin Blümchen-Kassetten bleiben, das ist für alle besser.« Nilay schäumt Milch auf. »Kaan will morgen unbedingt wieder zu euch. Er träumt sogar schon von Liams neuer Autobahn.« Da fällt Hope ein, dass sie Farhan noch auf seine süße Guten-Morgen-Nachricht antworten muss, sie hat das in der Eile heute früh wieder ganz vergessen. »Kein Problem. Ich nehme morgen beide mit, mach dir einen schönen Nachmittag mit Recep.«

Hope holt ihr Handy heraus und liest sich Farhans Nachricht noch einmal durch. '*Guten Morgen mein Sonnenschein. Ich wünschte, ich würde jetzt dein verschlafenes Gesicht sehen*'. Hope lächelt und schreibt zurück. Sie fragt ihn, wie sein Abend gestern noch war und dass sie ihn sehr liebt. Noch verrät sie ihm nichts, aber sie denkt daran, in den Herbstferien mit Liam nach Dubai zu reisen, wenn er zu der Zeit auch dort sein kann.

Sie spürt, dass, auch wenn sich Farhan noch regelmäßig meldet und ihr auch sagt das er sie liebt, immer noch nicht alles in Ordnung ist. Und sie hofft, ihr Besuch und die Zeit, die sie dann zusammen mit Liam haben, werden sie fester zusammenbringen. Das Einzige, was sich zum Positiven entwickelt hat, ist, dass er recht behalten hat und die Presse erst einmal Ruhe gibt, zumindest für den Moment.

Hope macht dieses Gefühl unruhig, sich nicht hundertprozentig sicher zu sein, was Farhan angeht. Sie legt das Handy in dem Moment weg, wo der Rapstar an den Tresen kommt und sich die Getränkekarte ansieht. »Haben sie auch Sojamilch?« Hope schüttelt den Kopf »nein, wir haben fettfreie und normale Milch.« Der Mann zieht sauer die Augenbrauen zusammen.

»Ich hätte gerne ein Chai-Latte mit Sojamilch, sie können die sicherlich irgendwie besorgen!« Hope mustert den Mann einen Augenblick, er, der die ganze Zeit von seinem harten Leben reimt, besteht jetzt wie ein König auf seine Sojamilch. Hope legt ihm die Getränkekarte erneut vor. »Es tut mir leid, wir sind hier kein Supermarkt. Entweder sie nehmen einen Latte mit anderer Milch oder entscheiden sich für eines der vielen anderen Getränke.«

Nilay tritt zu ihnen, sie hat sicherlich den genervten Unterton in Hopes Stimme erkannt. Der Mann sieht sie sauer an, bestellt aber eine Cola und geht dann im Alleingang noch einmal durch das Autohaus. »Geld steigt allen irgendwann zu Kopf!« Hope wendet sich zu Mailo um, er ist seit zwei Wochen neu in der Firma, bisher hat Hope noch nicht viel mit ihm reden können, doch den Aussagen der anderen zufolge ist er ein sehr netter und vor allem sehr erfolgreicher Verkäufer. Besonders die Frauen sind von dem neuen Mitarbeiter ganz angetan, was Hope absolut versteht. Er sieht sehr gut aus, hat dunkle Haare und hellbraune Augen, im Anzug macht er eine gute Figur. Er wirkt einfach freundlich und zutraulich, was natürlich in dieser Branche ein absolutes Muss ist.

»Einige schaffen es bestimmt, auf dem Boden zu bleiben. Willst du etwas trinken?« Hope lächelt und Mailo bestellt sich einen Cappuccino. Er erzählt ihr, dass er gerade einen Wagen an ein Ehepaar verkauft hat, und sie unterhalten sich etwas über den Betrieb. Mailo ist wirklich ein sehr netter Mann. Als er wieder zu Kunden geht, sieht Hope kopfschüttelnd zu Nilay. »Jahrelang treffe ich keinen netten Kerl, dann habe ich endlich Farhan, und es tauchen die ganzen lieben Männer auf, ungerechte Welt!« Nilay muss lachen »das ist immer so!«

Als Hope am Abend auf dem Fußballplatz steht und zusieht, wie ihr kleiner Schatz mit seinen Freunden um die Wette rennt, blickt sie immer wieder auf ihr Handy. Farhan antwortet nicht. Als sie gestern Abend telefoniert haben, hat er erzählt, sein Vater hat ihn zu einem Gespräch gebeten, aber dass es so lange dauert?

Plötzlich stellt sich jemand zu ihr. »Hope, was tust du denn hier?« Sie sieht direkt in das Gesicht von Mailo. »Mein Sohn trainiert gerade, und du?« Mailo zeigt auf Theo. »Mein Neffe auch, meine Schwester hat mich gebeten mit ihm herzukommen. Sie muss länger arbeiten.« Hope sieht ihn verwundert an. »Paula ist deine Schwester? Liam und Theo gehen auch zusammen zur Kita.«

Mailo sieht zum Spielfeld. »Welches der Monster ist dein Sohn?« Hope lacht und zeigt ihm Liam. Mailo besorgt ihnen zwei Becher mit warmem Kakao und erzählt ihr, dass er aus Frankfurt hergezogen ist, weil er den Job angeboten bekommen hat und so auch wieder bei seiner Schwester ist. Bisher gefällt ihm München ganz gut, auch wenn er seine alten Freunde in Frankfurt etwas vermisst. Sie unterhalten sich noch über Herrn Schnaub und einige Arbeitskollegen. Mailo ist wirklich sympathisch, und als die Jungs vom Fußballfeld kommen und er mit ihnen in der Kabine herumalbert, sieht Hope auch, dass er ein Händchen für Kinder hat.

Er bietet Hope und Liam an sie zuhause abzusetzen, Hope nimmt gerne an. Ganz nebenbei fragt er dann auch, ob es einen Mann zu ihnen beiden gibt. Hope merkt, dass es ihr, seit Farhan da ist, gar nicht mehr so schwer fällt zu sagen, dass der Vater von Liam nicht bei ihnen ist. Sie erwähnt aber stolz, dass es einen anderen Mann im Leben von den beiden gibt. Und allein beim Gedanken an ihn beginnt ihr Herz zu rasen und gleichzeitig vor Sehnsucht zu schmerzen.

Liam ist während der Autofahrt eingeschlafen, er hat einen langen Tag hinter sich. Mailo ist so nett und trägt ihn nach oben, wo Hope ihn vorsichtig auszieht und in sein Bett kuschelt. Sie bedankt sich noch einmal bei Mailo. Erst als er gegangen ist, kommt Hope dazu auf ihr Handy zu sehen und entdeckt Farhans Nachricht. '*Hope, wir müssen reden, wenn du Zeit hast, ruf mich bitte an*'. Sie spürt augenblicklich, dass etwas nicht stimmt und wählt seine Nummer. Farhan geht auch nach ein paar Mal Klingeln ran, doch sie hört sofort, dass dieses Gespräch kein gutes wird.

Es ist ganz leise bei ihm, er spricht ruhig und ganz anders als sonst, fast kommt es ihr so vor, als wäre es ein Fremder, der da mit ihr spricht. Er erkundigt sich nach ihrem Tag und wie es Liam geht. »Was ist los, Farhan, ich merke doch, dass etwas nicht stimmt?«

Farhan schweigt kurz, dann räuspert er sich. »Ich habe einfach viel nachgedacht und wie du sicher auch gemerkt hast, das mit uns beiden... es wird nicht gehen, es wäre nur umso schlimmer es aufzuschieben und immer so zu tun, als wäre es kein Problem.«

Hope setzt sich. »Von was redest du da? Es gibt kein Problem, du bist der Einzige, der eines macht. Es ist doch alles in Ordnung, so wie es gerade ist.« Der Mann, der es gewohnt ist, vor Tausenden von Leuten Reden zu halten, der in so vielen verschiedenen Sprachen sprechen kann, findet keine Worte für das, was er Hope sagen will. Das braucht er auch gar nicht, sie weiß es schon, doch sie will es aus seinem Mund hören.

»Hope, wir haben keine Zukunft, ich will das einfach nicht noch schlimmer machen, als es schon ist.« Sie beginnt zu weinen, auch wenn ihre Wut hochkommt. »Wir haben deiner Meinung nach keine Zukunft, Farhan! Es gibt von mir aus keine Probleme, ich verstehe dich einfach nicht. Du sagst, du willst es nicht schlimmer machen, als es schon ist und willst mir gleichzeitig sagen, dass es zwischen uns vorbei ist? Das willst du doch, oder Farhan, darauf läuft es doch hinaus? Was soll ich denn tun, dass du endlich aufhörst, uns immer wieder aufzugeben? Ich liebe dich, reicht dir das als Grund nicht aus, an uns festzuhalten?«

Farhan seufzt laut auf. »Liebe ist nicht alles, Hope, das allein reicht nicht aus.« Hope ist einfach nur noch sauer, sie hat es so satt, ständig darum zu bitten, dass er weiter an sie beide glaubt. »Doch, das tut es!« Farhan wird auch gereizt »nicht in meiner Welt, Hope, ich probiere es dir doch die ganze Zeit zu erklären, du willst es nur nicht verstehen.«

Hope reicht es. »In meiner Welt reicht es aus, und ich bin froh darüber!« Sie legt einfach auf, sie ist zu wütend, um weiter mit ihm zu sprechen. Das erste Mal ist sie nicht traurig, sondern einfach nur wütend. Wie soll sie dagegen ständig ankämpfen? Sie ist müde geworden, ihn davon überzeugen zu wollen, dass es an ihm liegt, wie die Dinge zwischen ihnen stehen. Wenn er es wirklich wollte, könnte es klappen. Und wenn er bei ihr ist, dann will er es auch, doch sobald er wieder weg ist, ändert sich das.

Hope weint nicht, sie geht unter die Dusche und danach direkt ins Bett. Farhan meldet sich nicht mehr, auch Hope denkt nicht daran sich zu melden. Wenn er sie liebt, wird ihn sein Herz schon wieder zu ihr führen, das ist die Hoffnung, auf die sie baut und die sie wieder atmen lässt. Sie kann nicht glauben, dass sie Farhan immer wieder so schnell aufgibt.

»Was ist los mit dir? Du stehst völlig neben dir!« Farhan steigt in das Auto ein und ignoriert Samir, doch natürlich denkt sein Cousin nicht daran, es dabei zu belassen. Er setzt sich auf den Beifahrersitz. Als Farhan Gas gibt, stellt Samir das Radio aus. »Hast du gerade überhaupt zugehört? Es geht um ein Millionenprojekt und du tust nicht einmal so, als wärst du geistig anwesend.« Farhan hupt laut auf, als ihn jemand schneidet. Als der Mann im anderen Auto sieht, wer da im Auto ist, hebt er entschuldigend die Hände.

»Es ist nichts, Samir, es ist alles in bester Ordnung.« Farhan gibt Gas, und Samir hält sich bei dem Tempo am Sitz fest. »Man merkt's, es ist wegen Hope, oder? Ich habe von der Verlobung mit Nadja gehört.« Farhan blickt zu ihm. »Was für eine Verlobung? Ich habe sie nicht einmal getroffen, sie kommt morgen mit ihrer Familie her, mehr nicht.«

Samir schnalzt mit der Zunge. »Du weißt, dass die Eltern immer schon weiter planen.« Farhan zuckt die Schultern. »Das ist nicht mein Problem!« Er geht etwas vom Gas. »Was hast du Hope gesagt?« Farhan will nicht darüber reden, seit ihrem Streit kann er an nichts anderes mehr denken. Sie fehlt ihm, aber seine Mutter hat recht, es wird besser werden, und dass Hope so sauer geworden ist, ist das Beste. Soll sie lieber sauer als traurig sein.

»Was soll ich ihr sagen? Ich habe ihr gesagt, wie es ist, dass wir beide keine Zukunft haben.« Sie halten vor Farhans Haus. »Und denkst du das auch? Dass ihr keine Zukunft habt?« Farhan stellt das Auto aus.

»Natürlich nicht, Samir, denk doch mal nach, wie sollte das gehen? Soll ich sie herholen, sie zwingen sich zu verschleiern, ihren Sohn aus seinem Leben reißen, was ist mit meiner Familie? Deine Mutter hat wie lange, zwei Jahre kaum mit dir gesprochen? Mein Vater wird mir das nie verzeihen. Was ist mit der Presse? Was ist mit ihrem Ex? Soll ich wie du allen erzählen, dass sie noch Jungfrau war? Etwas unglaubwürdig bei Liam, sie ist katholisch und hat nicht vor das zu ändern...«

Samir unterbricht ihn, es ist auch besser so, weil Farhan noch tausend Gründe nennen kann, warum es nicht geht. »Aber du liebst sie, Farhan, das sehe ich dir doch an, das wird dich verrückt machen. Willst du, dass ein anderer deinen Platz einnimmt?« Allein die Worte von Samir sind wie ein Messerstich, doch Farhan steigt aus. »Liebe allein reicht nicht!« Samir steigt auch aus und seufzt laut auf. »Na dann los, ab zum Training, auch wenn es dir nichts bringen wird, aber bitte lass deine Wut an den Maschinen aus!«

Als Farhan am nächsten Tag ins Haus seines Vaters kommt, hat er nicht einmal Lust darauf die Leute zu treffen, jeder Knochen tut ihm weh. Obwohl er gestern und die letzten Tage die halbe Nacht trainiert hat, saß er wieder eine halbe Stunde mit dem Handy in der Hand da, wollte alles wieder über den Haufen werfen und Hope einfach anrufen. Doch er will es dieses Mal einfach durchziehen, weil er es sonst nie schaffen wird, Hope gehen zu lassen.

Sein Vater und Munir sind bereits bei seinem Vater im Büro. Freundschaftlich begrüßt Farhan den alten Freund seines Vaters, sie unterhalten sich eine Weile über die Arbeit, doch es dauert nicht lange und Munir lächelt zufrieden. »Du willst also langsam heiraten?« Anstelle von Farhan antwortet sein Vater. »Es wird Zeit, wir waren in seinem Alter schon lange verheiratet.«

Munir nickt, »das stimmt!« Er holt sein Handy heraus und ruft seine Frau an, die sich mit Nadja im Frauenbereich bei seiner Mutter befindet. Farhan lehnt sich zurück, das kann ja etwas werden, wie ist er bloß in so etwas hineingeraten?

Keine fünf Minuten später kommen die drei Frauen in den Raum. Munir stellt seine Frau und Nadja vor, alle tragen natürlich die Abaya, doch als Farhan Nadja ansieht, erkennt er, dass sie eine wunderschöne Frau ist. Dunkle Mandelaugen sehen ihn eingeschüchtert an und dann schnell verschämt weg.

Farhan kennt die Sitten und Verhaltensweisen in seinem Land nur zu gut, solange sie beide nicht verlobt sind, dürfen sie nicht alleine in einem Raum sein. Selbst dann ist es noch nicht gerne gesehen, doch für ihn, der es gewohnt ist, im Westen ganz normal mit Frauen umzugehen und zu kommunizieren, ist es unangenehm, als die beiden Väter beginnen, Nadja Fragen über ihre Ausbildung, ihre Ansichten und ihre Pläne zu stellen. Farhan sieht, wie aufgeregt und gleichzeitig unangenehm es Nadja ist.

Sein Vater hat ihm all das quasi aufgedrängt, also steht Farhan einfach auf und kann sich ein etwas freches Grinsen nicht verkneifen. »Nadja, was hältst du davon, wenn wir mit unseren Müttern etwas in unseren Garten gehen? Unsere Väter haben sich bestimmt noch einiges zu erzählen, und frische Luft schadet nie.«

Sein Vater sieht ihn mahnend an, doch seine Mutter schenkt ihm ein zustimmendes Lächeln. Nur Nadja scheint nicht genau zu wissen, was sie jetzt tun soll. Sie sieht zu ihrem Vater, doch der deutet ihr an, dass sie gehen kann. »Farhan ist ein guter Mann, ich vertraue ihm meine Tochter an.«

Respektvoll erheben sich alle, und Farhan geht mit Nadja an seiner Seite in den Garten. Ihre beiden Mütter folgen ihnen mit einem gewissen Abstand, so dass sie sich ungestört unterhalten können. Allerdings traut sich Nadja nicht einmal ihn anzublicken und läuft schweigend neben ihm her, bis sie sich an einen Tisch setzen und Farhan beim Personal etwas zu trinken für beide bestellt.

»Sag mir, Nadja, was denkst du über all das hier?« Jetzt sieht sie ihn das erste Mal richtig an. »Ich weiß nicht so genau, ich bin meinem Vater mit hierher gefolgt und freue mich dich kennenzulernen.« Es ist alles so unecht, er will ihre wahre Meinung hören.

»Und du bist bereit zu heiraten?« Verschämt blickt sie zur Seite. »Ich vertraue auf Allah und denke, dass ich mich glücklich schätzen kann, solltest du mich als deine Frau auswählen.« Farhan nimmt einen Schluck der kalten Limonade, die ihm hingestellt wird. »Wieso denkst du das, was weißt du über mich?«

Langsam scheint Nadja aufzutauen. »Alles was mir mein Vater erzählt hat, ich habe viele deiner Reden gesehen und auch etwas aus der Presse.« Nun ist er doch etwas verwundert. »Und was die Presse schreibt, schreckt dich nicht ab?« Sie schüttelt den Kopf. »Nein, ich denke, kein Mensch ist vollkommen, und manchmal braucht man eine andere Person, um wieder einen guten Weg zu beschreiten!«

Farhan lächelt und sieht zu seiner Mutter, die sich hinter ihnen auf einer anderen Sitzgelegenheit mit Nadjas Mutter niedergelassen hat. Sie blickt zu ihm, ihre Augen strahlen glücklich. Ja, vielleicht braucht er jemanden, der ihm hilft, wieder auf den richtigen Weg zu kommen.

Kapitel 13

Hope hält ihre Nase in die Luft, es wird immer kälter, man kann den Schnee schon förmlich riechen. Sie wickelt sich ihren Schal enger und beobachtet, wie Liam mit dem Ball über den Rasen dribbelt. Sie waren den ganzen Tag zuhause und Hope wollte noch etwas frische Luft schnappen. An solchen Tagen wie heute fällt es ihr besonders schwer, nicht auf ihr Herz zu hören und sich bei Farhan zu melden. Er fehlt ihr, er fehlt ihr in jeder Sekunde. Doch so langsam erkennt sie, dass sie vielleicht mehr in diese Beziehung hineininterpretiert hat als er.

Es ist jetzt fast zwei Wochen her, dass sie sich am Telefon gestritten haben. Hope hätte sich am liebsten jeden Tag gemeldet, Nilay und Selina haben ihr beide davon abgeraten. Nilay meinte, dass es gut so ist, Farhan muss sich entscheiden. Er muss sich endgültig klar darüber werden, was er will, und das kann nur funktionieren, wenn Hope es durchhält und sich nicht meldet. Wenn er sie liebt, wird er sich melden. Es gibt einen Spruch, an den sie immer denken soll. »Was du liebst, lass frei. Kommt es zurück, gehört es dir für immer. Wenn nicht, hat es dir nie gehört.«

Doch es fällt ihr sehr schwer, gestern hat er sich auch gemeldet, er hat ihr geschrieben, wie es ihr und Liam geht. Als sie ihm geantwortet hat, dass es ihnen gut geht und wie es ihm geht, hat er ihr nicht mehr geantwortet. Im ersten Moment hat es sie sauer gemacht, doch dann hat sie sich überlegt, dass es vielleicht doch stimmt und so besser ist. Offensichtlich denkt er ja an sie, und vielleicht wird er nur so seine Augen öffnen und endgültig wissen, was er will.

Am Abend setzt sich Hope das erste Mal wieder an ihren Computer, der aus der Reparatur zurück ist. Sie kennt sich im Internet nicht so gut aus und es dauert etwas, aber dann findet sie die ersten Bilder von sich und Farhan. Haben sie die Bilder beim ersten Mal schockiert, treiben sie ihr jetzt Tränen in die Augen. Sie zoomt das Bild heran, wie glücklich sie an dem Abend im Restaurant war. Sie sieht auf die

Bilder, betrachtet den Blick, mit dem Farhan sie ansieht und wie viel Liebe in diesem einzigen Blick steckt, wie kann er das einfach so fallen lassen?

Hope versucht, etwas aus der letzten Zeit zu erfahren, neue Bilder zu sehen, vielleicht daran zu erkennen, wie es Farhan geht, doch sie findet meistens nur Artikel mit arabischer Schrift, keine Bilder, bis sie durch Zufall auf einen Artikel stößt, auf dem Farhan zu sehen ist, wie er mit Samir einen Laden verlässt. Farhan lacht mit Samir und sieht glücklich aus. Aber nicht das ist es, was Hopes Aufmerksamkeit erregt, sondern ein gedankliches Herz, was hinzugefügt wurde und in dem eine verschleierte Frau zu sehen ist. Man erkennt nicht viel, aber was hat das zu bedeuten?

Hope flucht wegen der arabischen Schrift. Es ist schon zu spät Recep anzurufen, und sie sucht verzweifelt nach Übersetzerseiten, die ihr helfen könnten. Es dauert, bis sie endlich etwas gefunden was ihr weiterhilft. Sie kopiert den Text, und auch wenn es ziemlich zusammengewürfelte Wörter sind, die er übersetzt, kann man den Inhalt verstehen. Es geht darum, dass Farhan sich laut Insiderquelle mit der Tochter eines angesehenen Geschäftsmannes, Nadja Bensalam, verlobenwird. Die Familien seien überglücklich, aber sie wollen mit der Bekanntgabe noch warten.

Hope liest den Text zweimal, doch will ihr Verstand nicht begreifen, was sie da liest. Sie sieht zum Bild, sieht sein Lachen, die Frau und greift zu ihrem Handy. Farhan geht nicht an sein Handy, doch Hope ist zu wütend um zu warten, sie lässt immer wieder klingeln, legt auf und versucht es erneut, bis Farhan rangeht. »Hope, was ist los, ich bin mitten in einer Besprechung!« Hope fragt nicht einmal wie es ihm geht. »Stimmt es?«

Es wird leiser, was wohl bedeutet, er verlässt den Raum, wo er war. »Stimmt was?« Hope sieht auf den Bildschirm und beginnt zu weinen. »Dass du heiratest? Dass du dich mit einer anderen Frau verlobst?« Farhan sagt nichts. »Stimmt es?« Plötzlich ist seine Stimme wieder anders, es ist der Farhan, den sie kennt und liebt und nicht der, mit dem sie die letzte Male geredet hat.

»Hope, hör auf zu weinen, es ist nicht so einfa....« Sie kann es nicht mehr hören. »Doch, das ist es, Farhan, es ist einfach. Heiratest du, ja oder nein? Bist du mit einer anderen Frau verlobt, obwohl du mir gesagt hast, dass du mich liebst? Wie sehr du mich liebst, ist das nach nicht mal zwei Wochen so vergessen, dass du schon eine Neue hast? Hast du nicht gesagt, ich wäre dein Herz? Oder war das alles nur gelogen und ich habe mir den Rest eingebildet?«

Hope hört es laut knallen bei ihm. »Hope, hör auf damit, ich lege jetzt auf, es wird so nur schlimmer. Pass auf dich auf.« Mit diesen Worten beendet er das Gespräch und Hope starrt ihr Handy an, wie kann das sein? Wie kann er sich so geändert haben? Hat sie sich so getäuscht? Er redet nicht mal mehr mit ihr, und Hope hat keine Möglichkeit, ihn zu diesen Gespräch zu zwingen, weil er zu weit weg ist.

Neben dem Schmerz und der Wut macht sich tiefe Enttäuschung in ihr breit. Sie kann nicht glauben, dass er sich so verhält. Sie sieht zum Bildschirm auf ihr gemeinsames Bild. Sie will die Antworten und sie will, dass er ihr dabei ins Gesicht sieht, am Telefon kann man viel sagen. Wenn Hope vor ihm steht, dann zeigt sich, wie sehr er sich verändert hat oder was er da wirklich macht.

Sie zögert keine Sekunde und sucht nach Flügen. Offensichtlich fliegen selten Maschinen von München in das arabische Königreich, doch sie hat Glück und findet einen Flug zwei Tage später. Und als sie auch noch sieht, dass es einen Sitzplatz für sie gibt, wird sie mutiger. Sie muss dahin und mit ihm von Angesicht zu Angesicht reden, und wenn es nur dafür ist, um das alles aus seinem Mund zu hören.

Als sie alles geregelt hat, schreibt sie Farhan eine Nachricht. »Ich habe für Freitag einen Flug, ich will, dass du mir meine Antworten gibst!« Keine zwei Sekunden später antwortet er. »Das tust du nicht, du kannst nicht einfach herkommen!« Hope lächelt mild und schreibt zurück. »Doch das werde ich, der Flug ist gebucht und mir ist es egal, was du dazu sagst, ich komme!« Hope schaltet ihr Handy aus, sie wird in das arabische Königreich fliegen und ihre Antworten bekommen.

Als sie dann zwei Tage später aber tatsächlich im Flieger sitzt, wird ihr doch sehr mulmig. Alle haben es ihr auszureden versucht, Nilay, Selina, insbesondere ihre Mutter, doch Hope muss das tun, sie will ihm ins Gesicht sehen und es aus seinem Mund hören. Sie musste wie eine Verrückte durch die Gegend rennen, um ein Visum zu bekommen. Ihre Mutter hat letztlich erst zugestimmt, als sie die deutsche Botschaft in der Hauptstadt des Königreichs kontaktiert hat und sich dort gemeldet hat. Falls irgendetwas sein sollte, werden diese ihr helfen.

Doch an so etwas denkt Hope gar nicht, ihre Bedenken sind, wie sie Farhan finden soll. Er hat sie danach noch tausend Mal angeschrieben und probiert zu erreichen, doch sie hat nicht reagiert. Sie wird es sich nicht ausreden lassen. Erst jetzt kurz vor dem Abflug hat sie Farhan geschrieben, wo sie ihn finden kann, sie wird, wenn sie landet, sehen, ob er ihr geantwortet hat, im Notfall ruft sie ihn sonst einfach an oder Donja, deren Nummer sie auch noch hat.

Der Flug ist nicht so komfortabel wie der nach Dubai und dauert anderthalb Stunden länger. Hope seufzt leise auf, es scheint, als sei sie von der Traumwelt in Dubai mitten in die Realität geplatzt. Sie sieht aus dem Fenster und wischt sich ihre Tränen weg. Egal wie wütend sie auf ihn ist, sie liebt ihn. Womit hat sie es verdient, dass seine Liebe nicht so stark ist wie ihre? Was hat sie getan, dass sie kein Recht auf Glück hat? Hope schließt die Augen, sie denkt an ihre gemeinsamen Stunden in Dubai, in Paris, wie kann sie sich das alles nur eingebildet haben?

Hope wird durch ein leichtes Schütteln am Arm geweckt, die Frau neben ihr lächelt sie freundlich an. »Wir landen in einer halben Stunde, ich dachte, ich wecke sie, damit sie noch etwas essen können.« Neben ihr steht eine Stewardess und bietet ihr ein Tablett mit Essen an. Hope nimmt es verschlafen entgegen und versucht wach zu werden. Sie hat den ganzen Flug verschlafen, die Nächte, die sie wegen Farhan wach lag, zeigen ihre Wirkung. Hope bedankt sich bei der Frau neben ihr und bemerkt, dass fast alle Frauen im Flugzeug nun die Hijab tragen. Mit ungutem Gefühl denkt sie an die Tüte, die im Handgepäckfach liegt.

Sie ist gestern Abend noch mit Nilay losgegangen, um sich einen Hjjab zu kaufen, was nicht so einfach war. Natürlich gibt es viele Läden in München, wo man viele verschiedene Variationen und Farben des Hijab finden kann, doch die schwarze, ganz einfache, die man in dem arabischen Königreich tragen muss, haben sie erst im dritten Laden gefunden. Der Verkäufer wollte, dass sie es gleich anprobiert, doch Hope wollte es nicht, es wird schon passen. Er hatte nur welche da, die an den Ärmeln und am Kopftuch außen mit weißen Stickereien verziert sind. Er meinte, das wäre für besondere Anlässe, doch Hope war das alles egal. Sie hat einfach eins gegriffen und wollte sich nicht weiter darum kümmern.

Als sie jetzt aufgegessen hat, bekommt sie schon fast Bauchweh, nachdem sie aufsteht und die Tüte aus dem Handgepäck holt. Sie sieht unsicher zu der Frau neben ihr und wie sie die Hijab trägt. Die bemerkt ihren Blick und sieht auf Hopes Tüte. »Brauchen sie Hilfe?« Hope sieht sich unsicher um. »Ähmm, ja, ich weiß nicht, wie ich das anziehen soll.« Die Frau lächelt und erhebt sich.

Hope folgt ihr ganz nach hinten ins Flugzeug. Sie sagt etwas zu einer Stewardess auf arabisch und diese bringt sie zu einem kleinen Freiraum, wo man die Tabletts abstellen kann. Sie zieht einen Vorhang zu, so dass Hope und die Frau ungestört sind. Hope versucht sich mit dem ganzen schwarzen Stoff zurechtzufinden, doch nur mit Hilfe der Frau schafft sie es letztlich alles anzubekommen. Den langen schwarzen Mantel, der aber mit den weißen Mustern doch noch etwas anders aussieht als der, den die Frau trägt.

Allein das fühlt sich schon komisch an, doch als die Frau ihr dann den Schleier umlegt, stockt ihr kurz der Atem. Die Frau lächelt geduldig, und als Hope nun den Hijab trägt, erklärt sie ihr, dass man mit Hijab eigentlich generell den Schleier meint. In dem arabischen Königreich tragen die Frauen die Niqab, die dort Abaya genannt wird. Das ist, wenn der Schleier nur noch die Augen frei lässt. Als die Frau ihr den Schleier unter ihrem Kinn mit einer Nadel zusammenstecken will, hält sie ein.

»Wollen sie damit noch warten, bis wir gelandet sind?« Hope nickt und die Frau zeigt ihr, wie sie den Schleier dann am besten tragen sollte. Dann sieht sie Hope an. »Mashallah, das steht ihnen wirklich gut.«

Hope sieht in einen kleinen Seitenspiegel. Sie sieht einfach nur alles schwarz an sich. Da der Schleier jetzt nur locker über ihren Haaren liegt, wirken sie im starken Kontrast dazu. Sie war nicht mehr beim Friseur, und ihre langen Wellen gehen ihr mittlerweile bis tief in den Rücken.

Der Kapitän sagt durch, dass sie landen, und beide Frauen gehen zurück zu ihren Plätzen. Hope bedankt sich bei der Frau und wartet angespannt, bis das Flugzeug gelandet ist. Als sie das Flugzeug verlassen, merkt Hope, das es ihr schwerfällt, in dem Mantel zu laufen, und als sie aus dem Flugzeug tritt, kommt ihr genau wie in Dubai wieder eine starke Hitze entgegen. Hope geht einfach mit dem Strom mit zu einem Bus, der sie ins Flughafengebäude fährt. Sie treten ein, dort gibt es einen extra Weg für Frauen und Männer.

Einige Frauen haben den Schleier schon so gebunden, dass man ihre Augen nicht sieht, doch nun machen ihn alle wieder ab und suchen ihre Pässe heraus. Sie treten in einen Raum, wo mehrere Frauen sitzen, die die Pässe überprüfen. Doch bevor Hope ihren heraussuchen kann, wird sie schon von einer Frau, die neu hereinkommt, gerufen und mitgenommen. Also hat Farhan ihre Nachricht bekommen. Sie überlegt, ob er in der Lage ist sie wieder auszuweisen, momentan würde sie ihm alles zutrauen.

Zwei Männer warten auf sie, und diese sind nicht wie die anderen Männer, die sie damals in Dubai abgeholt haben, in schwarzen Anzügen, sondern in das weiße Gewand gekleidet, welches Farhan auch trägt, mit dem karierten Tuch um den Kopf. Zudem tragen beide ein Maschinengewehr um die Schulter. Hope bleibt reflexartig stehen, die Frau neben ihr auch. Die Männer treten näher.

»Wir sollen sie zum Prinzen bringen!« Auch wenn die Männer nicht so gut englisch sprechen, versteht Hope sie und beißt sich auf die Lippe. Die Männer machen ihr Angst. »Wo ist er?« Offensichtlich sind die Männer es nicht gewohnt, Gegenfragen zu bekommen, denn sie sehen sie nur missbilligend an und der eine von ihnen deutet ihr, den Schleier umzumachen. Hope hat das schon wieder ganz vergessen und schlägt sich den Schleier einfach so um die Schultern, dass ihre Haare nicht mehr zu sehen sind.

Sie sieht auf ihr Handy und eine Nachricht von Farhan erscheint, ob sie den Verstand verloren hat und von etwas später eine, dass sie mit den Männern mitgehen soll, die er schickt. Sie muss das jetzt durchziehen, also nimmt sie ihre größere Handtasche, die das einzige Gepäck ist, da sie morgen zurückfliegen wird und folgt den Männern. Sie merkt sofort, dass sie in einer anderen Welt ist, als sie das Flughafengebäude durchqueren. Jede Frau ist hier verschleiert, die Männer tragen alle dieses Gewand und das karierte Kopftuch. Es gibt hier keine amerikanischen Fastfoodketten. Alle sehen sie und die Männer eingeschüchtert an.

In dem Moment ist Hope froh, dass sie diesen Schleier trägt. Da alle Frauen ihn bis über die Nase tragen und Hope sich am liebsten verstecken würde, legt sie sich den Schleier mit der Hand ebenfalls so, dass man nur noch ihre Augen sehen kann.

Sie treten aus dem klimatisierten Raum und Hope schnappt nach Luft, die Hitze ist unerträglich. Sie hat im ersten Moment das Gefühl zu ersticken mit diesem Schleier und Mantel, automatisch lässt sie ihre Hand fallen und zieht den Schleier etwas nach hinten. Sofort sehen die Leute zu ihr, und einer der Wachmänner geht sie scharf an, dass sie sich bedecken soll. Hope bekommt Panik und schließt den Schleier wieder, Tränen steigen ihr in die Augen. Sie weiß nicht, wie sie sich verhalten soll, das alles macht ihr Angst.

Der Mann öffnet hinten einen schwarzen Benz, in den sie einsteigen soll. Hope erkennt vorn Regierungsfahnen auf dem Auto und steigt ein. Hier gibt es keine Trennscheibe. Als sie losfahren, begegnet sie dem Blick des einen Wachmannes und sieht darin nur Hass. Was hat sie falsch gemacht, dass sie so verachtet wird? Die Männer wissen sicherlich wer sie ist und verfluchen sie dafür.

Hope sieht während der gesamten Fahrt aus dem Fenster und zieht den Schleier wieder enger um ihr Gesicht, sie hat das Gefühl, sich mitten in einem Albtraum zu befinden. Es ist so anders hier als in Dubai. Es gibt auch im arabischen Königreich Luxus, sie fahren an vielen großen, prächtigen Häusern und Gegenden vorbei, doch auch Armut. Sie durchqueren weniger prachtvolle Gegenden, und genau hier wird ihr das erste Mal leichter ums Herz. Sie sieht Frauen zusammenstehen und reden. Männer, die vor Cafés sitzen und Karten spielen. Und viele Kinder Jungen und Mädchen, die begeistert zu ihrem Auto sehen und winken. Ein Mädchen rennt zum Auto, als sie kurz halten, ihre wilden schwarzen Locken fallen ihr ins Gesicht. Sie versucht einen Blick ins Auto zu werfen, und ihre leuchtenden neugierigen Augen lassen Hope lächeln.

Sie sieht schmutzige Gegenden und wunderschöne Landschaften. Jetzt wo sie das alles sieht, begreift sie, dass Dubai mit seinem übermäßigen Luxus zwar schön ist, aber das Land hier doch letztlich realer und deswegen etwas schöner ist. Dann kommen sie in eine Gegend, wo sie schon ganz am Anfang kontrolliert werden, zumindest sieht ein Mann kurz ins Auto. Dann übertrifft eine Luxusvilla die nächste, und Hope atmet einmal tief durch, denn sie weiß, dass sie jetzt da ist und auf Farhan treffen wird.

Kapitel 14

Sie fahren auf ein großes Gelände. Im Gegensatz zu den anderen, die sie bisher gesehen hat, ist hier kein gepflegter Vorgarten, sondern einfach alles aus glänzendem Marmor. Mitten vor der Eingangstür auf dem Boden ist ein noch glänzenderes Wappen, was Hope schon öfter gesehen hat. Auch die Fahnen auf dem Auto haben dieses Wappen, es ist das Wappen der Königsfamilie.

Die Männer fahren in eine Garage. Es stehen unzählige Autos hier herum, doch Hope beeindruckt das alles nur wenig, sie hat das Gefühl, alles und jeder hier ist der Grund dafür, dass Farhan sich so verhält. Als sie halten, steigt sie direkt aus, sie hat auf der Fahrt beschlossen, sich nicht mehr von den Männern hier und ihrem dominanten Auftreten beeindrucken zu lassen.

Etwas verwirrt steigen die beiden ebenfalls aus und deuten ihr den Weg. Dabei zeigt einer von ihnen mit der Waffe wieder auf ihren Schleier, der wohl schon wieder verrutscht ist. Sie hat ihn bei all der Aufregung nicht mit der Nadel festgepinnt, wie die Frau es ihr im Flugzeug gezeigt hat. Also rückt sie ihn so zurecht und hält ihn mit den Händen fest, als sie in das Haus gehen.

Sie durchqueren mehrere Räume, alle sind hell eingerichtet. Man sieht zwar, dass es kostbar ist, aber es ist auch nicht zu prunkvoll gestaltet. Hin und wieder sieht sie jemanden, der etwas wischt oder eine Frau, die in der Küche kocht, doch niemand sieht zu ihnen. Sie tragen nur leichte Schleier und man erkennt, dass sie nicht arabischer Herkunft sind. Sie erinnert sich an Donjas Erzählungen, dass sie meistens für die großen Häuser Hausangestellte von den Philippinen haben, alleine wäre diese Größe und die damit anfallende Arbeit gar nicht zu meistern.

Sie halten vor einer großen dunklen Doppeltür, an die die Männer klopfen und etwas auf arabisch sagen. Es dauert eine Sekunde, dann hört sie Farhans Stimme, die sich wie ein Messer durch ihr Herz bohrt. Einer der Männer hält ihr die Tür auf und schließt sie gleich wieder hinter ihr.

Hope tritt in einen großen Raum, den sie gleich als Büro erkennt. Es stehen massive Holzmöbel darin, allerdings alle weiß überlackiert, Farhan scheint die Farbe weiß an Möbeln zu mögen. Sie blickt sich um und entdeckt ihn an einem Fensterbrett gelehnt stehen und sauer zu ihr gucken, ganz am anderen Ende des Raumes. Er bewegt sich auch keinen Zentimeter, als hätte sie eine ansteckende Krankheit.

»Wieso tust du das, Hope?« Hope zieht sich genervt den Schleier vom Kopf. »Wieso tue ich was? Eine Antwort von dir verlangen? Eine Erklärung? Ich verstehe es nicht, Farhan, ich verstehe nicht, wie du mich auf einmal so behandeln kannst, wieso du mich so von dir stößt, wo du mir vor zwei Wochen noch gesagt hast, wie sehr du mich liebst. Und jetzt hast du jemand neues? War das alles nur gelogen, denn dann war es eine ziemlich gute Lüge und dann frage ich dich, wieso? Was habe ich getan, dass du gerade mich so behandeln musstest?« Alle Gedanken, die ihr die ganze Zeit auf dem Herzen lagen, platzen aus ihr heraus und das nicht gerade leise.

Farhan knallt ein Fenster zu, was noch offen stand. »Rede nicht so, du hast keine Ahnung, was in meinem Kopf oder meinem Herzen vor sich geht, also tue nicht so, als wüsstest du es und unterstelle mir solche Sachen.« Je wütender Hope wird umso heißer wird ihr, und sie zerrt an dem schwarzen Mantel, um ihn von sich zu bekommen.

»Wie geht dieser Mantel ab?« Farhan sieht wütend zu ihr. »Das ist eine Abaya, du musst sie hier tragen!« Hope lässt ihre Hände sinken. »Ich ersticke! Wie soll ich wissen, was in dir vorgeht, wenn du nicht mit mir redest? Deswegen bin ich gekommen, Farhan, erkläre es mir!«

Er geht vom Fenster weg und beginnt im Raum umherzulaufen. »Was soll ich dir sagen, Hope, ich habe dir doch erklärt, dass das zwischen uns nicht geht. Du siehst doch, wie es hier ist. Ich verstehe nicht, wieso du es jetzt nur noch schwerer machen musst?« Hope kommen die Tränen.

»Und deswegen heiratest du gleich eine andere? Farhan, es ist mir egal, es ist mir egal, wie es hier ist, was du bist, ob Prinz oder Taxifahrer, mich interessiert es nicht, ob du Christ, Moslem oder Jude bist, ob du schwarz oder weiß bist, ich will wissen, ob du mich liebst, das ist alles was zählt.«

»Wieso ich hier bin? Weil ich dich nicht aufgeben will, uns nicht aufgeben will, weil ich dich liebe, weil meine Worte ernst gemeint waren. Also sage mir, heiratest du? Liebst du mich oder hast du mich jemals wirklich geliebt?«

Farhan siehst sie nur an. Hope wird schlecht, wirklich übel, wie sehr sie ihn liebt, jetzt so vor ihm zu stehen, nicht einfach in seine Arme zu können, tut ihr weh. Sie sieht ihm in die Augen. »Heiratest du? Liebst du mich oder hast du mich jemals wirklich geliebt?« Sie wiederholt ihre Frage noch einmal, sie hat nicht vor ohne Antwort zu gehen. In seinem Blick erkennt Hope nichts mehr von dem Mann, den sie kennengelernt hat, er sieht sie kalt an und wird immer distanzierter.

»Wozu ist die Liebe gut? Die Liebe lässt dich nicht an Zukunft denken! Mir ist die Liebe egal, weil sie einen nicht klar und vernünftig denken lässt.«

Es ist, als würde ihr Farhan in diesem Moment eine Ohrfeige geben, obwohl sich dieser Schmerz sicher nicht so stark angefühlt hätte wie das, was sie jetzt spürt. Sie nickt und dreht sich weg um zu gehen. »Wenn du denkst, dass dies der richtige Weg ist....« Farhan kommt hinter ihr her.

»Warte, Hope«, doch sie wartet nicht. »Das war alles, was ich wissen wollte, nein warte...« Sie dreht sich noch einmal zu ihm um. »Stimmt das mit der anderen Frau? Gibt es diese Nadja jetzt in deinem Leben? Wirst du sie heiraten?«

Jetzt ist sein Blick nicht mehr kalt und distanziert, er sieht sie fast schon verzweifelt an. »Hope, das hat nichts mit dir zu tun, das kannst du nicht mal vergleichen.« Hope hat keine Geduld mehr. »Gibt es sie, Farhan, oder nicht?« Er nickt »ja, es gibt Nadja.«

Hope wischt sich wütend die Tränen weg, ihre Stimme bricht. »Heiratest du sie?« Farhan fasst sich durch die Haare. Wenn sie selber nicht so verletzt und wütend wäre, hätte sie sicher mit ihm Mitleid, er wirkt einfach nur noch verzweifelt.

»Ich weiß es nicht, Hope, ich weiß es einfach nicht!« Hope lächelt ihn traurig an. »Es ist schon witzig. Ich hatte uns noch nicht mal abgeschrieben, während du schon mit anderen Frauen beschäftigt bist. Wenigstens weiß ich jetzt, was ich von deinen Worten zu halten habe.« Sie dreht sich um und verlässt den Raum. »Hope, warte!« Farhan folgt ihr, doch sie hebt nur die Hand. »Lass mich bitte, es gibt nichts mehr zu sagen.«

Sie hat das Gefühl, gleich ganz auseinanderzubrechen, doch sicherlich nicht vor ihm, ihren letzten Stolz wird sie sich bewahren. »Nein Hope!« Farhan kommt näher und hält ihre Hand fest, und sie durchfahren alleine bei dieser Berührung so viele Gefühle, dass sie losschreien könnte, warum sie so dumm war. »Fass mich nicht an!« Hope steht direkt neben einer Tür zu einem Badezimmer, und um aus der Situation zu kommen, geht sie in das Bad, lässt Farhan auf dem Flur stehen und knallt die Tür vor seiner Nase zu. Sie setzt sich auf den Badewannenrand und atmet tief ein, das darf alles nicht wahr sein.

Sie muss sich beruhigen, doch es tut zu sehr weh. Nachdem sie hergeflogen ist, Nachdem sie ihn schon bei sich in München gebeten hat, sie beide nicht aufzugeben, sie die Hoffnung nie aufgegeben hat, und bei ihm gibt es schon eine andere Frau im Leben? Das Letzte, was sie jetzt tun wird, ist, ihren letzten Stolz zu verlieren und vor ihm zusammenzubrechen.

Sie hört wie jemand Farhan etwas fragt, also steht er vor der Tür und wartet. Sie erkennt das es der Mann ist, der ihr im Auto solche verachtenden Blicke geschenkt hat, also hat sie auch kein Mitleid, als Farhan ihn scharf angeht und seine Wut bei ihm auslässt. Hope geht zum Spiegel, sie wischt sich die Tränen weg und überlegt, wie sie hier so schnell wie möglich herauskommt, da erst bemerkt sie, dass von dem Bad noch eine Tür abgeht.

Sie öffnet diese leise und steht in einem leeren Schlafzimmer, das Bad gehört wahrscheinlich zu dem Zimmer und hat noch eine extra Tür zum Flur. Hope öffnet die Terrassentür und tritt in den Garten, so hat sie wenigstens die Möglichkeit hier wegzukommen, ohne noch einmal an Farhan vorbei zu müssen. Doch ganz so einfach ist das dann doch nicht, da dieses Gelände einfach riesig ist. Von vorn sieht man die vielen Grünflächen nicht, doch auf der Seite des Hauses ist ein kleines grünes Paradies entstanden.

Nach einigen Minuten findet sie dann ein Tor, was zum Glück zu öffnen geht. Sie tritt aus einem Seitenausgang des Grundstückes auf die Straße. Hope hat keine Orientierung, ihr erstes Ziel ist einfach weg von hier. Niemand kommt ihr entgegen, auch keine Autos. Und je weiter sie läuft, umso mehr spürt sie warum, es ist gerade mittags, und sicherlich versuchen viele der heißen Mittagssonne zu entkommen. Sie hat den Schleier nur noch locker um ihre Haare gebunden, aber selbst so hat sie das Gefühl, jede Minute einen Hitzeschock zu bekommen. Kein Wind weht.

Als sie an einer Ecke so etwas wie eine kleine Parkanlage entdeckt, geht sie sofort darauf zu. Auch hier ist niemand zu sehen, doch sie erkennt etwas weiter entfernt eine belebte Einkaufsstraße, wo einige Leute trotz der Hitze unterwegs sind. Hope setzt sich lieber auf eine Bank im Schatten. Sie legt den Kopf zurück und sieht in den Himmel. Wieso muss es so sein, wieso liebt sie Farhan so, wieso verhält er sich so und warum muss es so sehr weh tun?

Die Tränen, die sie weint, trocknen schnell wieder und sie senkt ihren Kopf. Nun weiß sie wenigstens genau, woran sie ist. Würde er nur halb so viel wie sie für ihn empfinden, könnte er nicht einmal daran denken, schon jemand Neues zu haben. An seinen Zweifeln kann sie nichts ändern, aber er hätte sie nicht aufgeben dürfen.

Hope braucht eine Weile, bis sie sich wieder fängt. Diese Zeit brauchte sie und wollte auf keinen Fall, dass Farhan es so sieht, jetzt im Moment will sie ihn gar nicht mehr sehen, vielleicht nie wieder. Die Enttäuschung frisst sich durch ihren ganzen Körper. Doch sie spürt auch, dass sie aus der Hitze muss und etwas trinken. Auch wenn sie im Schatten sitzt, wird es ihr zu viel.

Hope geht auf die große Straße zu, um eine Orientierung zu haben und holt ihr Handy heraus. Wie die Tage zuvor ignoriert sie die vielen Anrufe von Farhan, er muss ziemlich schnell bemerkt haben, dass sie nicht mehr im Bad ist und versucht sie seit einer Stunde zu erreichen. Soll er doch seine Verlobte anrufen. Hope spürt bei diesen Gedanken nur noch Bitterkeit. Sie wählt Donjas Nummer, sie haben zwar noch ein paar Mal telefoniert, aber seit dem letzten Streit mit Farhan auch nicht mehr.

Hope betritt die Straße und bemerkt gleich die Blicke auf sich, in all dem Durcheinander vergisst sie den Schleier ständig. Sie bindet ihn sich so fest wie nur möglich und sucht in ihrer Handtasche nach der Nadel, die die Frau ihr im Flugzeug gegeben hat. Gleichzeitig klemmt sie sich das Handy unter das Ohr, weil sie durchgekommen ist und es bei Donja zu klingeln beginnt. Donja geht auch schnell ran. Als sie erkennt, dass es Hope ist, fragt sie sie aufgeregt, wo sie ist und dass Farhan sie sucht.

Hope würde ihr am liebsten sagen, dass er sich seine Sorge sonst wohin stecken soll, doch Hope übergeht es einfach und fragt sie, wo sie am besten ein Hotel für die Nacht finden kann, eines, was nicht so weit weg ist, sie hat keine Kraft mehr, noch viel weiter zu gehen. Donja fragt, wo Hope genau ist und sie sieht sich um, überall steht alles nur in arabischer Schrift, auch die paar Straßenschilder, die sie erkennen kann, sind für sie ebenfalls unleserlich. Genau in dem Moment hält ein weißer Geländewagen schlitternd neben ihr.

Vier Männer steigen aus, alle in die weißen Gewänder eingehullt, wie Farhan sie trägt. Alle tragen das karierte Tuch. Auch wenn sie alle längere Bärte haben, aber genau wie die Männer, die sie vom Flughafen abgeholt haben, tragen auch diese Maschinengewehre um die Schulter. Sie sind kaum ausgestiegen, da schreien sie Hope schon auf arabisch an. Hope sieht eingeschüchtert zu ihnen, sie versteht kein Wort, und Donja am Telefon flucht leise. »Wer ist da, was ist los, Hope?«

Die Männer kommen zu Hope, einer geht mit dem Maschinengewehr an ihren Schleier. Sie sind laut, alle vier reden wütend in arabisch auf sie ein, Hope weiß nicht, was sie tun soll. Sie hält den Schleier zu und versucht auf englisch zu sagen, dass sie nichts versteht, doch die Männer sind zu aufgebracht und laut, sie dringt gar nicht zu ihnen durch. Passanten bleiben stehen und sehen zu, wie die Männer immer lauter und aggressiver werden. »Was soll ich tun, Donja? Die Männer hören mir nicht zu und werden immer lauter.

Donja ruft laut auf arabisch nach Samir, man hört die Angst in ihrer Stimme, auch Hope kann das Handy kaum noch in der Hand halten, so sehr zittert sie. »Hope sag ihnen das du von Farhan kommst, erwähne seinen Namen und frag wo du bist, schnell!«

Hope versucht mit den Männern zu reden, doch sie hören ihr nicht zu. Einer von ihnen reißt ihr die Tasche vom Arm. »Nein, nicht!« Hope greift nach der Tasche und bekommt einen Schlag mit einem Stock auf ihre nackte Hand. Auch wenn es ein dünner Stock war, hat es Hope sehr wehgetan. Sie stöhnt schmerzvoll auf und beginnt zu weinen. »Donja, sie haben mir die Tasche genommen und mich mit einem Stock geschlagen, was soll ich tun!«

Sie hört, dass der Lautsprecher an ist und Samir mit ihr redet. »Hope, sag mir, wo du bist, was ist in deiner Nähe?« Hope erkennt einen Supermarkt, einen Fleischer, eine Tankstelle und den Park hinter ihr. Sie zählt panisch alles auf, was sie sieht, da versucht einer der Männer, ihr das Handy zu entreißen. Hope geht schnell zwei Schritte zurück, das ist ihr letzter Kontakt zu anderen, die einzige Chance auf Hilfe. Doch die Straßen hier sind zu uneben, sie fällt über einen Stein und ihren langen Mantel. Sie kann sich gerade noch mit den Händen abstützen, die brennen sofort danach und sind aufgeschürft.

Den Mann interessiert es nicht, er reißt ihr das Handy trotzdem aus der Hand. Er klappt es zu, damit ist ihr letzter Kontakt weg. Hope hat keine Kraft mehr, sie bleibt am Boden sitzen und weint, während sie so viele Leute anstarren und einer der Männer nach und nach alles aus der Tasche holt und auf den Boden verteilt. Er findet ihre Papiere und sieht ihren Pass an. Sie besprechen sich auf arabisch dann kommt einer zu ihr und stellt sich über sie. »Wie kommen sie hier her, ohne Stempel? Wie bist du in das Land gekommen und was suchst du hier?«

Wütend zischt er sie in schlechtem Englisch an. Er nimmt den Stock und hebt ihn an, um noch einmal zuzuschlagen, doch eine Frau kniet sich zu ihr und sagt etwas zu dem Mann auf arabisch. Hope ist ihr so dankbar, dass sie den Mut dazu hat. Sie dreht sich zu der Frau. »Bitte, ich verstehe die Männer nicht, können sie englisch?« Die Frau nickt und zieht Hopes Schleier fester zu, der mittlerweile nach dem Sturz ganz von ihrem Kopf gerutscht ist. »Die Männer wollen wissen, was sie hier tun? Sie tragen den Schleier nicht richtig, sind ohne einen Mann auf der Straße unterwegs und haben keinen Einreisestempel.«

Hope sieht die Frau flehend an. »Nein, so ist das nicht, ich habe telefoniert und das Tuch ist verrutscht, ich trage es doch erst sein ein paar Stunden, ich habe nur nach einem Hotel...« Weiter kommt Hope nicht, denn ein weiterer Wagen hält bei ihnen. Sie ist einfach nur erleichtert, als sie den Wagen von Farhan erkennt und er und die beiden Männer, die sie vom Flughafen abgeholt haben, aussteigen. In dem Moment halten alle ein, man hört ein Raunen und Murmeln in der Menge. Hope seufzt erleichtert auf. Farhan geht unbeeindruckt von den Männern an ihnen vorbei und hilft Hope auf die Beine, während die Männer beginnen, die Menschenmenge aufzulösen.

Hope wendet sich an die Frau, die ihr geholfen hat und bedankt sich, bevor die Sicherheitsmänner von Farhan auch sie wegschicken. Hope kommt nur dazu sich hinzustellen und ihre Tasche wieder einzuräumen, da beginnen die Männer, die sie angegriffen haben, auf Farhan einzureden. Farhan ist sauer, die Männer aber auch. Und so beginnt eine heftige Diskussion auf arabisch, bei der Farhan sie hinter seinen Rücken schiebt, was Hope nur recht ist. Während die Männer lautstark diskutieren, beruhigt sich Hope wieder etwas.

Jetzt erst bemerkt sie, wie sehr ihre Hand brennt, die sie sich beim Sturz aufgeschürft hat, auch auf der Hand, wo der Mann sie mit einem Stock geschlagen hat. Farhan und die Männer diskutieren immer lauter, Hope versteht nicht und weiß nicht, was alle sagen und ob sie sich jetzt strafbar gemacht hat. Ihr ist bekannt, dass es hier Strafen gibt, wenn man sich nicht an gewisse Sachen hält, doch nicht, wie schnell und wie genau diese dann durchgeführt werden.

Es hält ein weiterer Wagen, aber von der anderen Seite, offensichtlich ist nur jemand vorbeigefahren und hat sie entdeckt, dann steigen ein Mann und eine Frau aus. Sie kommen auf sie zu. Die Frau redet erschrocken mit Farhan, bevor sie zu Hope kommt. »Geht es dir gut? Bist du verletzt?« Sie spricht sehr gutes Englisch und sieht Hope ins Gesicht. Sie hat Farhans Augen. Hope fasst sich an den Kopf und nickt. »Ja, ich ..es.. ich habe mich nur erschrocken, ich konnte..« Die Frau greift nach Hopes Hand, sieht die Schürfwunden, und als sie den Handrücken ansieht, bemerkt auch Hope noch klar und deutlich den Abdruck des Stocks.

Die Frau dreht sich zu den Männern um und meckert sie an, Farhan dreht sich zu ihnen und sieht auch auf Hopes Hand. Er sieht Hope in die Augen, dann sieht er zu der Frau und sagt ihr etwas auf arabisch, und diese legt den Arm um Hope. »Komm mit!« Einer der Männer, die Hope auf der Straße angehalten haben, will beide stoppen, doch Farhan fährt ihn so scharf auf arabisch an, dass selbst Hope zusammenzuckt. Die Frau geht unbeirrt weiter und sie setzen sich in Farhans Auto nach hinten. Einer der Sicherheitsleute fährt sie.

Als sie ein Stück gefahren sind, dreht sich Hope um. »Was ist mit Farhan, werden sie ihm jetzt Probleme machen?« Die Frau lächelt matt. »Das ist nur die Sittenpolizei, Farhan ist ein Prinz, doch er regt sich sehr auf, wie sie mit dir umgegangen sind und sie verteidigen sich. Weißt du, die Männer sind für die Frauen in unserem Land ein Fluch, sie haben nichts anderes zu tun, als den ganzen Tag Ausschau zu halten nach Fehlern oder Unachtsamkeiten, die die Frauen begehen. Wärst du von hier, dann wäre das Ganze viel schlimmer ausgegangen.«

Hope sieht zu Boden. »Ich wollte das nicht, ich war nur so verwirrt, ich habe ein Hotel gesucht und telefoniert, und ich bin mit dem Schleier nicht zurechtgekommen.« Hope stockt. Was ist, wenn das Farhans Verlobte ist? »Hat er dich angerufen?« Die Frau schüttelt den

Kopf und öffnet den Schleier, so dass Hope ihr ins Gesicht sehen kann. »Nein, ich bin zufällig da lang gekommen, ich wohne nur ein paar Häuser von hier. Ich bin Farhans Schwester Amal. Du musst Hope sein.« Hope fällt ein Stein vom Herzen und lächelt zurück. »Ja, das bin ich. Danke für deine Hilfe.«

Sie halten vor dem Haus und Amal lacht leise. »Weißt du, dass unsere beiden Namen die gleiche Bedeutung haben? Die Hoffnung!« Hope senkt den Blick. »Ich denke nicht, dass der Name sehr zu mir passt.« Amal legt ihre Hand auf ihre. »Genau wir beide dürfen die Hoffnung nie verlieren! Komm, ich tue dir etwas auf deine Wunden.«

Amal verarztet ihre Wunden wirklich sehr gut, sie will Hope in ein Zimmer bringen. Anfangs weigert sie sich und sagt, sie möchte lieber in ein Hotel, doch Amal garantiert ihr, dass Farhan sie keine Sekunde mehr aus den Augen lassen wird. Gerade als Hope ihre Tasche aufs Bett stellt, kommt Farhan zu ihnen. »Du bist ein paar Stunden im Land und stellst alles auf dem Kopf! Wieso bist du nicht einfach hiergeblieben?« Amal dreht sich zum Gehen um und obwohl Hope keine Kraft mehr hat, dreht sie sich zu Farhan um.

»Weil ich dich nicht mehr sehen will und nichts mehr hören will!« Sie sieht zu Amal, die den Raum verlässt. »Danke für alles.« Amal lächelt. »Wann fliegst du morgen zurück?« Hope sieht zu Farhan »morgen Abend.« Farhan hält ihrem Blick stand.

»Okay, dann komme ich davor noch einmal.« Nachdem Amal gegangen ist, beachtet Hope Farhan nicht weiter, sie holt sich die Wäsche aus der Tasche, die sie dabei hat und die der Mann zum Glück nicht auf den Boden geworfen hat. Sie will einfach nur noch essen und schlafen.

Farhan tritt zu ihr und nimmt ihre Hand in seine. Sie sollte sich ihm entziehen, aber nach allem tut es einfach gut ihn zu spüren. »Es tut mir leid, Hope ...alles.« Er nimmt ihre Hand und küsst die Stelle, die der Mann mit seinem Stock getroffen hat. Hope sieht, dass es ihm leid tut, aber es ändert nichts. Es klopft an der Tür, und eine der Hausangestellten schiebt einen Wagen mit Essen und Trinken herein, was wahrscheinlich Amal für sie bestellt hat. Die Frau verlässt das

Zimmer schnell wieder, und Hope zieht ihre Hand zurück. Sie zieht sich den Mantel einfach über den Kopf, sie hat keine Geduld mehr ihn aufzuknöpfen.

»Aber es ändert nichts Farhan, oder? Es tut dir leid, aber was sollst du schon tun können? So ist es doch, das folgt doch als nächstes?« Farhan senkt seinen Blick. »Denkst du, ich habe irgendetwas vergessen, Hope? Denkst du, mir fällt es leicht ohne dich zu sein? Bei jedem meiner Gebete bitte ich Allah darum dich zu beschützen, dich vor Schlechtem zu schützen. Dass es dir gut geht, egal was kommt.«

Hope gibt auf, sie kann nichts mehr tun. »Es tut mir auch leid, Farhan, es tut mir leid, dass ich nicht gut genug für dich bin. Ich habe nicht viel, ich bin keine Muslima, habe keine einflussreichen Eltern, eine schlimme Vergangenheit, mein Herz, meinen Sohn, der das alles nur komplizierter macht. Ich verschlechtere dein Leben ja offensichtlich nur, alles was ich habe, ist meine Liebe zu dir und es tut mir leid, dass ich hergekommen bin und ich nicht genug für dich bin. Ich gehe jetzt duschen. Geh bitte, ich will und kann heute nichts mehr hören.« Sie wendet sich ab und geht ins Bad. Sie sieht ihn nicht einmal mehr an, sie kann es nicht.

Hope bleibt lange unter der Dusche. Es tut so gut, sie will erst gar nicht darüber nachdenken was heute alles passiert ist, es wäre zu viel. Also schaltet sie einfach ab. Als sie zurück ins Zimmer kommt, ist es leer. Farhan hat auf sie gehört. Hope nimmt sich etwas von den Getränken und von dem Essen, auch wenn es schon etwas kalt ist. Dann ruft sie zu Hause an. Sie erzählt keinem, was passiert ist, sie weiß nicht mal, ob sie es jemals jemandem erzählen wird. Sie hält sich kurz, nur mit Liam redet sie länger. Egal wie schwarz die Nacht ist, sein Stern wird immer für sie scheinen.

Danach redet sie noch kurz mit Donja, auch wenn diese schon weiß, dass es alles noch gut ausgegangen ist. Hope vermeidet das Thema Farhan, aber erfährt, dass Donja endlich schwanger ist, was sie aufrichtig freut. Sie haben sich doch noch behandeln lassen, und es hat geklappt. Sie ruft auf dem Flughafen an und fragt nach, ob es einen früheren Flug gibt. Sie muss weg hier, allein der Gedanke, dass Farhan hier mit einer anderen Frau lebt, leben wird, bringt sie fast um. Das erste Mal, seit sie hier ist, hat sie Glück, denn schon am Mittag geht ein Flug, wo sie noch unterkommt. Nachdem sie auflegt, legt sich Hope in das weiche Bett und ihre Augen fallen sofort zu.

Mitten in der Nacht wird sie wach, sie hat das Gefühl, dass jemand ihre Stirn küsst, doch sie schläft wieder ein. Am nächsten Morgen steht sie auf und sieht ein Shirt von Farhan, also war er doch in ihrem Zimmer. Ein Blick auf die Uhr verrät Hope, dass sie sich beeilen muss, um rechtzeitig zum Flughafen zu kommen. Sie macht sich schnell fertig. Als sie aus dem Zimmer kommt, trifft sie nur auf Amal. Sie sagt, dass Farhan weg ist, aber in einer Stunde wieder kommt. Als Hope ihr sagt, dass sie los muss, begleitet sie sie zum Flughafen. Dieses Mal bindet sie ihr den Schleier richtig. Und als sie losfahren, fragt Amal, ob sie nicht doch noch auf ihn warten wollen, er will sie sicher noch sehen, doch Hope schüttelt den Kopf.

»Nein, es ist besser so, es kann nur noch schlimmer werden.« Amal sagt, dass sie sich nicht einmischen will, aber sie merkt, dass Farhan Hope wirklich liebt und sehr leidet. Hope würde ihr gerne widersprechen, doch es ist sicher nicht gut, genau mit seiner Schwester darüber zu reden. Sie muss direkt in den Flieger und hat nur kurz Zeit, Amal in den Arm zu nehmen. Sie dankt ihr und bittet sie um etwas. »Pass auf deinen Bruder auf, ich liebe ihn sehr, und wenn er glücklich ist und das seine Wahl ist, hoffe ich, das er sein Glück findet.« Amal verspricht es ihr und sie eilt zum Flugzeug.

Als die Maschine abhebt, legt Hope den Schleier ab. Sie atmet durch und verliert eine Träne. Sie ist gekommen, um mit Farhan zu reden, sie wollte nicht glauben, dass es vorbei ist, was alles in diesen Stunden passiert ist. Und nun fliegt sie wieder und das Einzige, was sie erreicht hat, ist, dass sie das Wichtigste verloren hat.

Hope hat ihre Hoffnung verloren.

Kapitel 15

Hope schüttelt sich den Schnee aus den Haaren. Seit einer Woche schneit es ohne Unterbrechung und es ist erst Anfang November. Theo und Liam kommen lachend nach ihr in die Wohnung, sie finden den Schneefall großartig. Hope macht den beiden und sich einen warmen Kakao. Während die Beiden sich in Liams Zimmer zurückziehen, setzt sich Hope auf ihre Couch. Sie hört auf das Rattern der elektrischen Autobahn und betrachtet die noch leicht zu erkennenden Wunden auf ihrer Hand.

Eine größere und tiefere Stelle wird ihr als Narbe bleiben, hat ihr Hausarzt ihr gesagt, als sie vor drei Tagen wegen Übelkeit da war. Es grassiert gerade eine Magen-Darm-Grippe und Hope soll sich etwas ausruhen. Er hatte ihr sogar angeboten, sie ein paar Tage krankzuschreiben, doch Hope hat schnell abgelehnt.

Das Letzte, was sie braucht, ist Zeit zum Nachdenken. Es ist jetzt fast drei Wochen her, dass sie im arabischen Königreich war. Farhan hat sich an dem Tag noch einmal gemeldet und gefragt, ob sie gut angekommen ist, da hat Hope noch knapp geantwortet. Er schreibt immer wieder, vor drei Tagen das letzte Mal. Er fragt nach ihrem Befinden, doch Hope antwortet nicht mehr. Lieber ein Ende mit Schrecken als ein Schrecken ohne Ende, das hat ihr ihre Mutter schon immer eingetrichtert.

Sie hat am Anfang nicht darüber geredet, sie konnte es nicht. Alle haben sich Sorgen gemacht, besonders Nilay und ihre Mutter, doch sie konnte das alles nicht in Worte fassen. Sie hat ihnen gesagt, dass sich Farhan gegen sie und für ein anderes Leben entschieden hat. Die Wunden hat sie mit dem falschen Umgang mit dem Schleier und einem Sturz erklärt, was ja nicht gelogen war, doch sie wollte einfach keine Details erzählen.

Aber heute ist es aus ihr herausgeplatzt, innerlich quält es sie einfach zu sehr. Sie waren im Laden und Hope hat zwei Kundinnen beobachtet. Zwei junge Frauen mit Kopftüchern. Ganz anders als die Frauen im arabischen Königreich zwar, ihre Tücher waren modisch und bunt, ihre Gesichter frei, doch trotz allem stehen sie für das gleiche. Während Hope sie beobachtet hat, ist Nilay dazu gekommen.

»Okay, das reicht, komm mal mit!« Ihre Freundin hat sie nach hinten in den Lagerraum gebracht und sie an den Schultern gepackt, damit Hope sie richtig ansieht. »Hope, es reicht langsam. Du hast die Frauen da gerade mit deinen Blicken fast getötet. Vorgestern beim Einkaufen ist mir das auch schon aufgefallen. Du bist am Wochenende nicht zu unserem Fest gekommen, sonst warst du immer da. Als Mustafa letztens von dem Fest geredet hat, bist du sofort weggegangen. Hope, weder ich noch die Frauen, noch sonst irgendetwas, was mit dem Islam zu tun hat, kann etwas dafür, was passiert ist.«

Hope kommen die Tränen, sie hasst sich selber dafür. Sie versucht, ihre Gedanken auch zu verstecken, aber wie es scheint nicht allzu gut. »Es tut mir leid, ich wollte niemanden verletzten oder beleidigen.« Nilay sieht sie verständnisvoll an. »Das weiß ich doch, ich kenne dich, aber du musst begreifen, dass keiner von uns etwas dafür kann!«

Hopes Tränen werden mehr und sie kann ihre Gefühle, die sie so sehr versucht zu verbergen und zu verdrängen, nicht mehr zurückhalten. Sie schluchzt auf. »Ich weiß, aber die Religion, das alles hat mir jemanden genommen, den ich so sehr liebe. Nilay, ich vermisse ihn, er fehlt mir jede Sekunde und ich hasse es. Ich hasse es, weil es mir Farhan genommen hat!«

Nilay nimmt sie in die Arme. »Nein Süße, beruhige dich. Das war nicht der Islam, glaube mir, der Islam ist wunderschön, nicht er, nichts von dem hat dir Farhan genommen. Seine Kultur hat sich zwischen euch gestellt, aber das musst du trennen. Die Religion Islam und das, was verschiedene Menschen oder Länder daraus machen.« Hope wischt sich die Tränen weg. »Ich verstehe nur nicht, wieso ich nicht gut genug bis. Seit der ganzen Sache habe ich das Gefühl, nicht gut genug zu sein, nichts wert zu sein. Warum ist die andere Frau so viel besser als ich? Es zerfrisst mich.«

Nilay sieht sie sauer an. »Du bist mehr als gut genug, Hope, ich will so etwas nicht mehr hören, hörst du? Ich bin mir auch absolut sicher, dass Farhan das so nicht sieht. Vielleicht solltest du auf seine Nachrichten reagieren, es sieht doch auch nicht so aus, als könnte er dich vergessen.« Hope schüttelt den Kopf und geht wieder in Richtung Tresen.

»Nein, Nilay, er hat mir deutlich gesagt, dass ihm die Liebe egal ist, sie lässt einen nicht an die Zukunft denken. Das ist ihm wichtiger als ich, seine Familie, sein Ansehen als Prinz und diese sogenannten Werte, die ich wohl nicht verkörpere.« Nilay folgt ihr. »Aber das ist sein Problem, wenn er diese falsche Einstellung und Meinung hat, dann lass ihn. Mach dir bewusst, dass es falsch ist und lass dich bloß nicht davon fertig machen. Versprich es mir, Hope!«

Hope nimmt einen Schluck von ihrem Kakao und geht an ihren Computer. Sie hat sich in letzter Zeit selbst verboten daran zu gehen und nach Sachen zu suchen, die sie verletzen würden. Jetzt muss sie es tun, sie sucht nach Farhan, nach neuen Artikeln, doch außer einem Bild von einer Kunstmesseeröffnung in Dubai, wo er mit anderen Männern zu sehen ist, gibt es nichts Neues. Sie sieht sich das Bild lange an, studiert seine Gesichtszüge und sieht auch seine etwas dunkleren Augenringe.

Ob er noch oft an sie denkt? Ob ihm auch manche Szenen in Gedanken kommen, wie es bei ihr der Fall ist, wenn sie z. B. unter der Dusche steht und daran denkt, wie er sie gehalten hat? Wie es sich angefühlt hat ihn zu spüren und zu schmecken? Aber egal wie sie sich dagegen wehrt, die Erinnerungen verblassen, das lässt sich nicht aufhalten. Sie landet bei einem Bericht über eine Pilgerfahrt nach Mekka, es ist ein Video angehängt, das sie sich ansieht.

Das Video geht fast zwei Stunden, mittendrin macht sie Pause und Paula kommt Theo abholen, dabei grüßt sie sie wieder von Mailo, obwohl Hope ihn jeden Tag sieht. Natürlich spürt und weiß Hope, dass Mailo an ihr interessiert ist, sie mag ihn auch sehr, doch ihr Herz ist weg, hört nicht auf sie, geht sein eigenen Wege. Hope will ihr und ihm diese Enttäuschung nicht antun, die es geben würde, weil sie momentan nicht in der Lage ist, sich auf etwas anderes einzulassen, egal was für ein toller Mann er ist.

Für sie kommt das nicht mal in Frage, umso mehr verletzt es sie, dass das für Farhan kein Problem ist. Sie bringt Liam ins Bett, er fragt manchmal nach Farhan, Farhan erkundigt sich immer nach ihm. Doch für Liam ist es mit der Erklärung, dass er viel zu tun hat, zum Glück erledigt und Hope hofft, er wird es mit der Zeit einfach vergessen, dass sie alle mit der Zeit vergessen werden.

Hope sieht sich die Dokumentation über Mekka zu Ende an. Sie findet es sehr interessant, wie intensiv all diese Menschen ihren Glauben ausleben, was sie auf der Pilgerfahrt alles tun. Besonders beeindruckend sind die Bilder für sie, wo sie sich alle auf dem Berg Arafat einfinden. Es sind faszinierende Bilder, auch die Geschichten dahinter. Sie merkt, dass viele der Propheten aus der Bibel im Koran vorkommen. Das fesselt sie und sie forscht die halbe Nacht weiter, sieht sich Dokumentationen, Berichte und Vorträge an.

Die Bibel und der Koran sind sich in vielen Punkten ähnlich. Sie findet eine Lesung, wo der Mann erklärt, dass ein Moslem an alle Propheten in der Bibel glaubt, da sie auch im Koran vorkommen. Das ist der Punkt, der Hope nicht mehr in Ruhe lässt. Wieso wird ihnen so wenig Wert eingeräumt, wenn sich ihre Religionen doch so ähneln? Am nächsten Tag ist Wochenende und Hope geht mit Liam in die Bibliothek, sie sucht nach Büchern, die dieses Thema betreffen, während Liam sich in der Kinderabteilung umsieht.

Es ist schwer etwas zu finden. Eine Frau, die auch in der gleichen Abteilung steht, spricht sie an. »Ich arbeite zwar nicht hier, aber ich kenne diese Abteilung sehr gut, suchen sie etwas Bestimmtes?« Hope sieht die Frau an. Sie trägt ein Kopftuch, aber nicht wie die meisten hier in München ein buntes eher modisches, sondern ähnlich dem, welches die Frauen im arabischen Königreich tragen.

»Ich suche etwas über die Christen und den Islam, Parallelen, wie es mit einer Beziehung zwischen beiden ist, so etwas.« Die Frau nickt und denkt nach. »Also direkt darüber ein Buch kenne ich nicht, das sich ausschließlich mit dem Thema befasst, aber wenn ich ihnen einen

Rat geben kann, lesen sie den Koran. Alle Fragen und Antworten finden sie darin. Sie müssen auch für sich diese Antworten finden und sich nicht eine Meinung aufdrücken lassen.«

Hope zieht die Augenbrauen zusammen. »Wie genau meinen sie das?« Die Frau lächelt. »Haben sie ein paar Minuten Zeit?« Die hat Hope, wird sie ich nehmen, dieses Thema liegt ihr zu sehr auf der Seele, als dass sie es jetzt unerforscht lassen könnte.

Sie setzen sich zusammen mit einem Kaffee an einen Tisch bei der Spielecke, die Liam jetzt eingenommen hat. Die Frau beginnt ihre Worte zu erklären. »Jeder interpretiert die Worte des Propheten anders, jeder nimmt oder fasst vieles unterschiedlich auf. Hinzu kommen die Traditionen und Angewohnheiten aus den jeweiligen Ländern. Es gibt unter den Moslems genauso verschiedene Varianten des Glaubens wie bei den Christen.«

»Es gibt Sunniten, Schiiten, Aleviten.... einiges, deswegen kann es sein, dass ihnen einer das erzählt und der andere das. Bei den Hauptfragen sind sich alle einig, aber wie es dann auch ausgelebt wird, ist wieder etwas anderes. Man sollte sich selbst ein Bild vom Islam machen, den Koran lesen und sich dann noch einmal Rat oder Meinungen einholen. Das empfehle ich zumindest immer.«

Hope nickt. »Ich sollte mir den Koran vielleicht wirklich mal durchlesen. Ich habe nur angefangen mich mit dem Thema auseinanderzusetzen und bemerkt, dass es viele Parallelen gibt. Warum ist es dann so ungern gesehen, wenn sich eine Christin und ein Muslim lieben? Oder man sagt, sie muss konvertieren.«

Die Frau lächelt. »Das ist auch eine falsche Annahme, die sich mit der Zeit gebildet hat, die Familien sehen das vielleicht nicht gerne, doch es ist eigentlich kein Problem darin zu sehen. Der Islam erlaubt einem Muslim, eine Nichtmuslima, also eine Christin oder Jüdin zu heiraten, aber er verbietet es dafür der Muslima.

Im ersten Augenblick wirkt es ungerecht, aber wenn man den Grund hierfür erfährt, versteht man, dass der Islam auch hier das Wohlergehen aller Beteiligten im Auge behält, so wie er das immer tut. Dazu muss man wissen, die Heirat im Islam beruht auf Barmherzigkeit und Zuneigung, sowie Harmonie zwischen den Eheleuten.

Der Islam strebt an, dass die Ehe auf einer gesunden Basis aufgebaut wird, so dass die Beständigkeit der Ehe garantiert werden kann. Darüber hinaus ist der Islam eine Religion, die alle anderen Religionen ehrt. Dies ist ein grundlegender Bestandteil der islamischen Glaubenslehre.

Wenn der Muslim eine Christin oder eine Jüdin heiratet, dann ist er von seiner Religion her beauftragt, ihren Glauben zu respektieren. Er darf ihr nicht verbieten, ihren Religionsvorschriften zu folgen und die Kirche bzw. die Synagoge zu besuchen. Diese Respektierung der Religion der Frau sichert die Wohlfahrt der Familie, welche der Islam anstrebt. Wenn aber ein Nichtmuslim eine Muslima heiratet, dann ist diese Bedingung, dass er ihre Religion respektiert, nicht gegeben.

Der Muslim respektiert die früheren Offenbarungsreligionen und glaubt an alle Propheten Gottes. Der Nichtmuslim glaubt aber nicht, dass der Prophet Mohammed von Gott gesandt wurde und respektiert nicht den Islam. Der gegenseitige Respekt zwischen Mann und Frau, der eine notwendige Grundlage für jede Ehe ist, würde damit fehlen. Dies würde entweder zur Scheidung oder zu einer unglücklichen Ehe führen. So siehst du, es ist einem Mann erlaubt eine Christin zu heiraten, natürlich sollte diese auch keusch sein.«

Hope sieht die Frau fasziniert an. »Das war ..du hast deine Worte wirklich schön und liebevoll gewählt. Was bedeutet genau keusch, also wie genau ist das gemeint?« Die Frau kramt in ihrer Tasche. »Ich halte öfter Vorträge, einige Schwestern und ich wollen den Leuten den richtigen Islam wieder näher bringen. Er ist in letzter Zeit zu sehr in das falsche Licht gerückt geworden. Der Islam ist wunderschön, man muss ihn nur richtig zu deuten wissen und nicht das sehen, was die Leute daraus machen, also ein Teil zumindest.

Mit keusch kann man vieles bezeichnen, generell ist damit gemeint, eine gewisse Scham zu haben. Aber im Großen und Ganzen ist gemeint, dass man keinen Sex außerhalb der Ehe haben darf.« Hopes Magen zieht sich zusammen, doch sie lächelt die Frau dankbar an und fragt nach ihrem Namen. Fatima und sie unterhalten sich noch eine ganze Weile und tauschen die Nummern aus. Hope will mehr über den Islam erfahren, doch Fatima hat recht, sie muss sich auch ein eigenes Bild machen, also leiht sie sich eine deutsche Übersetzung des Korans.

Am Abend setzt sie sich gleich an den PC, nachdem ihr Farhan wieder eine Nachricht per Whatsapp geschickt hat, dass sie ihm wenigstens sagen soll, wie es ihr geht. Sie antwortet ihm nicht, was will er jetzt damit bezwecken? Wenn er sich doch gegen sie entschieden hat, wieso kann er sie nicht ganz lassen? Er macht es ihr so nur noch viel schwerer.

Sie findet aber nichts Neues. Wenn die Verlobung stattfindet, sollte es dann nicht etwas darüber geben? So wie sich die Presse auf sie beide gestürzt hat, kann sich Hope nicht vorstellen, dass sie das nicht auch ausschlachten würden. Doch es gibt nichts, also nimmt Hope sich den Koran zur Hand. Sie beginnt die ersten Seiten zu lesen, doch es ist ziemlich schwierig. Auch die Bibel liest sich schwer, doch Hope will sich damit auseinandersetzen und wird sich Zeit dafür nehmen.

Vielleicht ist sie zu empfindlich, ihr Glaube an den katholischen Glauben zu stark, doch sie muss mit einem schlechten Gewissen gleich am Sonntagmorgen mit Liam in die Kirche gehen. Hope ist mehrmals die Woche da, alleine schon, weil Liam im selben Gebäude zur Kita geht und sie regelmäßig dort sind. Es ist aber meistens nur zu den kleinen Messen in der Woche. Und wo sie jetzt wieder in der großen Messe sitzt, spürt sie, wie tief verwurzelt ihr Glaube in ihr ist. Es wäre für sie unmöglich, jemals diesen Glauben zu verleugnen oder zu verdrängen, jetzt weiß sie auch, dass es gar nicht nötig ist.

Farhan hätte sie heiraten können, sie ist gläubig und sie ist keusch gewesen, zumindest für ihn, denn vor ihm hatte sie nur Sex mit ihrem Ehemann. Ob ihm das überhaupt bewusst ist? Es war ihm aber wohl nicht wichtig genug es zu überprüfen, vielleicht will er einfach nur eine Frau seines Glaubens.

Als ihre Gedanken wieder diese Wege einschlagen, zwingt sie sich damit aufzuhören und hört wieder dem Priester zu. Nach Ende der

Messe geht Hope nach vorn zum Priester, der sie schon lange kennt und wird herzlich begrüßt. Er erkundigt sich nach ihrer Mutter, die in zwei Kirchen geht, da sie zu weit auswärts wohnt und nur herkommt, wenn sie Liam abholt. Hope berichtet ihm, dass es ihr gut geht. Hope muss es einfach loswerden, sie fühlt sich auf eine merkwürdige Art schuldig.

Sie erzählt dem Priester, dass sie sich über den Islam informiert, den Koran liest und ob es in seinen Augen falsch ist. Der Priester lächelt nur mild. »Es ist nie falsch sich zu bilden, Hope. Zwischen dem Islam und dem Christentum gibt es viele Parallelen. Ich habe einen guten alten Freund, er ist der Prediger und Vorstand einer Moschee hier in München. Wir treffen uns oft und tauschen uns aus. Auch für uns ist es immer wieder interessant, Neues zu erfahren und zu merken, was gleich oder ähnlich ist im Koran und der Bibel. Die Religionen haben Respekt voreinander und ehren sich.«

Hope zögert einen Augenblick. »Also spricht nach ihrer Auffassung nichts gegen eine Ehe zwischen einer Christin und einem Moslem?« Der Pfarrer schüttelt den Kopf. »Es spricht nichts gegen eine Ehe, wenn beide sich lieben und ihre Liebe zu Gott vorhanden ist. Wo diese Liebe ist, die Liebe zu den Menschen und die Liebe zu Gott, ist immer ein Weg.«

Hope nickt und bedankt sich bei dem weisen Mann. Sie muss aufhören, danach zu gehen, es hätte einen Weg gegeben, es war einfach nicht der Wille dazu da. Als sie nach Hause kommt, entdeckt sie drei Anrufe in Abwesenheit von Donja. Verwundert ruft sie sie zurück. Zwar schreiben sie sich hin und wieder, aber angerufen hat Donja sie noch nicht. Sie geht nicht ran, auch nach 10 Minuten nicht. Hope wird unruhig.

Sie fährt den Computer hoch und sobald sie Farhans Namen eingibt, erscheinen neue Bilder, Bilder von einem Autounfall. Hope gefriert das Blut in den Adern. Sie versucht Farhan anzurufen, dann Donja, aber niemand geht ran, sie kann nichts herausfinden. Sie will gerade Recep informieren, da findet sie einen Bericht auf englisch.

Es wird berichtet, dass zwei Prinzen aus dem Königshaus einen schweren Unfall hatten. Sie sind von einem anderen Mann angefahren worden. Es fallen die Namen von Farhan und Samir. Hope schließt kurz die Augen und schickt ein Gebet in den Himmel, bevor sie weiterliest.

Augenzeugen berichten, dass sie die beiden aus dem Auto gezogen haben. Der Beifahrer ist auch verletzt, aber war ansprechbar, während der Fahrer starke Blutungen hatte und schon fast das Bewusstsein verloren hat. Der Augenzeuge war sehr geschockt, er denkt aber, dass der Mann es überleben wird, denn der Mann hatte nicht die Hoffnung verloren, seine letzten Worte, bevor er das Bewusstsein verloren hat, waren Hope.

Kapitel 16

Hope blickt auf die Stadt, die sie überfliegen und spricht ein leises Gebet. Sie sind im Anflug auf das arabische Königreich. Es ist erst knapp drei Wochen her, dass sie das letzte Mal hier war, und doch fühlt es sich ganz anders an. Sie wischt sich ihre Tränen weg, erst seit ein paar Stunden weiß sie, dass Farhan diesen schrecklichen Unfall hatte. Sie hat sofort alles in die Wege geleitet, Liam ist bei Nilay, sie selber hat mehr als eine halbe Stunde gebraucht, um die Frau am Flughafen zu überreden und anzubetteln, sie auf den Flug der heute Nacht gestartet ist, noch unterzukriegen, aber sie hatte Glück.

Donja hat sie erst am Flughafen erreicht, sie ist die ganze Zeit im Krankenhaus. Samir ist mit einem gebrochenen Arm, einigen Schürfwunden und Quetschungen davongekommen, aber Farhan musste operiert werden. Er hatte innere Blutungen, es sieht nicht gut aus. Zu dem Zeitpunkt wurde er noch operiert, und alle hielten den Atem an.

Hope hat ihr die Flugdaten durchgegeben, sie kann an nichts anderes denken, sie muss zu ihm, er darf nicht sterben, egal was passiert. Jetzt denkt sie daran das seine letzten Worte ihr Name war und sie bereut es, nicht auf seine Nachrichten reagiert zu haben, sie hätte wenigstens mit ihm reden sollen.

Sobald sie gelandet sind, eilt Hope den anderen voran. Sie hat sich den Schleier fest umgebunden, an der Kontrolle überlegt sie nicht eine Sekunde, sondern geht direkt zu den Männern, die, dank Donja, auf sie warten. Während sie durch den Flughafen eilen, ruft sie Donja an. Sie sind jetzt zu Hause. Farhan ist seit zwei Stunden aus dem OP, die Blutung konnte gestoppt werden, doch man muss die nächsten Stunden abwarten, ob der Körper das alles verkraftet. Bis dahin ist er noch in einen tiefen Schlaf versetzt, sie können nichts anderes tun als beten.

Donja fragt, ob Hope erst einmal zu ihnen kommen möchte, doch sie will einfach nur zu Farhan. Also fahren die Männer sie in eine riesige Klinik. Hope wird zu einem separaten Trakt gebracht, wo wieder einige Sicherheitsleute herumstehen. Die Männer, die sie begleiten, reden mit ihnen. Donja hat sie geschickt. Ob die Leute hier von ihr wissen, ist fraglich.

Einer von ihnen holt sein Handy heraus, und Hope sieht ihren Sicherheitsmann fragend an. Im Gegensatz zum letzten Mal behandelt er sie dieses Mal freundlicher, vielleicht hat er mitbekommen, dass sie Farhan etwas bedeutet und er ist etwas respektvoller.

»Der Vater von Farhan ist bei seinem Sohn und sie müssen fragen, ob du herein darfst.« Hope wird unruhig, an Farhans Familie hat sie überhaupt nicht gedacht, vielleicht ist seine Verlobte auch da. Doch dann geht die Tür auf. Amal kommt zu ihnen und nimmt Hope in den Arm. Man sieht Farhans Schwester das Weinen und die Strapazen der letzten Stunden an. Es tut gut in den Arm genommen zu werden.

»Wie geht es ihm?« Amal schüttelt den Kopf. »Er hat viel Blut verloren, seine Werte sind nicht gut. Er hat, bevor er ganz das Bewusstsein verloren hat, öfter deinen Namen gesagt. Es ist gut, dass du gekommen bist.« Hope schließt die Augen, sie muss zu ihm. »Darf ich ihn sehen?« Amal nickt und sie gehen in den langen Flur. »Alle haben gehört, wie er deinen Namen gesagt hat, es wird niemand etwas dagegen haben, weil sie wissen, dass es sein Wunsch ist!«

Vor einem Zimmer sitzen mehrere Männer. Hope erkennt Samir und Farhans jüngeren Bruder, auch einige der anderen hat sie schon einmal gesehen. Samir nickt ihr zu, Hope grüßt zwar kurz zurück, doch sie will einfach nur noch zu Farhan. Amal öffnet die Tür leise, Hope beginnt zu weinen, als sie Farhan dort in einem Bett liegen sieht. Mehrere Schläuche hängen an seinen Armen. Er hat ein großen Pflaster auf seiner rechten Stirn, man sieht noch immer getrocknetes Blut, was aus diese Wunde gelaufen sein muss, über seinem Gesicht.

Er ist blass, nur das Heben und Senken seiner Brust versichert, dass es noch nicht zu spät ist. Hope hält sich die Hand vor den Mund, um nicht laut loszuschluchzen. Sie schiebt sich den Schleier vom Kopf und geht zu seinem Bett. Eine stille Bitte beherrscht ihre Gedanken, lieber Gott, lass nicht zu, dass er stirbt, alles, nur das nicht.

Hope beugt sich zu ihm, ihre Tränen fallen auf sein Gesicht, als sie seine Wangen und seine Stirn küsst. Sie setzt sich an sein Bett und nimmt vorsichtig seine Hand in ihre, auch wenn die ganzen Nadeln darin stecken. Sie will ihm sagen, dass sie ihn liebt, sie ist sich sicher, dass er es weiß. Es tut so weh, ihn so zu sehen, seine starken Hände die ihre immer so fest umfasst haben, als würde er sie nie wieder loslassen wollen, liegen jetzt schwach auf ihren.

Hope beugt sich vor und flüstert ihm ins Ohr. »Ich bin da, Farhan, bitte bleib hier, ich liebe dich so sehr.« Erst als sie sich wieder aufsetzt, bemerkt sie, dass neben Amal noch ein älterer Mann im Raum ist und sie beobachtet.

»Hope zieht schnell ihren Schleier wieder hoch, doch der Mann hebt die Hand und zeigt, dass dies nicht nötig ist. »Hope, das ist unser Vater. Meine Schwester musste meine Mutter nach Hause bringen, sie hat den Anblick ihres Sohnes nicht ertragen und wir hatten Angst um sie, deswegen soll sie sich zu Hause ausruhen.« Hope nickt. »Wie genau ist das passiert? Was ist mit dem anderen Fahrer passiert?«

Zu ihrer Verwunderung antwortet ihr der Vater. »Samir sagt, dass er plötzlich auf ihre Spur gewechselt ist, sie konnten nichts tun, es ging zu schnell. Ihm ist nicht viel passiert. Es wurde aber schnell festgestellt, dass er Alkohol getrunken hat. Er wird noch seine gerechte Strafe bekommen!«

Ein Mann klopft an die Tür, kommt aber nicht herein. Er sagt etwas zum Vater auf arabisch, der zu ihm aus dem Zimmer geht. Amal sieht müde hinterher und dann zu Hope. »Ich glaube, meinen Vater hat es sehr getroffen hat, dass Farhan deinen Namen gesagt hat, also dass er meines Bruders Gefühle für dich so unterschätzt hat. Ich habe meinen Bruder noch nie so gesehen wie die letzten Wochen, alles hat in so sehr gequält, mein Vater scheint das nicht erst genommen zu haben.«

Hope sieht auf Farhan. »Er hat sich so entschieden... was ist mit der anderen Frau?« Amal kommt auch ans Bett und blickt auf ihren Bruder. »Meinst du Nadja? Nichts ist mit ihr, sie und ihre Familie waren ein paar Mal da, Farhan hat sich auch mit ihr unterhalten, jetzt warten alle ab, ob er den nächsten Schritt tut und um ihre Hand anhält, doch das hat er noch nicht.«

Hope zuckt zusammen, allein davon zu hören, schmerzt sie zu sehr. Amal lächelt sie an. »Die Hoffnung nie verlieren! Ich muss meine Mutter anrufen und hole etwas zu trinken, hast du Hunger oder Durst?« Hope schüttelt den Kopf. Amal geht aus dem Raum, so dass Hope nun ganz allein mir Farhan ist. Sie hat einmal einen Bericht gesehen, wo Leute, die im Koma oder bewusstlos waren, erzählen, dass sie trotzdem alles um sich herum mitbekommen haben. Hope hat nie daran geglaubt, jetzt hofft sie, dass es stimmt.

Sie ist sehr müde und legt sich neben Farhan, die Krankenhausbetten sind hier viel breiter als in Deutschland. So nah wie es geht, ohne den Schläuchen im Weg zu sein, kuschelt sich Hope an ihn. Sie küsst immer wieder seine Wangen und sagt ihm, wie sehr sie ihn liebt und dass er ihr fehlt. Sie erzählt ihm von Liam und wie sie die letzten Wochen verbracht haben. Doch so mit ihm zu reden, bringt sie wieder zum Weinen, wie sehr sie sich wünschen würde, dass er ihr antwortet.

Als es an der Tür klopft, setzt sich Hope schnell auf und zieht das Kopftuch hoch. Es tritt eine Krankenschwester ein. Hope weiß, dass es den Frauen hier erlaubt ist zu arbeiten, doch sie muss lächeln, als die Frau auf sie zukommt und sich an den Monitoren zu schaffen macht. Hope steht auf, um ihr Platz zu machen und setzt sich auf eine bequeme Couch, von der sie Farhan genau sehen kann. Sie fragt die Schwester auf englisch wie es ihm geht, sie scheint zufrieden mit seiner Verfassung zu sein.

»Sein Körper erholt sich langsam, er ist noch nicht über das Schlimmste hinweg, aber es geht immer etwas besser. Er ist ein starker Mann und kämpft, auch wenn es nicht so aussieht.« Hopes Augen bleiben auf Farhans Gesicht, doch sie ist müde und macht es sich auf der Couch bequem, während die Krankenschwester die Beutel mit den Flüssigkeiten austauscht. Er muss es schaffen, er muss kämpfen, er hat nicht um ihre Liebe gekämpft, aber wenigstens um sein Leben.

Hope öffnet verschlafen die Augen und sieht auf Farhan, der noch immer so da liegt, wie vorher, als sie eingeschlafen ist. Sie sieht sich im Zimmer um, mittlerweile ist es dunkel und nur ein kleines Licht beleuchtet das Zimmer. Sie entdeckt Farhans Vater auf einem weiteren Sessel, Amal liegt auf einem Bett, was noch reingestellt wurde.

Farhans jüngerer Bruder sitzt auf einem Stuhl und schläft im Sitzen, nur der Vater ist wach. Jemand hat Hope eine Decke umgelegt, jetzt setzt sie sich auf. Das Kopftuch ist nun ganz ab, sie legt es sich wieder locker um die Haare. Der Vater blickt zu ihr, er sieht aus wie Farhan, nur älter. Auf Hope wirkt er sehr furchteinflößend.

»Du hast noch nichts gegessen oder getrunken. Du solltest etwas zu dir nehmen!« Er deutet auf einen Tisch, auf dem Kekse, Brot und Getränke stehen. Hope steht auf und nimmt sich etwas Wasser zum Trinken, dann kommen plötzlich zwei Schwestern herein und befestigen schnell neue Beutel.

»Was ist los?« Hope sieht ihnen angespannt zu, wie sie seine Schläuche auswechseln. »Wir überprüfen seine Werte von einem Monitor, er beginnt zu fiebern, wir müssen das schnell senken.« Hope setzt sich wieder wie erstarrt auf die Couch, Amal und der Bruder sind ebenfalls wach geworden und alle blicken auf Farhan. Keiner sagt in der nächsten Stunde ein Wort, alle sehen auf Farhan, wie er um sein Leben kämpft, und sie können nur dabei zusehen. Hope weint immer wieder, genauso wie Amal.

Es ist ein schreckliches Gefühl, daneben zu sitzen und rein gar nichts tun zu können. Erst als die Krankenschwestern ihnen die Entwarnung geben, dass das Fieber gesunken ist, atmen sie wieder durch. Die nächsten Stunden sind hart, Amal fragt, ob Hope mit ihr nach Hause fährt, um sich umzuziehen und frisch zu machen, doch Hope kann nicht, sie will Farhan nicht aus den Augen lassen und sie und sein Vater bleiben jede Minute an seinem Bett.

Irgendwann schläft auch der Vater ein. Hope nutzt diese Gelegenheit und legt sich wieder zu Farhan, um ihm so nah wie nur möglich zu sein. Doch sie schläft nicht, er muss jetzt bald wieder aufwachen.

Die Krankenschwestern sagen, dass es nicht mehr so lange dauert, natürlich will Hope dabei sein.

Amal und der Bruder kommen wieder, und Hope geht zur Couch zurück. Amal bittet sie, endlich etwas zu essen, sie ist jetzt fast einen Tag hier und hat weder was gegessen noch besonders viel getrunken. Aber Hope kann nicht, sie hat keinen Appetit, solange Farhan nicht ganz über den Berg ist. Auch wenn die Ärzte sagen, sein Zustand hat sich stabilisiert, muss sie ihn erst wach gesehen haben. Doch es ermüdet sie. Es dauert nicht lange und ihr fallen die Augen wieder zu. Sie schläft tief und zu kurz, um wirklich etwas zu träumen. Sie wird durch eine Unruhe wach, und als sie ihre Augen aufmacht, sieht sie direkt in die von Farhan.

Ihr Herz könnte nicht schneller und schöner vor Freude schlagen, als sie auf sein Bett blickt und in seine Augen. Ein leichtes Lächeln legt sich auf Farhans Gesicht, er sieht noch immer fertig aus, aber er ist wach. Der Vater, der kleine Bruder, Samir und Amal stehen um ihn herum. Als Hope zu seinem Bett kommt, gehen sie alle einen Schritt zur Seite.

»Komm her.« Farhans Stimme ist noch ganz rau. Hope beugt sich zu ihm hinunter und vergräbt ihre Nase an seinem Hals, auch Farhan zieht ihren Duft ein. »Wie fühlst du dich?« Hope geht etwas zurück um ihm in die Augen zu sehen. »Ich bin seit einer halben Stunde wach, konnte schon etwas alleine trinken... und ich lebe, also ist alles in Ordnung. Es ist schön, dass du gekommen bist.«

Hope lächelt. »Natürlich, ich bin sofort gekommen, wo ich das gehört habe.« Zwei Ärzte betreten das Zimmer. Hope steht auf, die Familie hat sie beide beobachtet, doch das ist jetzt auch schon alles egal. Wenn sie mit dem Bruder und seinem Vater hier im Zimmer war, hat sie das Tuch nur leicht über die Haare gelegt getragen, wenn jemand anderes gekommen ist, hat sie es wieder fest umgemacht.

Samir spricht zu allen auf arabisch und der Vater nickt, sie verabschieden sich bei Farhan und sagen Hope, sie soll mitkommen. Er muss sich noch ausruhen. Sie alle brauchen etwas Ruhe, Samir bleibt solange bei ihm. Sie haben recht, auch wenn Hope ungern geht, gibt sie Farhan einen Kuss auf die Wange und verlässt mit Amal den Raum. Sie folgen dem Vater und Bruder über einen Hinterausgang zu zwei Wagen, die sie zu einem Haus bringen, dass Hope noch nicht gesehen hat.

Amal erklärt ihr, dass es das Haus ihrer Eltern ist. Hope sieht sich neugierig um, es ist riesig aber wunderschön, Farhan hatte bestimmt eine tolle Kindheit. Zwei Frauen und zwei kleine Kinder kommen ihnen entgegen. Trotz des Schleiers erkennt Hope sofort, dass es Farhans Schwester und seine Mutter sind. Das kleine Mädchen hüpft sofort an Amal hoch, während die Frauen sie begrüßen. Vielleicht aus Respekt Hope gegenüber sagen sie dann auf englisch, dass sie jetzt ins Krankenhaus fahren. Man sieht der Mutter die schweren Stunden an. Sie warten auch nicht länger, sondern fahren gleich los.

Hope will sich gar nicht vorstellen, wie es für die Mutter gewesen sein muss, und sie muss sofort an Liam denken. Amal ist ein Schatz, sie gibt ihr neue Anziehsachen, sogar eine neue Abaya, nachdem sie beide in einem großen Speisezimmer etwas zu sich genommen haben. Amal hat ihr erklärt, dass in diesem Teil des Hauses sie ohne den Schleier herumlaufen können, da nur Männer aus der Familie oder Frauen herkommen.

Erst als Hope dann in dem Zimmer ist, was Amal ihr gibt und sie kurz mit Liam redet, merkt sie, wie erschöpft sie ist. Am liebsten würde sie jetzt nur noch Liam nehmen und ganz weit weg fahren, wo niemand sie kennt, niemand etwas von ihr will und sie einfach zur Ruhe kommt. Sie ruft danach am Flughafen an und bestätigt ihren Flug für den nächsten Nachmittag zurück. Sie hat Liam in letzter Zeit zu viel alleine gelassen, aber sie ist momentan einfach nur glücklich, dass Farhan den Unfall überlebt hat.

Als sie sich danach auszieht, bemerkt sie Blutflecken in der Unterhose und wundert sich. Sie hat extra eine Pille, dass sie ihre Tage nicht mehr bekommt oder nur ganz leicht, aber es wäre jetzt nicht die Zeit dafür. Wenn man allerdings bedenkt, was für Stress sie in den letzten Wochen hatte, mit der ganzen Zeitverschiebung, dass sie sie auch mal vergessen hat, ist es vielleicht gar nicht so ungewöhnlich. Als sie dann aber unter der Dusche und danach noch weiter blutet, muss sie nach einer Binde suchen und findet zum Glück welche im Schrank.

Sie legt sich für zwei Stunden schlafen, dann will sie wieder zu Farhan. Sie durchquert das Haus auf der Suche nach einem der anderen, aber trifft nur auf einen Sicherheitsmann von Farhan. Er sagt ihr, dass alle schlafen. Hope fragt ihn, ob er sie zum Krankenhaus fahren kann, was er dann zum Glück auch tut.

Auf dem Weg fährt ein ähnliches Auto an ihnen vorbei und der Mann sagt Hope, dass die Mutter und die Schwester zurück nach Hause fahren. Trotzdem ist Farhan nicht allein, als sie wieder in das Krankenhauszimmer kommt. Samir, Donja und einige, die sie nicht kennt, sind bei ihm. Hope nickt allen leicht zu und setzt sich dann mit Donja in eine Ecke.

Auch wenn diese jetzt schwanger und überglücklich ist, hat sie der Unfall sehr mitgenommen. Hope sagt ihr, dass sie sich schonen muss. Die ersten drei Monate muss man sehr aufpassen. Sie tauschen sich etwas aus, Hope erzählt ihr von ihrer Schwangerschaft mit Liam, da Farhan aber noch sehr mitgenommen ist, gehen alle anderen nach kurzer Zeit wieder. Hope mag Donja wirklich und sie versprechen sich, ab jetzt mehr Kontakt zu haben.

Als sie und Farhan allein sind, setzt sie sich an seinen Bettrand. Sie sehen sich in die Augen. Farhan hebt seine Hand und streichelt über das Kopftuch. »Es steht dir!« Sein typisches freches, wenn auch etwas schmerzvolles, Lächeln setzt sich auf seine Lippen, wenn auch viel langsamer als sonst. »Hast du noch das Gefühl zu ersticken?« Hope öffnet das Tuch und nimmt es ab.

»Nein, ich hatte gar keine Zeit darüber nachzudenken.« Seine Hand geht an ihre Wange. »Ich habe schon fast wieder vergessen wie schön du bist.« Hope muss lächeln, sie ist nicht geschminkt und die letzten Tage waren die Hölle. »Es tut mir alles so leid Hope, ich weiß gar nicht ...«

Hope nimmt seine Hand von ihrer Wange und küsst sie. »Farhan, das ist jetzt nicht der richtige Zeitpunkt, du kannst deine Augen kaum offen halten. Du brauchst Ruhe.« Farhan nickt und Hope will aufstehen, doch er hält sie am Arm fest. »Ich weiß, es ist viel passiert und du hast genug Gründe, um mich zu hassen, aber bleib bei mir, ich will dich einfach nur bei mir haben.«

Hope sieht ruhig in seine Augen, in denen sich Tränen bilden, auch wenn sie seinen Augen nicht entweichen. Er wird einfach noch zu sehr unter Medikamenten stehen. Hope steht auf und zieht den schwarzen Mantel aus, darunter trägt sie nur eine lockere Hose und ein schwarzes Top. Als sie zu ihm kommt, hebt Farhan die Decke, dass sie darunter schlüpfen kann.

Sie legt sich zu ihm und Farhan nimmt sie in seine Arme, egal wie umständlich es mit all den Schläuchen ist. Seine Nase geht an ihre Stirn, so wie er immer geschlafen hat, wenn sie zusammen waren. Es dauert auch keine Minute, da ist er eingeschlafen. Hope gibt ihm einen Kuss auf die Schulter, bevor sie auch endlich wieder die Augen schließen und dieses Mal beruhigt einschlafen kann.

Sie schlafen bis zum Morgen. Als sie durch das Klopfen einer Schwester aufwachen, ist Hope richtig ausgeruht. Schnell schnappt sie sich ihre Sachen und geht ins Bad, was Farhan lachen lässt und er erst die Schwester hereinbittet, als Hope im Bad ist. Hope macht sich frisch und legt den Schleier wieder an. Farhan bekommt etwas zu essen und will ihr etwas abgeben, aber da er erst noch Schonkost bekommt, geht Hope lieber selbst in die Cafeteria und besorgt sich etwas.

Als sie zurückkommt, ist schon Farhans Familie da, und nach und nach kommen immer neue Leute, überwiegend Männer. Es ist zwar komisch, dass sie nicht mehr mit Farhan sprechen kann, aber sie findet es nicht schlimm, auf der Couch mit Amal und Farhans anderer Schwester zu sitzen und mit der kleinen Tochter von Amal zu spielen. Sie unterhalten sich nett, auch die Mutter trägt manchmal etwas bei, auch wenn sie sich eher um Farhan kümmert, dass das Kissen richtig liegt, er noch einen Schluck trinkt und solche Sachen.

Als es immer voller wird, gehen Amal und sie in die Cafeteria, um etwas zu Mittag zu essen. Nachdem sie fertig sind, muss Hope schon fast los. Sie will sich nur schnell von Farhan verabschieden, bevor die zwei Sicherheitsmänner sie zum Flughafen bringen. Doch als sie zu der Tür wollen, sehen sie viele Menschen vor der Tür stehen. Sie treten zu ihnen, selbst die Mutter und der Vater sind draußen. »Was ist los? Ich muss mich schnell verabschieden.« Hope sieht unsicher den Vater an. Der Mann neben ihm, den Hope allerdings noch nie gesehen hat, antwortet an Stelle des Vaters.

»Meine Tochter, inshallah Farhans zukünftige Frau, ist gerade bei ihm. Wir wollen die beiden einen Moment alleine lassen, sie ist fast umgekommen vor Sorge um ihn. Vielleicht können sie warten?« Hope kann nicht verbergen, wie weh ihr diese Aussage tut, und Amal neben ihr umfasst ihre Hand und drückt sie.

Jetzt hat sie wieder das Gefühl zu ersticken und will nur noch weg. »Okay... nein, mein Flug geht, ich muss los.« Sie sieht dem Vater in die Augen. »Sagen sie ihm bitte noch gute Besserung.« Er nickt und Hope glaubt fast, etwas Mitleid in seinen Augen zu sehen, ja Mitleid, mehr hat sie Dumme wohl nicht verdient. Mit ihrem allerletzten Stolz, den sie noch aufbringen kann, verabschiedet sie sich von allen. Amal umarmt sie länger, doch dann sieht sie zu, dass sie so schnell wie möglich von da wegkommt.

Als sie im Flugzeug ist, muss sie erst einmal auf die Toilette, sie blutet wieder stärker. Und als sie dann abheben, blickt sie noch einmal auf das arabische Königreich und schwört sich, dass sie das alles jetzt ein für alle Mal weit hinter sich lassen wird.

Kapitel 17

»Es tut mir sehr leid, ich bringe die Bilder nach draußen, und dann muss ich noch einmal gucken, ob auch wirklich alles abgegangen ist.« Die Frauenärztin drückt Hopes Arm, bevor sie hinausgeht. Hope schließt die Augen und weint, die ganzen Wochen hat sie es immer versucht zu unterdrücken, doch jetzt geht es nicht mehr. Sie weint so laut, dass die Ärztin zurückkommt, noch immer die Bilder von dem toten Baby in Hopes Bauch in der Hand. Sie versucht Hope zu beruhigen, doch es geht nicht mehr, ihre Kraft, alles ist weg. Sie kann sich nicht mehr zusammennehmen, es ist zu viel.

Die Ärztin gibt ihr eine Beruhigungstablette. Aber auch wenn sie dadurch von dem lauten Schluchzen befreit wird, innerlich schreit sie weiter. Die Ärztin fragt, ob es jemanden gibt, der sie abholen kann. Und nachdem sie ihre Mutter verständigt hat, untersucht sie sie erneut. Sie war schon im zweiten Monat und hat nichts bemerkt. Wie auch, wenn sie eh nie richtig ihre Tage bekommen hat. Wie sollte sie überhaupt etwas merken, bei all dem Stress in den letzten Wochen? Die Ärztin erklärt ihr, dass soweit alles in Ordnung ist, das Baby ist ganz abgegangen.

»Sie sind noch jung, sie können noch Kinder kriegen.« Hope ist klar, dass es nur nett gemeint ist, doch es muntert sie nicht auf. Sie weiß nicht, was sie getan hätte, wenn sie von der Schwangerschaft so erfahren hätte, was sollte sie tun? Für Farhan ist sie nicht gut genug, das spürt sie, man hat es sie so sehr spüren lassen, dass sie es in jedem einzelnen Knochen fühlt und sie sich nicht schlechter fühlen könnte.

Was hätte Farhan gesagt, was seine Familie, seine zukünftige Frau? Es wäre das Gleiche wie bei Liam passiert, auch wenn sie das Baby genauso sehr geliebt hätte. Es bringt nichts mehr, sich Gedanken darüber zu machen, es ist zu spät. Als ihre Mutter kommt und von dem verlorenen Baby erfährt, nimmt sie Hope einfach nur lange in den Arm, auch ihr fließen Tränen die Wangen herunter und sie spricht ein leises Gebet.

Beide sitzen danach ruhig auf der Liege im Zimmer, und Hope versucht sich wieder zu fassen. »Wirst du es ihm sagen?« Ihre Mutter nimmt Hopes Hand. »Nein, er soll sein Leben leben.« Mittlerweile weiß ihre Mutter über fast alles Bescheid. »Er hat ein Recht es zu erfahren, Hope, vielleicht wäre es besser...?« Genau in dem Moment klingelt ihr Handy. Es ist Farhan. Blind vor Wut schmeißt sie das Telefon gegen die Wand.

»Er hat kein Recht, er hat nichts, er hat mir so weh getan, Mama. Ich dachte wirklich, er würde mich lieben, mittlerweile glaube ich an gar nichts mehr, ich habe nichts getan, und doch bin ich in ihren Augen nichts wert.« Die Mutter sieht erschrocken zum Handy. »Hope, ich denke nicht, dass er dich nicht liebt...«, Hope beendet ihren Satz, »nur nicht genug, Mama, es ist nur nicht stark genug.« Für sie ist das Thema damit erledigt und das merkt ihre Mutter.

Da Hope gerade zwei Wochen Urlaub hat und erst eine Woche um ist, packt sie zu Hause ihre Sachen und zieht für die restliche Woche zu ihrer Mutter. Sie lebt ruhig und weit weg vom Trubel, genau das braucht sie jetzt.

Nilay ist mit Recep und Kaan in der Türkei und weiß noch von allem nichts. Sie hat zwar irgendwann bei ihrer Mutter angerufen, weil sie Hope nicht erreichen konnte, da ihr Handy ja nun kaputt ist, doch sie wollte ihr all das nicht am Handy erzählen. Selina ist öfter da, sie alle kümmern sich und versuchen Hope wieder aufzubauen. Hope will nicht mehr trauern, sie ist müde von alldem und versucht einfach wieder nach vorne zu blicken. Sie kann nicht ändern was geschehen ist, doch sie kann in Zukunft dafür sorgen, dass so etwas nicht noch einmal geschehen wird.

Farhan schmeißt sein Handy auf das Krankenhausbett. Er fühlt sich wie in einem Käfig hier, zwar kann er sich nun wieder bewegen, doch er muss noch zwei Tage warten, bis er endlich herauskommt. Es wäre nicht so schlimm, wenn er Hope erreichen könnte, doch ihr Handy ist ständig aus, zu Hause geht sie nicht ran und auf ihrer Arbeit sagen sie, dass das Café im Autohaus renoviert wird und sie Urlaub hat.

Farhan muss mit ihr reden. Amal hat ihm erzählt, dass sie sein Gespräch mit Nadja mitbekommen hat, wie ihr Gesicht danach von Schmerz erfüllt war, dabei war es nicht mal annähernd so wie sie denkt. Farhan bereut vieles, es ist alles verkehrt gelaufen, doch egal was war, Hope war immer in seinen Herzen, sie ist sein Leben und ohne sie weiterzumachen ist für ihn unvorstellbar.

In dem Moment, wo er von dem Unfall wieder aufgewacht ist und sie hat da liegen sehen, so zerbrechlich und doch stark genug, noch einmal in sein Land zu kommen, mit seiner Familie, die sie nicht akzeptiert, neben ihm zu bleiben. Er hat sich so falsch verhalten und hat trotzdem ihre Liebe in ihren Augen gesehen, die Sorge, und als sie zusammen im Krankenhausbett geschlafen haben, hat sie sich an ihn gekuschelt, immer wieder tief seinen Duft eingeatmet und zufrieden weitergeschlafen. Als er sie da gehalten hat, wusste er, dass sie sein Leben ist. Das Letzte, was er gedacht hat nach dem Unfall, war, es zu bereuen, dass Hope nicht weiß, wie sehr er sie liebt.

»Die Schwester sagt, du bist schon den ganzen Tag auf den Beinen, du solltest dich mehr ausruhen!« Farhan versucht noch einmal bei Hope anzurufen, auch wenn sein Vater jetzt ins Zimmer kommt. »Ich kann nicht hier rumsitzen, ich muss den größten Fehler meines Lebens wieder gut machen!« Er braucht seinen Vater nicht anzusehen um zu wissen, dass er wegguckt. Er sagt nichts dazu, auch wenn Farhan weiß, dass er es nur nicht tut, weil er ihn so kurz nach seinem Unfall nicht aufregen soll.

»Vater, ich weiß, dass du enttäuscht bist wegen Nadja, es ging nicht anders, und ich habe ihrem Vater extra noch einmal gesagt, dass es nicht respektlos gesehen werden soll. Sie hat es verstanden und auch er schien es zu akzeptieren.« Jetzt dreht er sich zu ihm um, dieses Gespräch ist längst überfällig, er hätte es von Anfang an so machen müssen, das wird er sich nie verzeihen. Und er kann nur zu Gott beten, dass Hope ihm das vergeben wird.

»Ich habe Nadja gesagt, dass es ihr gegenüber nicht fair wäre, sie hat keine Chance auf eine gute Ehe mit mir, weil ich Hope liebe. Sie hat das nicht verdient, oder hättest du, wenn meine Mutter nicht gewollte hätte, einfach jemand anderen nehmen können? Nadja hat mir recht gegeben und sich sogar bedankt, dass ich so ehrlich war, was sie nicht hätte tun sollen, denn ich hätte von Anfang an meinen Mund aufmachen sollen.«

Sein Vater sagt nichts, er sieht seinen Sohn nur streng an, doch Farhan ist schon zu weit gegangen, um das jetzt noch zu stoppen. »Ich hatte so viele Zweifel, dass ich die Frau, die ich über alles liebe, weggeschickt habe. Was spricht dagegen, Vater? Hope ist ein guter Mensch, ein gläubiger Mensch, und du weißt, dass unsere Religion uns erlaubt, einen anderen Gläubigen zu heiraten. Denkst du, ich habe vor, Allah oder meiner Familie, meinen Glauben den Rücken zu kehren, weil ich Hope liebe? Du solltest deinen Sohn besser kennen.«

»Was hat Hope falsches gemacht? Sie hat einem falschen Mann vertraut und einen Sohn, soll ich sie deswegen jetzt nicht lieben? Hat sie jetzt kein Recht mehr auf Glück? Bei Gott, ich werde alles tun, um sie glücklich zu machen, denn ihr Glück ist mein Glück. Ich werde ihren Sohn mit groß ziehen und lieben wie die Kinder, die wir inshallah zusammen haben werden.«

»Es wird schwer, aber lieber das, als länger ohne sie. Das Einzige, was es bedeutet, ist, dass ich vielleicht auf den Titel des Prinzen verzichten muss und meine Kinder ebenfalls, aber weißt du was? Ich verzichte gerne, denn ohne Hope fehlt mein Herz und ich bin kein Mensch mehr. Wenn du mir das nicht verzeihen kannst, Vater, tut es mir leid, ich will dich damit nicht kränken, aber ich liebe sie und werde um sie kämpfen... wenn sie mir das überhaupt jemals verzeiht.«

Sein Vater setzt sich auf die Couch und lehnt sich zurück. »Du weißt, dass eine Ehe mit einer Muslima so viel besser ist, für euch, eure Religion, eure Kinder. Was ich mir für dich gewünscht habe, habe ich nur getan, weil ich weiß, dass es so einfacher ist.«

Farhan unterbricht seinen Vater, was er sonst nie tut, aber es ist ihm zu wichtig. »Vater, hast du so wenig Vertrauen in unseren Gott? Denkst du, dass er mich so fühlen und sie lieben lässt, wenn das falsch ist? Ich denke nicht, dass das, was ich für sie empfinde, falsch ist, das kann es nicht. Wenn ich mich darin täusche, dann muss ich dafür gerade stehen, aber ich glaube daran, dass es richtig ist, diese Liebe kann nicht falsch sein.«

Sein Vater nickt. »Vielleicht hast du recht, Farhan, ich wollte dir nur erklären, wieso ich so gehandelt habe, aber so langsam sehe ich, es ist vielleicht doch nicht alles. Amal, ich bemerke ihren traurigen Blick, ich dachte, es wäre das Beste für sie, genau wie ich es für dich dachte. Du hast ihren Namen gesagt, Farhan, der Mann der euch geholfen hat, hat es erzählt. Im Krankenhaus vor der OP bist du kurz halbwach gewesen, und hast nach ihr gefragt, was soll man da noch sagen?«

»Ich habe sie gesehen, sie war hier, ohne zu essen, sie ist nicht von deiner Seite gewichen, Farhan. Deine Mutter hat mit gesagt, wie sehr es sie belastet, ihre Kinder so unglücklich zu sehen. Du bleibst mein Sohn, egal was du tust, Hope ist eine gute Frau, doch was ist mit ihrem Sohn? Unterschätze so etwas nicht, was willst du tun? Bei ihr in Deutschland leben, sie da wegholen? Was ist mit dem Vater ihres Sohnes? Auch wenn ich dir meinen Segen gebe, Farhan, die Probleme bestehen weiterhin!«

Farhan nickt. »Ich weiß, ich muss erst einmal sehen, ob Hope jemals wieder ein Wort mit mir sprechen wird, aber ich will nicht mehr ohne sie sein!« Farhan erreicht Hope nicht, und das lässt ihm keine Ruhe. Er hat sie aus den Augen verloren, er weiß nicht mal, was in ihrem Leben gerade so passiert. Er hat sie abgewiesen, als sie extra seinetwegen gekommen ist, um mit ihm zu reden, war er kalt zu ihr, es hat ihn alles gekostet, es war für ihn die Hölle, sie so zu behandeln, doch sein einziger Trost war, dass es besser wird, dass er sie vergessen wird, doch es war nicht so.

Hope ist wie in sein Herz geschweißt. Schon im Krankenhaus wollte er mit ihr reden, wie gut es getan hat, sie wieder im Arm zu haben, hat seine letzten Fragen beantwortet. Doch er war noch zu geschwächt, und dann ist die Sache mit Nadja passiert. Es hat viel gebraucht zu akzeptieren, dass er nicht länger nach dem richtigen Weg suchen braucht, Hope ist der richtige Weg.

Erst am Tag seiner Entlassung erreicht Farhan sie endlich, als sie an ihr Haustelefon geht, fällt ihm ein Stein vom Herzen. »Hope, ich versuche dich seit du weg bist zu erreichen, wieso ist dein Handy ständig aus?« Natürlich hört er sofort die Kälte aus ihrer Stimme heraus, und er kann es verstehen. »Es ist kaputt. Geht es dir besser?« Farhan räuspert sich. »Ja, es geht, ich komme heute aus dem Krankenhaus..«

Hope unterbricht ihn. »Das ist gut, das freut mich. Ich muss jetzt Schluss machen, Farhan, mach's gut!« Farhan wird lauter. »Hope, nein warte, ich weiß, dass ich den größten Fehler meines Lebens gemacht habe, ich muss mit dir reden, Hope, bitte leg nicht auf. Hör mir zu, ich...«

Er konnte sich denken, dass sie enttäuscht sein wird, doch dass es so schlimm ist, hat er nicht geahnt. »Nein! Ich will nichts mehr hören. Ich kann nichts mehr hören. All das hat mich kaputt gemacht, ich will davon nichts mehr wissen!« Er hört ihre Tränen, und es quält ihn, nicht bei ihr zu sein. Er sieht ihre schönen grünen Augen vor sich, die seinetwegen in den letzten Wochen soviel geweint haben.

»Hope, verdammt, bitte hör mir zu, es tut mir so unendlich leid. Ich habe einen großen Fehler gemacht. Sobald ich wieder fliegen kann, bin ich bei dir, ich kann nur hoffen, dass du mir verzeihst, aber ich will dich sehen, ich muss dich sehen. Egal was war, du weißt, dass ich dich immer geliebt habe.«

»Es war nicht genug, Farhan, ich war dir nicht genug, und es gibt kein schlechteres Gefühl, was ein Mensch haben kann, als dieses. Wie auch immer deine Liebe aussieht, es ist mir nicht mehr genug. Du wolltest mich nicht, warst bereit, eine andere Frau zu heiraten? Bitte mach das, wenn du denkst, dein Leben ist dann so viel besser, aber lass mich endgültig gehen!« Farhan beginnt wild im Zimmer umher zu laufen. »Nein Hope, an dem Tag im Krankenhaus habe ich Nadja gesagt, dass ich sie nicht heiraten werde. Ich habe versucht, meinen Verstand über mein Herz zu setzen und einen großen Fehler gemacht, du gehörst an meine Seite!«

Hope lacht einmal hart auf. »Jetzt? Was war, als ich bei dir war? Wo ich dir genau das sagen wollte? Ich habe an uns geglaubt, ich habe versucht um uns zu kämpfen, ich hätte uns nicht aufgegeben, egal was dagegen spricht. Im Grunde hätte nicht einmal was dagegen gesprochen, Farhan, du hättest mich heiraten können, doch du hast nicht daran gedacht, ich passe nicht in deine Welt, in deine Familie. Und jetzt ist es zu spät, ich glaube nicht mehr an deine Liebe, sie ist nicht stark genug, ich habe es verloren ...«

Hope bricht ab und Farhan wischt sich verzweifelt über die Augen. Wie soll er ihr klar machen, wie viel er für sie empfindet, wie konnte er nur so dumm sein? »Du hast was verloren?« Hope beginnt richtig zu weinen, es schnürt Farhan die Kehle zu. »Unser Baby. Ich war schwanger, Farhan, es ist tot. Ich kann das alles einfach nicht mehr, du wolltest ohne mich leben, dann tue es jetzt und lass mich. Ich glaube nicht mehr an deine Liebe, hättest du mich nur halb so viel geliebt wie ich dich, hättest du es niemals in Frage gestellt!«

Sie legt auf und Farhan starrt auf sein Handy. Er tritt gegen einen Stuhl, der scheppernd zu Boden geht. Wieder wählt er ihre Nummer, doch es ist kein Anschluss vorhanden, sie muss den Stecker gezogen haben. Verzweiflung mischt sich mit Trauer. Sie war schwanger, sie hat das Baby verloren. Hätte er das nur gewusst, hätte er das geahnt, wie soll sie ihm all das verzeihen?

Er selbst könnte es sich nicht verzeihen, kann es sich nicht verzeihen. Er muss noch auf die Nachkontrolle beim Arzt warten, doch er geht zum Schrank und wirft die paar Klamotten, die er hier hat, in eine Trainingstasche. Er bleibt in der Jogginghose und dem Shirt und wählt auf dem Weg aus dem Zimmer schon die Nummer vom Flughafen, damit sie eine Landebahn für den Privatjet bereitstellen.

Da kommen Samir, sein Vater und sein jüngerer Bruder durch die Tür. »Was tust du?« Alle sehen ihn an, als wäre er durchgedreht. Und wenn er nur halb so aussieht wie er sich fühlt, haben sie jedes Recht dazu. »Ich muss zu Hope!« Farhan hat keine Zeit für Erklärungen und will raus, doch Samir hält ihn fest. »Farhan, du kannst dich kaum auf den Beinen halten, du kannst jetzt nicht einmal durch die ganze Welt fliegen.«

Das ist ihm egal, er muss zu ihr. »Du verstehst das nicht. Ich habe einen großen Fehler gemacht, ich hätte Hope niemals aufgeben dürfen, niemals! Sie hat unser Baby verloren, Samir, verstehst du, sie war schwanger. Ich wusste davon nichts, und sie hat hier bei mir gelegen, alles für mich getan, und ich hatte die ganze Zeit nur Kälte für sie. Jetzt will sie nichts mehr von mir wissen. Ich muss zu ihr, ich will sie nicht verlieren, was soll ich sonst tun?«

Alle sehen ihn an, noch nie hat Farhan so offen über seine Gefühle geredet, nun kann er nicht anders, er muss in Worte fassen, was ihn zu ersticken droht. Die ganze Zeit hat er es verdrängt, hat innerlich gelitten ohne Hope, doch seit dem Unfall weiß er, dass er damit seinen größten Fehler begeht. Sein Vater ist es, der als erstes wieder Worte findet.

»Dieses Baby war auch mein Enkelkind, auch ich trage Schuld an dieser Situation und bete, dass sich alles zum Guten wendet, aber es bringt niemandem etwas, wenn du kraftlos und so durcheinander zu ihr gehst. Warte ab, was der Arzt dir sagt und dann überlege genau, was du tust, damit du die Situation nicht noch schlimmer machst.«

In dem Moment kommt ein Arzt und eine Schwester in den Raum, und Farhan lässt sich untersuchen. Sein Entschluss steht fest, er muss um Hope kämpfen, sie gehört an seine Seite und er kann nur hoffen, dass sie ihm verzeihen kann. Egal wie lange es dauert, sie ist sein Leben, und das wird er nicht noch einmal aufgeben.

Kapitel 18

Hope versucht sich wieder in den Alltag einzuleben. Der Anruf von Farhan war für sie so etwas wie der Abschluss. Auch wenn sie ihrem Herzen jetzt die Liebe zu ihm verbieten muss, es geht nicht anders, es macht sie kaputt, denn sie hat Liam, für den sie stark sein muss. Das Baby konnte sie nicht retten, sie kann aber dafür sorgen, dass es ihr nie wieder so schlecht geht.

Es tut ihr richtig gut, wieder zur Arbeit zur gehen. Die neue Theke ist schön geworden und sie genießt es, wieder unter Leuten zu sein, nachdem sie sich bei ihrer Mutter verkrochen hat. Das Telefonat vor zwei Tagen hat ihr trotzdem ganz schön zugesetzt. Wie kommt Farhan dazu, jetzt auf einmal der Meinung zu sein, dass sie doch gut genug ist? Dachte er, die letzten Wochen waren alles nur Spaß und man vergisst das alles mit ein paar netten Worten? Heute will er es lieber so und morgen dann anders, sie kann seinen Worten nicht mehr glauben.

Hope hat daran geglaubt, es war der Grund, weshalb sie noch einmal zu ihm geflogen ist, weil sie an seine Worte und seine Liebe geglaubt hatte, doch es hat ihr nur noch mehr Schmerzen verursacht. Sie versucht jetzt nach vorne zu sehen, doch muss sie sich immer wieder anhören, dass sie nicht mehr so strahlt wie der Sonnenschein, der sie war. Sie weiß nicht, ob sie es schafft, dieses Strahlen wieder zu bekommen.

Nilay und Hope unterhalten sich nur einige Tage nach dem Telefonat gerade mit Mailo und Mustafa, als plötzlich Farhan zu ihnen an den Tresen kommt. Hope ist im ersten Moment wie versteinert und sieht ihn einfach nur an. Er ist immer noch etwas blass um die Nase, aber ansonsten ist es ihr Farhan, sie spürt diese starke Liebe sofort, doch ist die Wut fast genauso stark. Farhan sieht ihr in die Augen, alles andere beachtet er gar nicht.

»Was tust du hier? Solltest du nicht im Krankenhaus sein?« Nilay weiß mittlerweile von allem, auch von dem Anruf und steht neben

Hope, als müsste sie genau aufpassen, dass Hope nichts geschieht. »Ich muss mit dir reden!« Hope kann nicht glauben, dass er einfach wieder hier ist, was hat er daran, dass sie nicht mehr reden will, nicht verstanden?

»Ich muss arbeiten.« Hope will sich abwenden, doch Farhan greift nach ihrem Arm. »Hope, nur kurz, bitte.« Sie seufzt leise und geht mit ihm ein paar Schritte weiter weg. »Hope, ich will noch einmal in Ruhe mit dir reden, wann kann ich dich später sehen?« Hope senkt ihren Blick. »Ich will nicht mehr reden, Farhan, ich kann einfach nicht mehr.«

Farhan greift nach ihrem Bauch und Hope geht einen Schritt zurück. »Wie geht es dir?« Hope legt automatisch die Hand auf ihren Bauch. »Es geht mir gut.« Farhan schüttelt den Kopf. »Nein, geht es nicht, und ich bin schuld an allem. Du weißt nicht, wie leid mir alles tut, Hope, bitte gib mir die Chance mit dir in Ruhe zu reden.« Hope sieht, wie Herr Schnaub aus dem Besprechungsraum kommt. »Ich muss arbeiten!« Farhan sieht auch zu ihm. »Wann holst du Liam ab?« Hope zuckt die Schultern, Farhan ist zu stur, er wird nicht aufgeben, bis sie noch einmal mit ihm geredet hat. »Um 4 Uhr hole ich ihn ab.«

Als Hope in die Umkleidekabine des Kindergartens kommt, wundert es sie nicht, dass sie dort Liam und Farhan zusammen antrifft. Sie hat sich vorhin auf der Arbeit noch mit Nilay deswegen unterhalten. Sie ist auch der Meinung, dass es für Liam nicht schlimm ist Farhan wiederzusehen. Er wird sich gar nichts dabei denken, er hat nach Farhan gefragt und Hope hat ihm gesagt, er hätte viel zu tun. Nun wird er einfach denken, dass er mal Zeit hat.

Liam weiß nicht, was Farhan Hope bedeutet, für ihn ist er wie Mailo oder Mustafa einfach nur ein Freund. Nur Hope empfindet es anders, das sollte sie ihn aber nicht spüren lassen, also versucht sie sich so normal wie nur möglich zu benehmen. Hope begrüßt ihren kleinen Schatz, der unbedingt mit ihr und Farhan noch einmal in den Park will, weil er am Vormittag, als er mit dem Kindergarten da war, eine seiner Lieblingsfiguren dort verloren hat.

Sie fragt Farhan, ob er mit dem Gespräch noch warten kann, doch er sagt, dass es kein Problem ist und er sie beide begleitet. Sie kaufen sich am Anfang des Parks beide einen heißen Kaffee, bevor sie durch die weiße zugeschneite Landschaft laufen. Liam rennt vor ihnen her und vergisst beim Spielen nach seiner Figur zu suchen, doch Hope sieht auf den Boden, was eh besser für sie ist. Sie will Farhan nicht in die Augen sehen, dann würde sie nur wieder schwach werden.

Den ganzen Weg zum Park hat Liam sie unterhalten, er hat Farhan ausführlich erzählt, wie sich die Autorennbahn so macht, jetzt wo er vorläuft, ist es ruhig zwischen ihnen. Wahrscheinlich sucht Farhan nach den richtigen Worten, Hope hat keine mehr. Für sie ist alles gesagt. Er zieht seine Jacke fester zu. Wenn man bedenkt, aus was für einem heißen Land er kommt, schlägt er sich gut im tiefen Schnee.

»Wann ist es passiert mit dem Baby?« Hope nimmt einen Schluck von dem heißen Getränk. »Als ich bei dir zu Hause und im Krankenhaus war, habe ich angefangen zu bluten, hier in München war ich dann beim Arzt, da war es schon abgegangen… ich will nicht mehr darüber reden!« Farhan bleibt stehen und nimmt ihre Hand.

»Das war auch mein Kind, Hope. Denkst du etwa, dass mir das egal ist? Ich hätte dieses Kind auf Händen getragen.« Hope geht weiter und schluckt die Tränen runter. »Lass das, ich will davon nichts hören.« Doch Farhan hält sie weiter fest und zieht sie in seine Arme. »Es war unser Baby. Hätte ich etwas tun können, hätte ich das gewusst, ich hätte alles getan, damit es leben kann, Hope…«

Hope kann sich nicht mehr zusammennehmen und beginnt an seiner Brust zu weinen, der Gedanke an das Baby bringt sie zum Verzweifeln. Farhan hält sie fester an sich. »Es tut mir so leid, Hope, alles was passiert ist. Bei Allah, könnte ich das rückgängig machen, würde ich alles ändern. Ich habe dich immer geliebt, jede Sekunde, Hope, und es war mein größter Fehler dich aufzugeben. Ich will nur dich an meiner Seite haben, verzeih mir bitte, ich werde es mir selber nie verzeihen, aber wenn du es kannst, werden wir eine Familie. Ich lasse dich nicht mehr gehen. Liam, du und ich, und wir werden noch mehr Kinder bekommen, es wird alles wieder gut.«

Hope sieht ihn verwirrt und mit Tränen in den Augen an. »Was ist plötzlich mit deiner Familie? Was ist mit der Frau, die du heiraten wolltest? Ich war doch nicht gut genug, weißt du eigentlich, was es für ein Gefühl ist zu denken, man sei nicht gut genug?« Farhan will sie wieder näher ziehen, doch Hope weicht aus. »Du warst nie nicht gut genug, Hope, ich wusste nur nicht, wie ich das alles machen soll. Nadja war eine Flucht, aber nicht mal so kann man es nennen, ich habe nur ein zwei Mal mit ihr geredet und ihr im Krankenhaus gesagt, dass es nicht gehen wird, weil ich dich liebe. Egal was mit uns wird, ich nehme keine andere Frau, weil keine mein Herz bekommen wird außer dir.«

Liam kommt wieder zu ihnen, freudig seine Figur in der Hand haltend. »Hope, ich weiß, dass ich einen Fehler gemacht habe, aber wenn du mich noch liebst, lass es uns noch einmal probieren.« Hope sieht ihn traurig an. »Ich liebe dich, Farhan, über alles. Ich hätte uns beide niemals aufgegeben, aber ich kann nicht vergessen, das du es getan hast. Deine Liebe ist nicht stark genug, ich glaube nicht mehr daran, nach allem, was passiert ist.«

Liam kommt, und Hope wischt sich schnell die Träne weg. »Liam Schatz, sagst du Farhan auf Wiedersehen, wir müssen jetzt los.« Liam umarmt Farhan, und es beginnt erneut zu schneien. Als sie ein Stück gegangen sind und Hope einen Blick zurückwirft, sieht sie, wie Farhan sich auf eine Bank gesetzt hat und den Kopf hängen lässt. Die Schneeflocken fallen auf ihn nieder und Hope zwingt sich wegzusehen. Sie muss nach vorne schauen!

Hope kämpft die nächsten Tage mit ihrem schlechten Gewissen, Farhan hat sie an dem Abend noch einmal angerufen und gesagt, er fliegt zurück, da er ins Krankenhaus muss, die Fäden der OP ziehen. Er wird sich dann melden. Er klang so geknickt und ohne Hoffnung, doch genauso ging es Hope auch. Sie spürt dieses eklige Gefühl noch immer, als sie durch das arabische Königreich gelaufen ist, nachdem sie von Farhan so abgewiesen worden ist. Noch immer kann sie den Schlag des Polizisten spüren, genauso wie sie Farhans Worte im Hinterkopf hat, sie kann das alles einfach nicht vergessen und so tun, als wäre nie etwas passiert. Woher soll sie wissen, wie ernst seine Worte jetzt sind?

Er meldet sich wieder jeden Tag, auch wenn Hope ihn jedes Mal schnell abwürgt oder gar nicht erst an das Telefon geht. So ist es leichter, wenn sie erst seine Stimme hört, fällt es ihr immer schwerer hart zu bleiben, weil er sich wirklich wieder bemüht. Er schickt ihr ein neues Handy, nachdem er erfahren hat, dass ihres kaputt ist, er schickt Blumen und Geschenke für sie und Liam.

Farhan kennt sie, er weiß, dass er mit Geschenken bei Hope nichts erreicht, also steht er nur eine Woche später plötzlich wieder vor ihrer Haustür. Sie hatte Theo nach dem Training abgeholt und sein Onkel Mailo ist ihn abholen gekommen. Als Farhan vor der Haustür steht, ziehen sich die beiden gerade an und Liam ist auf Mailos Rücken geklettert.

Als sie Farhan die Tür öffnet, sieht sie sofort, dass es ihm schon wieder etwas besser geht, ihr Herz schlägt sofort wieder schneller und sie fragt sich, ob sie jemals aufhören wird, so stark auf Farhan zu reagieren. Natürlich sieht sie auch, wie sich sein Gesicht verzieht, als er Mailo entdeckt. Und als der daraufhin gleich geht, bittet Hope Farhan herein.

Liam freut sich über Farhans Besuch und besteht darauf, dass er ihn ins Bett bringt. Hope und er wechseln kein Wort, doch sie sieht ihm an, dass er vor Wut kocht. Kaum hat er Liam ins Bett gebracht, kommt er zu ihr ins Wohnzimmer und sieht sie wütend an. »Ist das der Grund, weswegen du mir keine zweite Chance gibst? Hast du jemand anderen?« Hope räumt die Kekse vom Wohnzimmertisch, und er folgt ihr in die Küche.

»Für diese Frage hast du dir eine Ohrfeige verdient! Wie kannst du so etwas auch nur denken, ich bin nicht so, dass ich sage ich liebe dich und mir einen anderen Mann nehme!« Farhan hält sie davon ab in der Küche umherzulaufen, als er sie an der Hand festhält. »Hope, bitte guck mich an, was soll das werden? Ich weiß, dass ich einen Fehler gemacht habe. Ich würde niemals einer Frau hinterherlaufen, bei dir ist es mir egal, ich will dich einfach wieder an meiner Seite haben.

Wüsste ich nicht, dass du mich auch noch liebst und dass es etwas ganz Besonderes zwischen uns ist, würde ich dich lassen, wenn du sagst, dass du nicht mehr willst, aber du kannst mir nicht mal in die Augen sehen, wenn du mich abweist, habibte. Du warst immer mein Herz, vom ersten Moment an, doch ich war so dumm zu versuchen, ohne mein Herz zu leben, und diese Schmerzen werde ich immer bereuen, auch was ich dir angetan habe. Wenn du es jetzt nicht kannst oder Bedenken hast, lass dir Zeit. Ich dränge dich nicht, an meiner Liebe wird sich nichts ändern, aber lass mich bei dir bleiben. Schick mich nicht weg, lass mich wieder zu deinem Leben gehören.«

Hope sieht, dass er jedes einzelne Wort ernst gemeint hat. Auch wenn ihr Verstand sich weigern will es zuzulassen, in ihrem Herzen breitet sich wieder Hoffnung aus. »Wie willst du das machen, Farhan, mit deiner Familie?« Seine Erleichterung, dass sie ihn nicht sofort wieder abgewiesen hat, ist sofort zu erkennen.

»Ich habe ihr das schon mitgeteilt, auch dass ich nicht mehr ohne dich leben will. Sie haben es akzeptiert, Amal hat mich sogar angemeckert, dass ich dafür so lange gebraucht habe.« Hope muss lächeln. »Ich mag sie sehr.« Farhan nimmt ihre Hand in seine. »Sie dich auch, und auch der Rest hat dich in ihr Herz geschlossen, als du an meiner Seite im Krankenhaus warst. Das Einzige, was sein kann, ist, dass mir der Titel als Prinz aberkannt wird oder dass die königlichen Familienrechte für unsere Kinder nicht gelten würde, aber darauf verzichte ich ohne Probleme.«

Hope seufzt auf und sieht auf ihre beiden Hände. »Ich weiß nicht, Farhan, ich zweifle einfach daran, dass du es wirklich ernst meinst, ich kann das alles nicht so leicht vergessen.« Er nickt. »Aber lass es mich dir beweisen, stoß mich nicht von dir, Hope.« Sie weiß nicht, was sie tun soll, doch sie versucht einen Weg zu finden, ihren Verstand und ihr Herz zu verbinden.

Sie lässt von da an Farhan wieder an ihrem Leben teilhaben um zu sehen, ob es ihm wirklich ernst ist, doch sie behält eine gewisse

Distanz, um nicht noch einmal in die Gefahr zu kommen, so tief zu fallen. Er bleibt eine Woche bei ihnen in München. Farhan schläft zwar in einem Hotel, doch ist die ganze Zeit mit ihr und Liam zusammen. Er holt Hope von der Arbeit ab und Liam vom Kindergarten, sie gehen viel spazieren. Hope spürt schnell, wie dumm es ist zu denken, dass sie ihr Herz da versuchen kann herauszulassen. Es berührt sie alles wieder, Farhans Bemühen, wie er mit Liam umgeht, wie er ihre Nähe sucht und sie anlächelt. Sie kann tun und machen was sie will, sie ist diesem Mann von Kopf bis Fuß verfallen.

Auch Hopes Mutter und Selina, die ihn beide noch gar nicht persönlich kannten, lernen ihn kennen und Hope ist ihnen dankbar, dass sie ihm offen entgegenkommen, was nicht selbstverständlich ist, nach allem, wie Hope seinetwegen gelitten hat. Ihre Mutter lädt ihn zu ihrer Weihnachtsfeier ein. Er muss zwar davor wieder nach Hause, doch kommt am Weihnachtsabend wieder zu ihnen nach München. Er nimmt die vielen Flugstunden gerne in Kauf um Hope zu beweisen, dass nun alles anders ist.

Sie gehen wie jedes Jahr in die Kirche. Farhan kommt erst am Abend an, deswegen ist er nicht dabei, aber auch so wäre er sicher nicht mitgekommen, was Hope auch nicht schlimm findet. Als sie dann am Abend mit ihrer Tante, Nilay, Recep und Kaan, die fast jedes Jahr bei ihnen feiern, kommt Farhan dazu. Es wird ein gemütlicher Abend, sie essen schön zusammen und Recep und Farhan verstehen sich auf Anhieb gut. Hope ist glücklich, sie sieht auf das Schneetreiben vor dem Fenster. Alle Menschen, die sie liebt, sind um sie versammelt.

Sie blickt zu Farhan, der sich mit Recep unterhält, dessen Blick aber immer wieder zu ihr wandert und weiß, dass sie es wagen muss. Sie muss noch einmal dieses Risiko eingehen und auf Farhan und seine Liebe vertrauen. Auch wenn es beim ersten Mal so falsch gelaufen ist, letztlich sitzen sie ja nun doch wieder gemeinsam hier, und sie wird es immer bereuen, wenn sie es nicht tun würde.

Ihr Entschluss wird gefestigt, als ihre Tante und ihre Mutter Farhan zum Abschied am Abend beide in den Arm nehmen. Sie mögen ihn und ihr ist das wichtig. Er fährt sie in seinem Mietwagen nach Hause und trägt den schon schlafenden Liam in sein Bett. Nachdem er sich dann zum Gehen in sein Hotel aufmacht, wird Hope nervös. Sie beide sind die letzten Tage und Wochen so vorsichtig miteinander umgegangen, dass es sich komisch anfühlt, als er sie zum Abschied auf die Stirn küsst und sie ihn an seinem Pullover festhält. »Bleib bei mir!«

Farhan sieht sie etwas überrumpelt an, er schließt die Tür wieder und legt seine Hand an ihre Wange. Hope spürt seine leicht zitternde Hand, doch ihr geht es nicht anders. »Schatz, ich bleibe bei dir und gehe nie wieder, wenn du das willst, aber bist du dir sicher?« Seit dem Tag, an dem sie bei ihm im Krankenhaus war, ist es das erste Mal, dass sie keinen Schritt von ihm wegmacht, sondern einen Schritt auf ihn zu.

»Ich kann diese Distanz zwischen uns nicht mehr ertragen, ich liebe dich viel zu sehr...« Weiter kommt sie nicht, denn Farhan küsst sie. Hope muss sich an seinem weichen Pullover festhalten, als er sie so liebevoll küsst, dass sie das Gefühl hat, den Boden unter den Füßen zu verlieren. Er beendet den Kuss, und seine Lippen wandern über ihre Stirn, ihre Wangen und ihre Nase. »Ich schwöre dir, dass ich dich nicht mehr gehen lassen werde, es wird jetzt alles wieder gut, okay?«

Hope kuschelt sich an ihn und vergräbt ihre Nase an seiner Brust. »Ich wünsche es mir, einfach nur, dass wir zusammen sind, das ist alles!« Farhan küsste sie erneut und bringt sie in ihr Schlafzimmer. Sie lieben sich nicht, lange Zeit liegen sie einfach nur zusammen, Farhan hält sie fest in seinen Armen und küsst sie immer wieder. Sie genießen einfach nur die Nähe des anderen, erst später liebt Farhan sie zärtlich, und es wird wieder vereint, von dem Hope immer wusste, dass es zusammen gehört.

Am nächsten Morgen werden sie durch einen aufgeregten Liam geweckt, der seine Geschenke auspacken will. Zum Glück hatte Hope noch daran gedacht, bevor sie endgültig eingeschlafen ist. Liam fragt etwas verwundert, ob Farhan bei ihnen geschlafen hat. Hope nickt nur und zeigt ihm die Geschenke, um ihn auf andere Gedanken zu bringen. Liam öffnet alles schnell, es ist wirklich eine Menge. Auch Farhan hat für ihn Geschenke mitgebracht.

Hope hat auch etwas für Farhan, was sie ihm gibt, doch die richtige Aufmerksamkeit bekommt ein Umschlag, den er ihr neben einer Schachtel aus einem Schmuckgeschäft überreicht. Auf dem Umschlag steht, dass es für sie, Liam und ihre Mutter ist. Liam kuschelt sich zwischen sie beide, als Hope den Umschlag öffnet und Tickets und Hotelreservierungen für sie drei an Silvester in Dubai findet.

»Meine Familie wird auch da sein und ich dachte, es wäre schön, wenn wir alle zusammen ins neue Jahr feiern. Hope gibt Farhan einen Kuss. Ihre Mutter wird umfallen vor Freude, nach Dubai zu kommen, doch Hope hat schon jetzt Bedenken wegen des Aufeinandertreffens mit Farhans Familie. Als Liam versteht, was los ist, beginnt er auf dem Bett zu hüpfen und strahlt vor Freude. »Wir fliegen in den Urlaub!«

Liams Vorfreude hält die wenigen Tage bis zum Abflug an. Farhan ist schon vorher hingeflogen, aber Hope ist sich ziemlich unsicher, was all das betrifft. Natürlich ist es wieder schön zwischen ihnen, Farhan hat sie wirklich keine Sekunde aus seinen Armen gelassen. Sie waren wieder so glücklich, dass Hope ihn die paar Tage, bevor sie zusammen mit ihrer Mutter und Liam nach Dubai aufbricht, schon wahnsinnig vermisst.

Jetzt hat Liam erkannt, dass Farhan anders zu seiner Mutter steht, als gute Freunde wie Mustafa oder Mailo, doch bisher hat er noch nichts dazu gesagt. Auch er findet es toll, dass nun ein Mann bei ihnen ist. Er ist mit Farhan, Recep und Kaan sogar einen Nachmittag in einem großen Indoorspielplatz gewesen, während Nilay und sie einkaufen waren. Hope hofft von ganzem Herzen, dass sie keinen Fehler gemacht hat und nicht neben ihr dann auch Liam darunter leiden wird.

Aber natürlich sieht sie auch, dass es anders ist, Farhan zeigt der ganzen Welt, dass sie zusammen sind. Er hält öffentlich ihre Hand, küsst sie und jedem, der sie beobachtet, ist sofort klar, dass es zwischen ihnen mehr als Freundschaft ist. Als Hope ihn wegen der Presse anspricht, lächelt er nur mild und sagt, dass es von ihm aus die ganze Welt erfahren darf.

Hope schwankt hin und her zwischen Glück und Bedenken, besonders, da auch ihre Mutter mit nach Dubai kommt. Sie hat sich gefreut über die Einladung, doch Hope hat sie schon versucht etwas vorzuwarnen. Farhan wird dort nicht mehr wie hier in Jeans und Pullover oder sportlich gekleidet herumlaufen, sondern in seinem Gewand, was sie nur von Bildern kennt. Auch dass seine Familie strenger ist.

Wenn auch ihre Mutter natürlich mitbekommen hat, wie Farhan sich zu dem Gebet zurückgezogen hat, ist es ihr wichtig, sie vorher darauf vorzubereiten. Allerdings ist ihre Mutter dazu sehr positiv eingestellt. Ihre Mutter ist seit dem Tod ihres Vaters immer gläubiger geworden, die Religion gibt ihr viele Antworten und Halt. Vielleicht findet sie das genau deshalb eher positiv und gut, dass man in diesen Ländern seiner Religion so gewissenhaft nachkommt.

Für Liam ist das alles ein großes Abenteuer, angefangen beim Flug, auf dem er sich die ganze Zeit probiert wachzuhalten, weil er alles so spannend findet. Sie fliegen wieder in der ersten Klasse, ihr kleiner Sohn hat sogar sein eigenes Abteil, was er natürlich komplett für seine Spielfiguren ausnutzt. Die Stewardessen haben sofort einen Narren an ihm gefressen. Auch ohne den Luxus, der ihnen eh schon zusteht, wird Liam von vorn bis hinten verwöhnt. Er darf sogar nach vorne zum Kapitän. Erst kurz bevor sie landen überkommt ihn die Müdigkeit, und Hope muss ihn schlafend aus dem Flugzeug tragen.

Dieses Mal ist alles anders, Farhan holt sie selbst ab, zwar wie immer mit den ihr mittlerweile bekannten Securitymännern, doch er ist da und lässt auch hier keinen Zweifel daran, dass Hope und auch Liam zu ihm gehören. Er nimmt Liam Hope ab und trägt ihn zum Auto, während sie und ihre Mutter schon auf dem Flughafen die Geschäfte betrachten. Farhan hat sie im teuersten Hotel Dubais und – wenn Hope richtig informiert ist – sogar das teuerste Hotel der Welt untergebracht.

Ihre Mutter hat eine eigene Suite und sie beziehen eine mit Liam als Familie. Alle sind etwas geschafft vom Flug, so dass sie nur noch einen kleinen Spaziergang machen und essen gehen, bevor sie sich zurückziehen. Ihre Mutter scheint sich von der ersten Minute an wohlzufühlen.

Als Hope später auf Farhans nackter Brust liegt und er mit seinen Fingern durch ihre Haare fährt, spricht sie ein Thema an, was ihr die ganze Zeit auf der Seele lastet. Sie fragt, wie Farhan jetzt wegen Liam denkt, dass dies der wichtigste Punkt für sie ist. Farhan denkt gar nicht darüber nach, für ihn ist dieser Punkt offensichtlich schon länger klar. Er sagt ihr, dass er Liam jetzt als seinen Sohn sieht. Er wird sich um ihn kümmern, als wäre er sein Fleisch und Blut und ihm mit Gottes Hilfe versuchen, ein guter Vater zu sein.

Liam ist ein Ebenbild von Hope, er kann gar nicht anders als ihn zu lieben. Als Hope ihre Bedenken ausspricht, was den leiblichen Vater betrifft, dass Jerry sich irgendwann aus Langweile oder weil er merkt, dass sie und Farhan nun doch ein Paar sind, melden könnte, zerschlägt er diese, indem er verspricht, sich dann darum zu kümmern. Er schwört ihr, dass er von nun an für sie beide sorgen wird und dass sie sich keine Gedanken und Sorgen mehr zu machen braucht. Natürlich tut sie das trotzdem.

Am nächsten Tag reist Amal mit ihrer Tochter als erstes von Farhans Familie an, was Hope freut. Sie beide mögen sich sehr, auch Hopes Mutter schließt besonders die kleine Tochter von Amal sofort in ihr Herz. Amal trägt auch hier die Abaya. Sie müsste sie hier nicht tragen. Die schwangere Donja trifft ein paar Stunden später mit Samir ein und legt sie sofort ab, doch als Hope Amal vorsichtig danach fragt, erklärt sie ihr, dass sie es nicht wegen ihrem Land oder wegen sonst etwas, sondern einzig und alleine aus Liebe zu Allah trägt.

Hope fühlt sich wohl, auch als der Rest der Familie im Laufe des Tages eintrifft, werden ihre anfänglichen Bedenken nicht bestätigt. Das erste Mal verbringt sie auch Zeit mit Farhans Mutter und seiner anderen Schwester. Der Vater von Farhan hat besonders Liam schnell ins Herz geschlossen. Als sich am Abend die Männer aufmachen, um ein paar Geschäftsfreunde zu treffen, zieht er Liam lachend auch ein Mini-Gewand an, was die Männer hier alle tragen.

Es sieht so süß aus, und Liam besteht auf das Kopftuch, was ihm um den Kopf gebunden wird. Fröhlich hüpft er anschließend an Farhans Hand mit den Männern aus dem Raum, wo sich die Familie zusammen eingefunden hatte. Er ist jetzt fest davon überzeugt, ebenfalls ein Prinz zu sein und Hope weiß, er wird die nächsten Stunden Spaß haben. Die Frauen gehen zusammen in die große Mall. Es ist angenehm entspannend, wie ihre Mutter mit Farhans Mutter etwas weiter hinten laufen und sich angeregt auf englisch unterhalten, während sie mit Farhans Schwestern und Donja die Schaufenster ansehen und die restlichen Kindern vor ihnen herlaufen.

Sie gehen in ein Babyfachgeschäft, um sich Sachen für Donja anzusehen. Hope hält etwas traurig einen kleinen Babystrampler in der Hand. Farhans Mutter tritt zu ihr und drückt ihre Hand leicht. »Es wird alles wieder gut!« In dem Moment, wo sie ihr ins lächelnde Gesicht sieht, glaubt sie es zum ersten Mal voll und ganz.

Hier in Dubai feiert man Silvester nicht wie in Deutschland, da sie gemäß Koran eigentlich einen anderen Jahreswechsel haben. Weil es aber sehr viele Touristen hier gibt, hat man es übernommen, mit der Familie gemütlich zusammen zu sitzen. Um Mitternacht gibt es ein großes Feuerwerk in ihrem Hotel, also findet sich die gesamte Familie spät abends zu einem leckeren Essen auf dem Hoteldach ein.

Hope findet, dass es heute alles besonders schön geschmückt, alles besonders lecker und geplant ist, was aber einfach daran liegen kann, dass sie nun besonders glücklich ist. Sie haben schon den ersten Gang gegessen, als Farhan aufsteht und eine kleine Rede halten will. Hope beobachtet ihn zufrieden, noch nie hat ein Mann solch eine mächtige und anziehende Aura für sie versprüht wie er. Er dankt allen, dass sie gekommen sind.

»Nach den letzten Wochen bedeutet es mir sehr viel, jetzt hier mit meiner Familie zusammen zu sitzen. Ich kann Allah nicht genug dafür danken, dass ich überhaupt noch hier sitze. Dass er mir noch einmal die Chance gegeben hat, die Frau an meiner Seite zu haben, die ich über alles liebe.« Hope spürt ihre eigene Röte, als die Blicke auf sie fallen. Farhan fährt fort.

»Hope, ich wusste vom ersten Augenblick an, dass du mein Herz bist, als kleiner Junge schon wusste ich, dass ich eines Tages einen Engel treffen werde. Ich habe mir damals geschworen, ihn dann vom Himmel zu holen, die Flügel abzumachen und bei mir zu halten. Ich wusste, du bist dieser Engel, doch es war ein nicht so einfacher und steiniger Weg, bis ich es endgültig geschafft habe, meinen Engel an meiner Seite zu haben.«

Hope kommen die Tränen, auch ihre Mutter und Amal greifen nach Taschentüchern, sie hätte nicht damit gerechnet, dass er so eine süße Ansprache halten wird. Als er ihre Tränen sieht, greift er lächelnd nach ihrer Hand.

»Auch wenn dieser Weg uns beiden sehr weh getan hat, vielleicht mussten wir ihn gehen, damit wir das jetzt richtig schätzen können. Ich weiß jetzt ganz genau, dass ich nicht mehr einen Tag ohne dich sein will. Du bist von meinem Herzen zu meinem Leben geworden, ich werde dafür sorgen, dass sich dem nichts und niemand mehr in den Weg stellt. Unsere beiden unterschiedlichen Leben und Religionen werden uns nicht voneinander trennen, sondern mit Gottes Hilfe noch enger zusammenschweißen. Ich glaube dran, weil ich an unsere Liebe glaube.«

Er kniet sich vor Hope, die sich gerührt die Hand vor den Mund hält und weint. »Hope, ich liebe dich mittlerweile mehr als mein eigenes Leben. Ich will dich für immer an meiner Seite haben. Alleine bin ich weit davon entfernt perfekt zu sein. Doch durch dich bin ich zu einen besseren Menschen geworden. Für dich werde ich der beste Ehemann sein und mit Dir an meiner Seite glaube ich an eine wundervolle Zukunft für uns und unsere Familie. Wir werden alles gemeinsam durchstehen, so wie wir auch alles Vergangene überstanden haben.

Als ich dich das erste Mal sah, wusste ich, dass wir zusammengehören. Ich habe gesehen, wie stark unsere Liebe ist. Und von diesem Tag an schwöre ich, dass ich dich lieben und achten werde. Ich werde dich ehren. Ich werde immer für dich da sein. Ich werde dich beschützen. Du wirst tief in meinem Herzen sein, solange ich atme. Hier vor unseren beiden Familien und vor Allah frage ich dich, ob du meine Frau werden willst?«

Hope hat alle um sie herum vergessen und sieht in Farhans Augen, die zu ihr nach oben blicken, egal was war, egal was kommen wird, die Liebe in seinen Augen bringt sie dazu, einfach nur zu nicken und sich die Tränen wegzuwischen. Farhan lächelt erleichtert und holt eine Schachtel aus seiner Tasche, während er sich wieder aufrichtet.

Hope steht nun ebenfalls und unter dem Klatschen und Pfeifen der anderen steckt er ihr den schönsten Verlobungsring an den Finger, den sie jemals gesehen hat, bevor er ihr Versprechen mit einem Kuss besiegelt. Dann jedoch wendet er sich an Liam, der alles mit offenem Mund und großen Augen beobachtet und winkt ihn zu sich. Als der Kleine zu ihnen gehüpft kommt, immer wieder über sein arabisches Gewand stolpernd, lacht Farhan leise und nimmt ihn auf seinen Arm.

»Ich wollte dich nicht übergehen, du bist der wichtigste Mann im Leben deiner Mutter. Ich bleibe jetzt bei euch und werde mich um euch kümmern und würde mich sehr freuen, wenn ich von nun an dein Vater sein kann.« Nun weint auch Hopes Mutter ganz. Hope sieht, wie Farhans Mutter nach ihrer Hand greift und sie anlächelt.

Liam versteht das noch nicht ganz und beginnt mit Farhans Kopftuch zu spielen, während er ihn neugierig ansieht. »Heißt das, du spielst mit mir Fußball und holst mich aus der Kita ab wie die anderen Papas?« Farhan lacht, auch Samir beginnt zu lachen. »Ja, das heißt es und noch viel mehr!« Liam klatscht in die Hände. »Darf ich dich dann Papa nennen?« Farhan nickt und sieht Liam ernst in die Augen »es wäre mir eine Ehre!«

Liam gibt Farhan einen Kuss auf die Wange »Okay, Papa.« Alle schmunzeln über ihren süßen Sohn. Farhan gibt ihm einen Kuss auf die Stirn, bevor er ihn wieder auf den Boden stellt. »So sei es, mein Sohn!« Danach zieht er noch einmal Hope lange in seine Arme, bevor alle anderen ihnen gratulieren und sie anschließend das Feuerwerk genießen. Hope lässt an diesem Abend Farhans Hand nicht mehr los. Mit seinem Daumen streichelt er immer wieder über ihre Hand und sie weiß, sie beide sehnen sich danach alleine zu sein.

Doch als langsam alle aufbrechen, bringt Farhan den schlafenden Liam ins Zimmer von Hopes Mutter, die immer noch tief gerührt ihren zukünftigen Schwiegersohn umarmt. Danach gehen sie beide aber nicht in ihre Suite, sondern Farhan bringt Hope mit dem Auto in eine schöne Wohngegend, wo sie vor einem Haus halten, was noch renoviert wird.

Viel kann Hope von außen in der Dunkelheit nicht erkennen, aber als Farhan das Haus aufschließt ist es klar das es seines ist. Farhan führt sie herum, es ist wunderschön, auch wenn es noch überall renoviert wird und keine Möbel drinstehen. Das Haus hat insgesamt 6 Schlafräume, jedes mit eigenem Bad, einer riesigen Küche und zwei Wohnzimmern. Im Garten entdeckt sie einen großen Pool, auch wenn sie nicht allzu viel sehen kann. Einer der Räume wird gerade in einem schönen Hellblau gestrichen, Liams Lieblingsfarbe. Hope kuschelt sich an Farhan.

»Du hast also schon geplant, dass ich ja sage.« Er lächelt und küsst sie. »Ich habe es gehofft, es war mein einziger Wunsch... gefällt es dir? Könntest du hier leben? Also wir müssen das noch einmal in Ruhe besprechen, aber ich dachte, ich werde nicht mit euch im arabischen Königreich leben, das wird eine zu große Umstellung, außerdem werden meine Geschäfte überwiegend nur noch hier stattfinden. Ich kann aber auch nicht nach Deutschland ziehen und dachte, Dubai wäre für uns der beste Mittelweg. 10 Minuten von hier gibt es eine der besten Schulen der Welt, eine internationale Schule, wo Lehrer aus allen Ländern auf englisch unterrichten, aber auch arabisch oder deutsch. Mit 5 Jahren werden die Kinder hier eingeschult, das heißt, Liam hat noch etwas über ein Jahr Zeit und deine Mutter und deine Freunde sind jederzeit ...«

Hope unterbricht ihn mit einem Kuss. »Farhan, ich liebe dich, wo du bist, ist mein Zuhause, wir werden für alles einen Weg finden.« Sie küssen sich und Farhan sieht ihr anschließend in die Augen. »Für immer, mit Allahs Hilfe!« Hope lächelt und nickt. »Für immer mit Gottes Hilfe!«

Epilog

»Amira, Yasin!« Hope sieht sich im Garten nach ihren beiden kleinen Wirbelwinden um. Ihre beiden Zwillinge sind erst in der letzten Woche 4 Jahre alt geworden und halten das gesamte Haus auf Trab. Die Haushälterin, die bei ihnen arbeitet und ohne deren Hilfe das ganze Chaos Hope gar nicht bewältigen könnte, kommt zu ihr in den Garten.

»Sie sind in ihren Zimmern, ich hole sie schnell!« Hope blickt auf das Chaos, was ihre Zwillinge hier hinterlassen haben und lächelt. Wie mühevoll der Weg bis hierher war, und doch war es jede Mühe wert. Schon ein paar Monate nach ihrer Verlobung haben Hope und Farhan geheiratet. Die Hochzeit war eine der spektakulärsten und schwierigsten, die das arabische Königreich jemals gesehen hat, noch heute wird davon geredet.

Die Zeremonie fand in Dubai statt, sie hatten eine traditionell arabische Trauung und doch hat es Hope mit ganz viel Mühe und Feingefühl geschafft auch einen Priester dazu zu holen, der zusammen mit dem Iman ihre Ehe gesegnet hat, so dass es unter allen Gästen einige Tränen gab, Hope hatte es sich niemals so rührend und schön vorgestellt.

Gefeiert wurde dann im arabischen Königreich, es waren die schönsten und zugleich anstrengendsten Tage, an die sie trotz allem jeden Tag zurückdenkt. Sie ist die erste Frau, die so nah am König eingeheiratet hat, die nicht ihren Glauben geändert hat. Das hat schon für viel Aufregung gesorgt. Hope hat den Koran mittlerweile gelesen, zweimal sogar. Farhan ist sehr glücklich darüber, dass Hope keinen Zweifel mehr an seinem Propheten Mohammed hat, im Gegenteil, für sie gehört der Prophet Mohammed genauso zu Gott wie für Farhan die Propheten Jesus oder Noah.

Man kann an beide Bücher glauben, ohne seinen Glauben, mit dem man geboren wurde, aufzugeben. Der Respekt für die andere Religion ist eine der wichtigsten Säulen, auf denen die Ehe von Farhan und

Hope aufgebaut ist. Dazu kommt ihre starke Liebe, die nur stärker und fester wird und nie wieder von jemandem in Frage gestellt wurde.

Dann sind da noch ihre 3 Kinder, die ihr Leben jeden Tag bereichern. Liam und sie sind schnell nach Dubai gezogen, für Liam war es kein Problem sich hier einzuleben. Er besucht die internationale Schule und spricht inzwischen perfekt arabisch. Hope auch, wenn sie es auch nicht ganz so perfekt beherrscht wie ihr Sohn. Einmal hatte Jerry sich noch gemeldet, kurz nachdem er von der Hochzeit erfahren hat, die weltweit für Schlagzeilen gesorgt hatte.

Farhan hat ihn so gewaltig bei dem Versuch gestoppt, Hope und Liam zu schaden, dass er sich hoffentlich nie wieder melden wird. Die Bedenken, dass Farhan nicht mehr zur königlichen Familie zählen würde, haben sich schnell aufgelöst. Hope weiß nicht, was der König genau zu ihrer Hochzeit gesagt hat, sie war bis jetzt viermal in seinem Haus. Wenn sie in das arabische Königreich reisen, was sie oft tun, trägt Hope respektvoll die Abaya, bei größeren Empfängen waren Farhan und sie im Hause des Königs.

Wenn jemand gesagt hat, dass die Kinder von Farhan mit ihr nicht mehr zur königlichen Familie gehören würden, so wurden seine Zweifel beseitigt, als er gesehen hat, wie sehr der König ihrer kleinen Tochter Amira verfallen ist. Die kleine Prinzessin mit ihren langen dunklen Locken und Hopes grünen Augen hat das Herz des Königs im Sturm erobert, so dass sie, wenn sie jetzt zu Besuch im Königspalast sind, immer einen Ehrenplatz an des Königs Seite oder auf seinen Schoß hat.

Er hat einen Narren an ihr gefressen und lacht laut über ihren verspielten kindlichen Hitzkopf, was ihn immer dazu bringt, laut zu verkünden, dass Amira ihrem Namen und ihrem Blut alle Ehre macht und eine wahre Prinzessin ist. Farhan ist mittlerweile der wichtigste Vertreter des arabischen Königshauses hier in Dubai geworden und übernimmt den größten Teil ihrer Geschäfte hier.

Sie alle sind glücklich, dass sich alles so zum Guten gewendet hat, doch das alles bedarf auch viel Arbeit und Liebe. Die Religionen stellen aber kein größeres Problem dar. Sie leben zusammen und wenn

Farhan fastet, fastet Hope automatisch mit. Selbst Liam hat schon einige Tage mitgefastet und besucht regelmäßig mit Farhan die Moschee. Es gibt natürlich kein Schweinefleisch für ihre Familie und wenn Hopes Fastenzeit hereinbricht, wird nur noch so gekocht, wie es im katholischen Fasten erlaubt ist und alle essen automatisch dieses Essen.

Sie feiern alle Feste, zu den katholischen fliegt Hope meistens mit den Kindern nach Deutschland, wo sie dann im Garten ihrer Oma Ostereier suchen. Hope findet es ganz besonders, dass sie mit beiden Seiten aufwachsen und ist sich sicher, dass sie später sehr respektvolle und barmherzige Menschen werden. Auch die Familien sind sehr zufrieden, sie alle sehen sich regelmäßig, die Eltern von Farhan sind oft bei ihnen, genauso wie ihre Mutter, und auch Recep, Nilay und Kaan sind sehr häufig in Dubai zu Besuch.

Selina hat bei ihrem letzten Besuch einen Geschäftsfreund von Farhan kennengelernt, die beiden sind in sehr engen Kontakt was Hope hoffen lässt, dass sie vielleicht auch bald nach Dubai zieht. Amal ist in das Haus neben ihnen gezogen, nachdem sie sich von ihrem Mann getrennt hat. Das war eine sehr schwere Zeit, eine Scheidung ist nicht gerne gesehen, bis heute weiß Hope nicht, was Amal alles in ihrer Ehe ertragen musste, doch ihre traurigen Augen haben sie dazu gebracht sie zu überreden, sich ihrem Vater anzuvertrauen.

Allein das hat die Scheidung letztendlich möglich gemacht. Als ihr Vater erfahren hat, was mit seiner Tochter passiert, hat er innerhalb weniger Tage für diese Scheidung gesorgt, und Farhan ist glücklich, seine Schwester wieder so aufblühen zu sehen. Mit Gottes Hilfe wendet sich alles zum Guten.

Im gleichen Moment, wo die Zwillinge in den Garten gestürmt kommen, erscheinen auch Farhan und Liam. Hope hatte Angst, dass die Liebe von Farhan zu Liam darunter leidet, wenn die Zwillinge auf der Welt sind, doch das ist nicht eingetroffen. Die beiden haben ein besonderes Verhältnis, Farhan bindet Liam in alles mit ein, er holt ihn fast jeden Tag aus der Schule ab und nimmt ihn mit zu seinen Terminen, oder sie unternehmen etwas.

Die beiden Zwillinge werden von allen vergöttert. Farhan ist ihnen hoffnungslos verfallen, es gibt nichts, was er ihnen abschlagen könnte. Sein Stolz auf seine drei Kinder ist unübersehbar. Die Zwillinge kommen ganz nach Farhan, auch wenn sie wie Liam, Hopes grüne Augen haben. Dass ihre kleine Tochter den Namen der Prinzessin tragen wird, ist von Anfang an klar gewesen. Farhans Vater war sehr gerührt, dass Yasin nach ihm benannt wurde, als Zweitnamen trägt er den Namen von Hopes Vater.

Die Zwillinge rennen auf ihren Vater zu, Amira begrüßt ihn, will aber auf Liams Arm. Sie liebt ihren großen Bruder abgöttisch und schleicht sich jede Nacht in sein Zimmer und in sein Bett, was Farhan manchmal meckern lässt, da sie so Liam den Schlaf raubt, den er braucht. Doch die Kleine ist nicht von Liam wegzubekommen, er genießt seine Aufgaben als großer Bruder.

Yasin wird von Farhan auf die Schultern genommen, seinen neuen Lieblingsplatz, während er Hope küsst. »Hallo mein Herz, habe ich dir heute schon gesagt, dass ich dich liebe?« Er schmunzelt sie frech an und spielt auf ihre gemeinsamen ruhigen Stunden im Schlafzimmer an, bevor der Tag und das Chaos startet und sie sich genießen.

Hope gibt ihm einen Kuss und sieht den Mann, den sie noch immer so sehr liebt, ernst an. Die Erinnerungen an alles hinter ihnen liegende und alles, was vor ihnen liegt, treiben ihr manchmal Freudentränen in die Augen. Sie kuschelt sich an ihren Mann, ihren Halt, ihre zweite Hälfte. »Ich bin sehr glücklich!« Farhan sieht ihr in die Augen, auch er sagt ihr oft, dass er nicht weiß, wie er jemals Allah genug für sein Glück danken soll. »Dein Glück ist mein Glück.«

Amira unterbricht diesen intimen Moment. »Papa, ich will zu Opa.« Farhan lächelt seine Prinzessin an, sein Vater ist heute Vormittag angekommen und gerade bei Amal drüben. Gestern ist erst ihre Mutter nach einem Monat in Dubai zurück nach München. »Okay, dann los!« Ihre Familie macht sich auf den Weg zum Haus ihrer Schwägerin, doch Hope stoppt kurz, bevor sie ihnen folgt und sieht in den Himmel.

Sie weiß, dass es nur einen Gott gibt und verschiedene, wenn auch nicht sehr unterschiedliche Wege, an ihn zu glauben. Sie kann ihm nicht dankbar genug sein für all ihr Glück. Eine Träne kullert über ihre Wange, während sie »danke« zum Himmel flüstert und froh ist, niemals die Hoffnung aufgegeben zu haben.

Hope

أمل

Aus der heiligen Bibel,

Die Liebe ist langmütig, die Liebe ist gütig.
Sie ereifert sich nicht, Sie prahlt nicht.
Sie bläht sich nicht auf. Sie handelt nicht ungehörig,
sucht nicht ihren Vorteil, lässt sich nicht zum Zorn reizen,
trägt das Böse nicht nach. Sie freut sich nicht über das
Unrecht, sondern freut sich an der Wahrheit.
Sie erträgt alles, glaubt alles, hofft alles, hält allem stand.
Die Liebe hört niemals auf. Für jetzt bleiben Glaube, Liebe,
Hoffnung diese drei; doch am grössten unter Ihnen ist die Liebe.

(1. Korinther 13)

Aus dem heiligen Koran,

»Sie (eure Frauen) sind wie ein Gewand für euch
und ihr seid (wie) ein Gewand für sie.« (2:187)

Tauchen sie ein...
.... in die ergreifende Welt von ...
... Jaliah J.

Die Llora por el amor Reihe

Eine Stadt, zwei Gangs und eine Liebe, die nicht sein darf!

Die spannende Buchreihe über die Trez Puntos und die Les Surenas, die schon Tausende in ihren Bann gezogen hat.

Weine aus Liebe, Verschiedene Welten, Hass und Liebe und Weine aus Liebe aus Pacos Sicht.

Tauchen sie ein...
.... in die ergreifende Welt von ...
... Jaliah J.

El Destino - Das Schicksal

Lina Sanchez muss mit ihrer Familie vom Land in die von ihr so verhasste Stadt ziehen. Dort müssen sie und ihre Familie sehr hart kämpfen um zu überleben. Sie trifft immer wieder auf Nando, der für alles steht, was sie verabscheut. Obwohl beide so unterschiedliche Leben führen, kreuzen sich
- durch das Schicksal -
ihre Wege immer wieder.

El Destino, El Destino aus Nandos Sicht

Hijas de la Luna

Saphira und Luna leben bei ihrer Großmutter in Venezuela. Alles ändert sich als sie auf den Stamm der Yasus treffen und auf weitere Personen, die alles, woran sie jemals geglaubt haben, in Frage stellen und sie in eine ganz neue Welt eintauchen.
Sie erfahren nach und nach, was es mit der Legende ihrer eigenen Familie auf sich hat ......der Legende der "Töchter des Mondes".

Hijas de la Luna Band 1 und Band 2

Jaliah J.

www.jaliahj.de